News Reporting & Editing

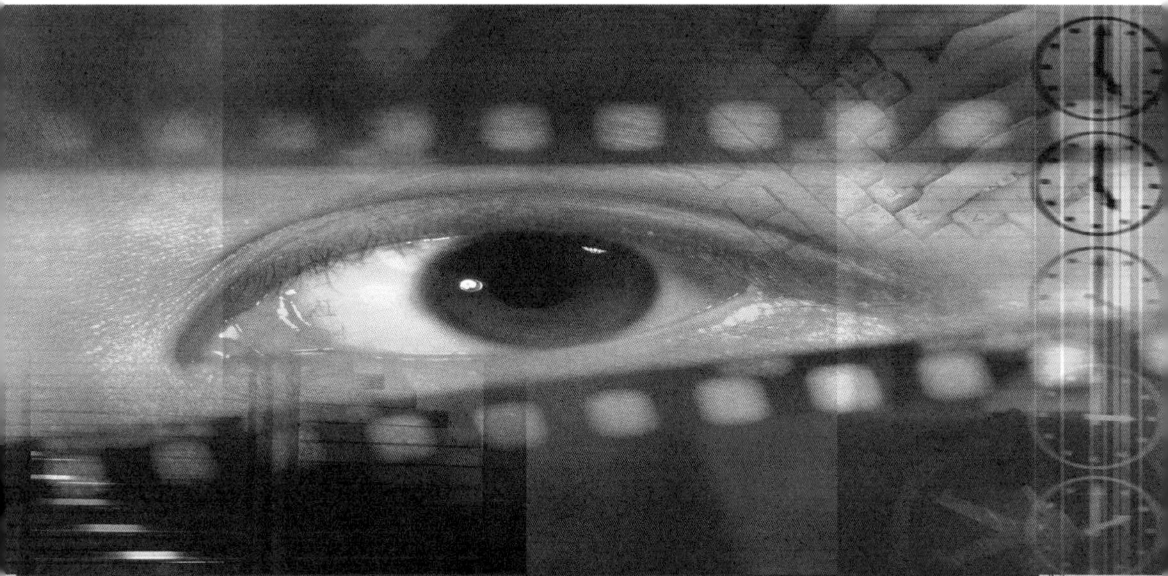

國家圖書館出版品預行編目資料

新聞採訪與編輯：理論與實務= News reporting & editing / 陳萬達著. -- 初版. -- 臺北縣深坑鄉：威仕曼文化, 2008. 03
面； 公分. --（新聞傳播叢書；3）
參考書目：面

ISBN 978-986-82142-9-3(平裝)

1.採訪 2.新聞編輯

895 97003145

新聞傳播叢書 3

新聞採訪與編輯──理論與實務

作　　者／陳萬達
出 版 者／威仕曼文化事業股份有限公司
發 行 人／葉忠賢
總 編 輯／閻富萍
執行編輯／胡琡珮
地　　址／台北縣深坑鄉北深路三段 260 號 8 樓
電　　話／(02)8662-6826
傳　　真／(02)2664-7633
網　　址／http://www.ycrc.com.tw
E-mail ／service@ycrc.com.tw
印　　刷／鼎易印刷事業股份有限公司
ISBN ／978-986-82142-9-3
初版二刷／2011 年 1 月
定　　價／新台幣 450 元

序

憑良心說，坊間有關新聞採訪寫作和新聞編輯的書相當多，除了國內專家學者的著作外，更不乏國外的翻譯作品，因此，嚴格說來，國內是不缺少這類專業教育書籍的。

但是，對從事新聞工作二十多年和教學十年經驗的我來說，我的看法卻不是如此。

透過自己在業界的經驗，了解實務界的需求是什麼，知道採訪寫作和編輯的實務竅門在哪裡，而自己在學校的教學經驗，也清楚知道現在學生在學校中所知所學的盲點在何處，因此，一直在思考如何把這兩個問題一次解決。

如何讓學生有一本屬於操作型的教材，能有實用功能、有實戰效果、符合業界需求和可以快速修習的捷徑，因此，基於這些理念，我就把多年工作心得和尋求資深前輩的心法，集結起來，完成這本《新聞採訪與編輯——理論實務》，讓屬於傳播學院的同學，可以從實務工作的竅門中，很快的學到新聞工作者多年工作的心血結晶，縮短校園到業界的距離，讓通識課程的同學，也可以很快速的從本書中，得到媒體實務與理論的基礎知識，基於這些因緣，這本書於焉誕生。

簡單來說，本書具有幾個特色：

一、快速的學習：本書排除了專業學科的細瑣部分，雖然那些部分是很重要的，但如果加快學習的流程，對傳播學院非新聞學系的同學來說，是可以很快領悟且不用浪費時間的。

二、通盤的了解：透過採訪與編輯兩大概念的貫穿，同學可以一窺

編務的全貌，不再會有頭痛醫頭，腳痛醫腳的問題。

三、專業的流程：新聞如何從生材料（raw material）經過實際的編務流程，每個環節都有詳盡的敘述。

四、前輩的心血：親訪數十位資深採訪、編輯同業，由他們提供自己多年的實戰經驗與寶貴心得。

五、便捷的運用：採重點式編排，條列式提醒，讓同學節省時間易讀好懂，同時也便於查閱應用。

在這裡我必須要感謝那些提供我寶貴經驗的同業、前輩們，他們用多年的汗水、淚水換來的經驗嘉惠學子，使本書得以完成。

陳萬達 謹識

2007年11月於台北

目 錄

第二篇　採訪的準備與要領　35

第三篇　新聞寫作形式與技巧　91

第一篇

新時代的新聞記者

1 新聞的定義與價值

第一節　什麼是新聞

一、新聞之定義

「新聞」（News）一字，在1622年時，由英國倫敦出版的《每周新聞》（*Weekly News*）最先採用，該報採用北（north）、東（east）、西（west）、南（south）四字的第一個字母拼成news，代表新聞爲涵蓋各個地方所發生的事件。之後，歐洲各城市間，各種以"News"爲名稱的刊物，慢慢流行起來（李茂政，1988）。

關於新聞定義的說法，更是不計其數。十九世紀後期，有「報人中報人」之稱的美國著名報人Charles A. Dana，接掌《紐約太陽報》（*New York Sun*）後，爲新聞下了一個有趣的說法，在之後百多年當中，經常令人掛在嘴邊的「定義」，亦即「狗咬人不是新聞，人咬狗才是新聞」。這一誤導性講法，不啻爲往後聳動性、羶色腥新聞開了「法源」，其實除此之外，Dana曾經更強悍的說過，「新聞就是要令人拍案驚奇（exclaim）」（彭家發，2004）。

Hall（1973）認爲，新聞是具有臨近性、近時性，與事件有關且深具新聞價值（news worthiness）的；以「解釋性報導」風格著稱的學者McDougall則指出：「新聞乃爲獲利而刊載之消息」。

曾獲得美國早期新派社會組織、新聞定義比賽第一名的學者M. Walloch如此定義：「新聞是一種商品，由報紙分配，供給認識文字者以消息，每天把新鮮的東西送到市場，但是新聞是具有腐敗性的。新聞在智力、情緒、興趣方面，用文字將世界、國家、省、州及都市所發生的事件表現出來。這些事件不論是社會的、經濟的、政治的、科學的或是個人的，需要有引起多數人注意的重要性才行。其製造的愼重，品質的優良，以及目的純正與否，均反映了製造者的名譽可以信任與否。若以虛僞代替眞實，或者捏造消息，都是欺瞞公衆的信任，對一般人心的健康，不啻是一種威脅。」

DeFleur 和 Dennis（1988: 315）也提供了一個有趣的講法，其認爲，新聞是一種報導，對議題、事件或過程提供了「當代看法」（contemporary view），乃是新聞工作者透過對讀者興趣所產生的共識組合而成，但受限於新聞組織內、外運動。……新聞是一種組織內妥協後的產品，在極短時間內將當天所發生的人類活動進行挑選整理。新聞的生命極爲短暫，可說是在壓力下進行迅速判斷所產生的「非完美產物」。

二、新聞的特性

總而言之，要爲新聞下一定義，必須從「多面向的角度」（multi-dimension）概念出發。集合各家之定義及論點，「新聞」大致有以下數端之特性：

1.新聞是一文化產品。
2.新聞必須透過有可信度、權威性與合法性的「專業組織」加以報導、運送。
3.新聞是爲了獲利而刊載的消息。
4.新聞爲符號化的事件。
5.新聞爲符合新聞價值的事件。

美國新聞學者Harriss，曾將上述各項憑常識即可理解的元素歸納爲較爲廣闊，但更爲易記的三點（彭家發，1992；轉引自蒯亮、黃重憲，

2002：13-14）：

1.新聞是人類關係變遷的記敘（News is an account of man's changing relationships.）；

2.新聞是眞實，它打破現狀，或者有可能引起現狀的突破（News is an account of actual events which disrupt the status quo on which have the potential to cause such disrupt.）；

3.新聞是影響社群的事件（News is an event of community consequence.），所以新聞在公共事務的報導上，記者必須積極主動地挖掘新聞，而非一味靜待新聞出現，而且往往著重過程（process），以「情況」（how）來引導出「何事」（what）。

第二節　新聞的價值

新聞價值是媒體在有限的篇幅及時間內，藉以選擇新聞的標準（criteria），包括影響性（influence or consequence）、接近性（proximity）、即時性（immediacy）、顯著性（prominence）、異常性（oddity）、衝突性（conflict）、人情趣味（interesting）、實用性（utility）（陳順孝，上課講義，2005；方怡文、周慶祥，1999：20-22）：

一、影響性

一則新聞如果影響的人愈多，則新聞價值愈高，如：全民健保是每一個人都需要注意與關切的；可能影響的層面愈大，新聞價值愈高，如：小學生擦玻璃摔死、美國出現數封炭疽熱毒信；此外，對閱聽人的影響愈直接，新聞價值愈高，如：徵稅、學費、股市漲跌的新聞性，這種新聞更大於影響面愈大的臭氧層破洞。而愈立即的影響，新聞價值也會愈高，如：颱風來襲。

二、接近性

一條新聞愈受閱聽人重視的程度與其接近性成正比，愈接近的事情則新聞強度愈強，所以，在新聞選擇上，愈是身邊發生的事情，愈受到閱聽人注意，接近性的新聞主要涉及以下幾個層面：

1.在地政策：編輯政策愈在地化、媒體愈受歡迎。如：《紐約時報》（*The New York Times*）的在地新聞、《中國時報》曾設的北中南編輯部。
2.地理接近：地理位置愈接近，新聞價值愈高。如：社區報強調社區新聞，把居民結婚照當作頭版主照片。
3.心理接近：心理上的接近，可以突破地理界線，增加新聞性。如：越航空難，因爲機上有台灣人，新聞性因而大增；又如，台灣人對美國的心理接近性大於對東南亞，因此美國新聞重要性往往超過東南亞同質新聞。

三、時宜性（或即時性）

指「新近」、「新鮮」的消息，愈是最新發生的事情，就愈有新聞價值，爲了要滿足閱聽人的需求，新聞記者就會採取搶新聞的方式，滿足新聞的「新鮮性」與「新近性」。

1.為何要快：(1)媒體的即時性與時俱進，這是因為社會活動速度愈來愈快，閱聽人覺得有必要早一點得到訊息，因此要求媒體盡快報導；(2)新聞速度，是檢驗媒體表現的客觀數據，不像新聞品質，欠缺可量化的標準。

2.什麼叫快：(1)以正確為前提的快，才算快；(2)採訪後的快而非事發後的快。新聞一旦採訪到手，便應盡快報導，不管是在事件發生後五分鐘還是五年後採訪到手的。

3.快的隱憂：記者來不及查證、報導淺碟化，易受新聞來源操縱；來不及琢磨，新聞品質難以精緻；來不及深思，新聞深度難以加強。

四、顯著性

受到影響的人愈來愈多，新聞就愈重要，一般而言，顯著性主要表現在下面四個方面：

1.人的顯著：名人創造新聞，愈有名的人，新聞價值愈高，因為名人的影響力大，可以滿足閱聽人窺探和結交慾望，如：暗殺預期症候群、美國前總統B. Clinton裝助聽器。

2.事的顯著：愈是特別的事件，新聞價值愈高，如：台灣地區在1988年解除戒嚴。

3.時間的顯著：在具有特殊意義的時間點上發生的事，新聞價值倍增，如：美國無人太空船7月4日登陸火星、九二一周年晚上九點二十幾分又發生地震。

4.地點的顯著：在具有特殊意義的地點發生的新聞，也具有很高的新聞價值，如：戈巴契夫（M. Gorbachev）在W. Churchill宣告冷戰開始的「學校」宣告冷戰結束。

5.多重顯著：例如藝人嫁給工商鉅子，除了人的顯著性外，如果有老少配的事情也有顯著性的價值。

五、異常性

一個現象如果變動愈大、愈深、愈急，就愈有新聞價值，愈是新奇的、不平凡的、少見的，愈值得報導，在平淡的生活步調中，閱聽人對一切不正常的人、事、物都會有興趣。依正常法則發展的事情，因為異常而富有新聞性，如「狗咬人不是新聞、人咬狗才是新聞」。

六、衝突性

衝突是對稀有資源的爭奪，不一定是打架，舉凡爭奪政、經、社會、體育的勝負或對錯，都是衝突，如：台北銀行擊敗高雄銀行，取得電腦彩券發行權。而衝突未必有人贏，也未必有人對，如：美國和反美分子多年來的戰爭。

七、人情趣味

傳播媒體除了守望、教育、決策之外，還有娛樂功能。人情趣味新聞，能帶給人們愉悅，也能寓教於樂。有些新聞所牽涉的人物並不是很有名，但因所發生的事情內容很有趣，所以也富有新聞性，媒體對於熱心公益，為善不欲人知的事情，都可當作良好的報導題材。人情趣味新聞，包括閒話、啓發性文章和社會關懷新聞，如：

1.閒話：沒什麼重要性，但是有趣，如：老太太又生孩子。

2.啓發：眞實故事、發人深省，如：「一碗陽春麵」事件，癌末媽媽與三個孩子的孝心，感動社會大衆。

3.社會關懷：正面新聞、貢獻實例。

八、實用性

我國新聞學者潘公展曾說：「最近發生的事實，能引起讀者興味，能給予多數讀者以實益方是新聞」。實用性新聞包括知識的傳布、智慧的啓發及滿足生活各方面的需求，如：出門前如何看天氣、節稅秘訣、醫療健康版上的新聞、男女關係、婆媳問題、親子關係、親師溝通的解決、哪裡可以吃到便宜的餐廳……等。

上述幾個新聞價值，其中又以接近性、時宜性、顯著性和人情趣味性最爲重要。若以「六何」（5W1H）而論，在何事（what）方面，注重重要性；在何人（who）方面，注重顯著性；在何地（where）方面，注重接近性；在何時（when）方面，注重時宜性及歷史背景；在何故（why）方面，注重揭發性；在如何（how）方面，注重常態性與異常性；何義（so what）方面，注重影響性（彭家發，1992）。

翁秀琪（1998）綜合各學者所舉新聞價值的共同特色，歸納出以下結論：

1.新聞的易得性和低成本。

2.符合新聞從業人員對新聞的期望刻板印象。

3.愈接近權力和權威的新聞，愈有價值。

最後，在這個紊亂且混沌的社會中，除了上述的新聞價值外，現代新聞媒體更應注重報導的完整性、眞實性與公益性，以公衆利益及社會公義爲前提報導，不胡亂爆料，勿隨消息來源起舞，使媒體督促社會邁向更民主、更有素質的境地。

習題

閱讀完本章後，試回答下列的問題：

1.什麼是新聞？請你為新聞下一個自己的定義？

2.何謂新聞價值？你認為一則好的新聞報導應具備什麼新聞要素？

3.什麼是新聞的特性？

2 新聞記者的特質與態度

第一節　記者的起源與發展

記者一詞有廣義和狹義之分，廣義的記者泛指新聞工作者，亦即新聞行業中的所有從業人員，包括採寫、編輯、管理、印刷、發行、廣告、後勤、廣播電視播音員、廣播電視節目主持人等各種環節的工作人員，只要其從事新聞工作，都可稱爲記者，如：社長、總編輯、採訪主任等，這種廣泛的稱呼，在美國稱爲"newspaper-man"，英國則稱爲"journalist"。而記者又有內勤和外勤之分，專門在外部從事新聞採寫報導的人員爲外勤記者，在內部從事新聞編輯者稱爲內勤記者（林如鵬，2000：28）。

狹義的記者則指的是外勤記者，英美都稱之爲"reporter"，這些人就像社會的敏感神經，分布在各行各業各個角落，負責採訪和蒐集訊息，並迅速地做出口頭、影音或圖像報導。我們平常所說的記者，主要指這一類的新聞工作者。所以新聞記者一般都是指專門從事採寫新聞報導的專業人員。

至於我國記者起源於何時？根據史學家們的考證，早在三千多年前的商周之際，就有了「采詩」、「采風」的採訪活動，那時候朝廷設有專門的官吏，「出巡列邦，采風問俗」。中國最早的詩歌總集《詩經》中，就有「古者天子命史采詩謠，以觀民風」的說法（林如鵬，2000：29）。

目前史學上較統一認定世界上最早的報紙是中國唐朝的邸報。唐朝邸報的內容，主要涵蓋：皇帝的活動、皇帝的詔旨、官員的任免、臣僚的章奏，以及其他軍事、政治方面的重要訊息。當時寫邸報的人是朝廷或進奏院的官吏，雖然他們也做了一些類似現代的新聞採訪、寫作和發行的工作，但是新聞記者在當時，卻還沒有單獨成爲一種職業。因此，我們可以將他們看作是現代記者的前身或雛形（林如鵬，2000：31）。

新聞記者成爲一種專門的、社會化的職業，是在近代資本主義報業形成後才出現的，隨著資本主義的發展，地區之間的聯繫和交往愈來愈密切，及時了解新聞，成爲人們在新的社會生存條件下的迫切需求。

地中海沿岸的「水都」威尼斯，工商業發達，交通便利，從十五世紀開始便出現了手抄報紙，有專人採訪報導有關政治事件、戰爭、市場、物價、船舶航期……等消息。1566年在義大利出版了單張印刷的《威尼斯公報》（*Venice Gazette*），因爲每份售價爲威尼斯一枚硬幣"Gazetta"，所以這個名詞後來成爲西歐「報紙」的同義詞。而一般也普遍認同世界上最早的記者誕生於十六世紀的義大利威尼斯城，當時產生了一些專門採訪上述消息的機構，並有過「新聞記者」工會的存在。

在1840年代前後，西方各資本主義國家先後完成工業革命，社會大衆更需要閱讀報紙，加上報紙的生產技術條件有很大的改進，致使以《紐約太陽報》（1833）爲代表的《便士報》（*Penny Paper*）問世。這類報紙的報導新聞廣泛，內容新鮮生動，廣告大有增加，零售價格低廉，適合大衆閱讀。

第二節　新聞記者應具備的條件

美國著名報人G. Pulitzer曾說：「做一位成功的記者，必須預定目標，從艱苦訓練而成。他必須從學校、家庭、社會、事業，以及水災、火災、戰爭種種痛苦中逐漸成長。」由此可知，記者必須具備許多條件，如勇敢、機智、忍耐、恆心、好奇心、想像力、誠實、主動、

進取、包括寫作技能與良好的體力……等（方怡文、周慶祥，1999：35）。

美國新聞學教授Laurence R. Campell 和 Roland E. Wolseley認爲，記者應具備四種資格：第一，必須是心理學者；第二，必須是一個聰敏的研究者；第三，應是文筆流暢的作者；第四，應是一個負責的分析家。

綜合新聞學者與新聞工作者對新聞記者所下的定義，記者應具備如下的條件：

一、廣博的知識

新聞工作是一個專業的工作，是社會組織的縮影，新聞記者得採訪司法、財經、證券、醫藥、科技、環保、政治、體育……等新聞，因此記者必須具備廣博的知識，才能將這些專業的新聞，以通俗的文字寫成新聞稿，讓閱聽人在接收這些新聞時，都能清楚地了解新聞的意義。

二、高尚的品德

有人形容記者爲「無冕王」，主要是記者手中有一支利器，不論用筆、麥克風或攝影機，透過傳播媒介的傳播，可以達到無窮的影響力，因此，當事人爲了討好或利用記者，往往會對記者施予一些誘惑；而面對誘惑、威逼，記者必須有高尚的品德，才能達成新聞公正報導之使命。

三、強健的體魄

健康是新聞記者最大的財富。一位傑出的新聞記者，必須要勤跑、勤寫，有人說記者是便利超商，二十四小時不打烊，並沒有嚴格的上、

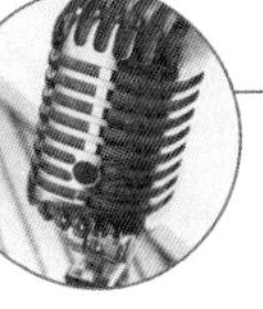

下班時間，只要所負責的採訪路線發生突發事件，即使是清晨，也都必須進行採訪，如：採訪山難、空難或颱風災害時，記者都必須上山下海；遇到抗爭新聞事件時，甚至必須冒生命危險，熬夜等待。

四、專業的精神

所謂專業精神是一種專一心志，鍥而不捨的精神。也就是要有恆心，有追根究柢的採訪精神。新聞媒介是屬於立法、行政、司法以外的第四權（the forth estate），記者執春秋之筆，在主持正義、採訪民瘼，對新聞記者而言，專業精神就是在發揮鍥而不捨的精神，發掘問題，達到伸張社會正義的目標。

記者養成過程的權力與責任，歸由業界自行掌握，在邏輯上固然容易使得媒體界現行的一些做法，繁衍複製而抗拒變革，但是否歐日的新聞媒體之民主表現，就等於是不如美國同業，則必須另做分辨。其次，期待美國學院式的養成，能夠賦予新聞業更多活力與更新興革的意願及動力，同樣也不能視爲理所當然，必須再予驗證（空大新聞學：665）。

事實上，歐美兩套記者培育方式，最明顯的差異，可能在於其記者獲有大學（傳播科系）學位的人數比例高低不同，至於這個不同，是否將會影響新聞記者的質素，從而制約或促進了新聞事業的民主表現，應該再做更多分析才能知曉。

第三節　記者的工作態度

採訪態度是記者在採訪活動過程中所表現出來的一種行爲模式。它是記者的思想態度、工作態度和生活態度在採訪中的綜合表現。良好的採訪態度是貫徹正確採訪路線的根本保證，記者採訪態度的好壞，不僅直接影響著記者採訪的成敗，而且關係到新聞事業的公信力及聲譽。根據工作任務和記者活動的特性，採訪態度主要包括以下幾個方面的內容和要求（林如鵬，2000：65）：

一、實事求是的嚴謹態度

新聞工作一定要遵守眞實性的原則，愛護眞實性要像愛護我們的眼睛一樣，在求證事實眞相時要一絲不苟，絕不能含含糊糊；寫成稿子向外傳播時，一定要準確無誤，標點符號、修辭文法都要要求沒有差錯；新聞報導中牽涉到評論人和事的時候更應小心謹愼，力求客觀公正，以免誹謗他人，損人名譽；在執行職務及採訪活動中要遵守法律規範，嚴守職業道德和紀律。

二、精準機動的敏捷態度

新聞記者必須做到採訪迅速，發稿及時，全面準確地把握客觀事物的本質，在新聞競爭日趨激烈的今天，新聞記者更是要聞風而動，迅速奔赴新聞現場，力求新聞報導不落人後。而且還必須具備全天候的機動能力，因爲新聞事件是隨時隨地都有可能發生的，因此，保持隨時機動、敏捷的態度是十分重要的。

三、不畏艱難的鬥志毅力

每一次採訪都是一場戰爭，記者爲一次採訪而連續幾天不吃不睡，那是常有的事情，新聞採訪的時限性、突發性和連續性，要求記者具備不畏艱難的戰鬥意志。記者的戰鬥態度表現在千方百計地主動尋找、挖掘新聞線索；在採訪上花費心思地做大量的調查研究；在遇有風險性新聞的採寫上敢於直言；在進行難度較大的採訪中善於調整採訪策略，講究採訪方法，見機行事！

習題

閱讀完本章後，試回答下列的問題：

1.請試著說明記者的起源與發展？

2.你認為當一位好記者應該具備哪些條件？

3.你認為當一位好記者應該具備什麼工作態度？

4.承上述兩題，你認為現今的記者缺乏了哪些工作態度或專業精神？如何改進？

3 記者的類型與工作特點

第一節　記者的分類與工作內容

一、記者的類型

一般而言，記者的類型可以分爲路線記者、特派記者、特約記者、機動記者和駐外記者……等，以下介紹各類型記者的分工和工作要求（林如鵬，2000：42-51）。

(一)路線記者

路線記者是指專門採訪或側重報導某一條路線或某一個領域的記者，路線記者是在新聞事業有了較大發展，新聞從業人員大量增加之後才出現的，路線記者以其採訪領域的不同又分爲政治、社會、財經、文教、科技、醫藥、體育、地方、影劇記者……等。隨著社會生活的日益複雜，社會分工愈來愈趨於精細化，路線記者還可以再細分，專注於不同領域的新聞。

路線記者的設立，滿足了社會上不同行業和讀者對新聞報導的需求，同時有利於培養記者成爲某一方面的專家，一個記者專心地在一條路線中採訪，往往能成爲這一領域的專家，可以寫出一些具有權威性、有深度的報導。

(二)常駐記者

常駐記者也稱地方記者。以新聞機構所在地爲採訪範圍，有時也稱爲本埠記者，地方記者也稱爲外埠記者。地方記者負責地方上的大小新聞，如高雄、台中……等地，採訪領域較路線記者廣，同時，常駐記者的工作往往涵蓋了各種領域，如市政、法庭、產業，甚至人情趣味的新聞，因此，地方記者須與地方上各種人士建立良好的關係。

(三)機動記者

機動記者和常駐記者不同，不常駐在一個地方。顧名思義，機動記者是指那些沒有固定採訪範圍的、隨時準備接受編輯部的調派，以完成重大事件或突發性事件採訪報導任務的記者。機動記者要隨時處於待命狀態，一有緊急情況和重大新聞事件發生，「槍聲就是命令」，馬上能奔赴新聞發生的現場。在某些媒體中，亦稱爲「突發新聞」記者。

(四)特派記者

特派記者是因特別的採訪任務受編輯部派遣的記者，這些記者往往由新聞機構直接調派，派往外埠採訪重大的新聞事件和新聞人物。特派記者和機動記者有所異同，相同的是他們都是由新聞單位直接派遣調動的，採訪的都是一些重大事件和重要人物，各方面的要求也較高；不同的是機動記者是一支常備的記者隊伍，它的功能是比較長期固定的，而特派記者是編輯部臨時委派的，一旦特別的採訪任務完成，記者便返回原來的工作崗位。

(五)特約記者

特約記者是應編輯部的約稿，完成一定採寫任務的編制外人員。他們一般完成一些較爲重要或者有特色的採寫任務，或是因該地區編輯部並未設常駐記者，這些任務便由特約記者去完成，他們比本編輯部內的記者更有某些方面的優勢或專業，通常特約記者由作家、專家學者、實際工作者及其他新聞單位的記者擔任。

(六)駐外記者

駐外記者是受編輯部派遣常駐國外採訪的記者，駐外記者負責對所駐點的國家或地區的政治、經濟、文化、軍事、外交及社會……等各個方面的新聞進行採訪和報導，以促進國際間訊息交流和溝通，滿足廣大閱聽人了解天下大事之需求。由於駐外記者往往與外國新聞媒體在激烈競爭中工作，因而必須具備有快速反應的報導能力，精通外語，懂得使用現代化的交通和通訊工具。

二、記者的工作內容

前面我們提到了新聞的定義與價值、記者的起源、養成、採訪態度和分類，接下來我們要談的是在實務上，記者的工作內容和新聞產製流程，以下我們用一個新聞案例和新聞產製的一天來說明，記者究竟有哪些工作內容。

(一)從案例看新聞生產

我們假設一則發生在法國巴黎的地鐵爆炸案新聞，最後傳到台灣，其消息傳遞到發布的過程如下：

1. 第一個守門人就是親自看見這個事件發生的目擊者，他看不見事情全貌和背後隱藏的眞相或意涵，他只能看見事件的表象，因此只能說明事件的一部分。
2. 第二個守門人是向這位「消息來源」採訪的記者，他必須決定把哪些部分寫進他的新聞中，什麼地方該輕描淡寫，什麼地方必須特別強調、著重並深入追蹤。

3. 記者把寫好的新聞稿交給報社編輯（在這之前還要經過採訪主任），編輯開始刪減、增加或改變這則新聞稿。
4. 幸運的話，這則新聞得以刊載在法國一家報紙上（不過拼版時遇到了一個技術上的「守門人」，因爲新聞拼不下去而可能刪去最後一段）。
5. 這則新聞刊出後引起美聯社駐法國記者的注意，他決定把它寫成電訊，然後又將這則新聞刪減一些，或加入一點解釋，並翻譯成英文，發到美聯社駐法國的分社。
6. 美聯社分社的編稿人如果決定採用，可能要把這則新聞縮短一點，或者改寫；接著這則電訊發到了美聯社紐約的總社。
7. 但是只有當美聯社總社編輯感到興趣時，才會把它編入對國內或對國外發布的電訊中，免不了又有所刪改。
8. 通過這關後，這條外電在台北中央通訊社的新聞室其中一部電腦列印機中出現，也許由於第一句寫得很引人入勝，國外部主任用紅筆畫了一個圈兒，請一位編譯譯成中文。
9. 編譯人員根據這則新聞的內容開始進行翻譯的工作，在翻譯外電的同時，文件可能會有一些專有名詞或地名，編輯人員必須加以查明。
10. 稿子送到編輯桌上，又要經過一、兩位守門人，然後上網或發到各家報社。
11. 最後決定這件發生在法國巴黎的新聞是否應該讓台灣的讀者知道的，是這些報社的國際新聞編輯，如果他們認爲這個新聞和讀者不相關的話，這條消息就會被丟到垃圾桶。如果他們覺得這消息「還不錯」，但版面實在有限，則又會刪掉後面兩三段才刊登。第二天早晨報紙送到讀者手中時，這條新聞才終於讓台灣的讀者知道。

(二)新聞產製的一天

媒體的一天產製新聞的過程，從記者採訪到報導、編輯、發行、播出，都經過了層層嚴密的把關，我們以報社為例，其產製新聞的流程如**圖3-1**所示：

■記者彙報

報社記者會在每天中午十二點左右，以電話的方式向召集人、組長或主任回報今日上午所有的新聞內容。同時，各路線的新聞記者也會向相關主管預報下午或晚間可能或預計發生的新聞事件，並評量是否請求支援。

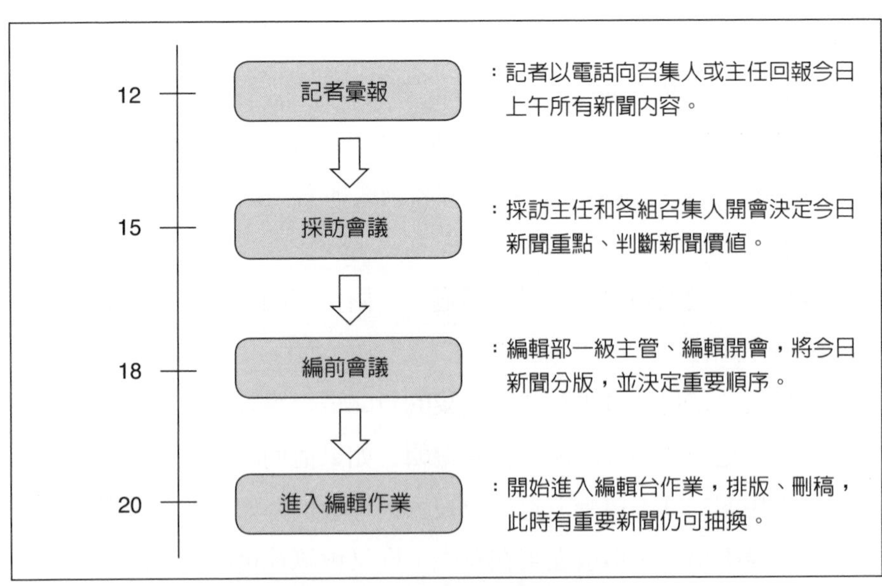

圖 3-1　報社新聞產製流程

■採訪會議

下午三點左右，報社會召開採訪會議，採訪會議由採訪單位的主任，以及各組召集人出席，會議的主要目的是要彙整所有的新聞、判斷新聞價值、決定畫面或內容、決定須追訪的新聞，必要時還要進行跨組整併工作。

■編前會議

編前會議於晚間六點左右召開，由編輯部各一級單位主管、各版主編出席，該會議中，要決定所有新聞的分版情形、重要順序以及版面和位置；此時，如果各線新聞記者的路線上仍有新聞發生，記者仍可繼續進行採訪工作。

■編輯作業

報社約莫晚間八點鐘就會開始進入編輯台作業，將已經確定版面、位置的新聞開始排版，此時，有重要的新聞仍可繼續採訪發稿，新聞可隨時抽換版面，如果在截稿之後還有突發的重大新聞，仍可以換版的方式，把最新的新聞送上新聞版面。

第二節　新聞記者的工作特性

一、新聞採訪的特點

要把握新聞採訪的特點，就有必要對新聞採訪和調查研究做一番比較。在種種關於新聞採訪的定義之中，有的把新聞採訪和調查研究完全等同起來，有的則認爲新聞採訪和調查研究是兩回事（林如鵬，2000：6）。

調查研究包含了調查和研究兩個過程。調查就是爲了了解情況進行考察，研究是探求事物的眞相、性質、規律。簡單地說，調查是占有材料，研究是消化材料；調查是研究的基礎，研究是調查的深化，同時能反過來指導調查，二者是一個辯證統一的認知過程。沒有經過深入細緻的調查工作，掌握豐富、可靠的事實材料，研究只能算是「無源之水，無本之木」，不可能達到認知的深化；反過來，不善於研究思考、分析判斷，那麼調查得來的材料也只是個支離破碎的「資料袋」而已。

至於新聞採訪的調查研究與其他實際工作部門的調查研究相比較，其特點如下（林如鵬，2000：7-19）：

(一)採訪的求眞性

新聞是用事實說話的，事實勝於雄辯，新聞採訪的最根本任務就是要蒐集、挖掘到有價值的事實材料。所謂事實，就是事情的眞實情況，眞實是新聞的生命，同樣也是新聞採訪的生命，記者的調查研究和其他工作部門的調查研究在內容上存在著較大的不同。一般工作部門的調查研究往往著眼於工作的角度，針對某一問題展開全面、詳盡的調查，帶有較強的專業性、技術性。而新聞採訪的調查研究雖然也要求對被採訪事物做全面的了解，但更強調要突出重點，從新聞價值的角度出發，選取客觀事物中最典型、最生動、最具體、最新鮮的部分做重點的挖掘。新聞採訪不要求也不可能面面俱到，要求對客觀事物做一番「沙裡淘金」的篩選，因而往往採取以小見大的方法。

(二)採訪的時限性

新聞採訪的調查研究要求「快」，絕不能拖拖拉拉。遇事慢半拍的人是不可能當好記者的。記者的採訪工作須有快採、快寫、快發的「快速作戰」能力。

西方新聞界用「易碎品」一詞來比喻新聞的時效，意思是指新聞的生命將隨著時效的消失而終止。《紐約時報》前副總編輯羅伯特·賴斯特曾說：「如果說第二次世界大戰之前，新聞界普遍認為，最沒有生命的事物莫過於昨天的報紙的話，那麼，現在的看法則是，最沒有生命的事物莫過於幾小時以前發生的新聞了。」

現代科技的迅速發展，各種現代化通訊工具裝備的進步，為記者採訪時效性的提高提供了可靠的物質保證。現在新聞單位的記者外出採訪時，都配有手機、筆記型電腦，甚至租用通訊衛星線路，時效性大大提升。

(三)採訪的獨立性

記者的採訪活動在許多情況下是單槍匹馬進行的，從新聞線索的發現和採訪對象的確定，蒐集、分析新聞材料，形成自己的見解，到拿出新聞成品來，往往都是獨自完成。新聞工作的特點，要求記者要有很強的獨立工作能力，善於獨立思考問題，妥善安排好自己的工作。記者時時刻刻要處於待命狀態，要有「槍聲就是命令」的職業意識，一旦有新聞發生，馬上就能奔赴現場。

然而，記者採訪的獨立性，並不排斥記者要聽取有關方面的多元意見，以及服從編輯部的調遣和指揮，並汲取同業的集體智慧。

(四)採訪的突發性

一般新聞採訪由於採訪處於被動地位，所以存在著許多不確定的因素，總是先有了客觀事物的存在和事件的發生，如車禍、空難、地震、火災及重大刑事犯罪案件等突發事件，才有記者的採訪。

採訪的突發性還表現在記者採訪時，往往會遇到各式各樣多變的情況，例如原先欲採訪的權威人士或知情人士找不到，該去的地方由於某種原因去不了，採訪時發現情況和原先掌握到的新聞線索大相逕庭，或者在採訪過程中發現了更加緊急或更加重要的新聞等等。此時記者就應該要隨機應變，隨時調整採訪策略，不斷地修正自己的工作安排，以適應多變的情況。

此外，採訪的突發性還表現在記者每天所接觸到的都是新人新事，這對記者來說是一種嚴峻的考驗，每天面對不同的採訪對象，如何從容應對，挖掘出事實的眞相，這都要求記者掌握嫻熟的採訪技巧，具備良好的心理承受能力。

(五)採訪的危險性

有人說：「險地出新聞」，新聞記者深入危險地帶採訪，要冒很大的風險，這種風險包括兩種情況：一種是生命危險，如：深入戰地或災區採訪；另一種則是指「是非」之險。記者往往是以一種比較超脫的第三者的姿態去進行採訪，力求客觀、公正，一般不介入矛盾的雙方。但記者採訪時往往是有立場、傾向的，又常常會在不知不覺中捲入社會的是非漩渦中，結果受到或明或暗的打擊報復，尤其是開展批評報導，有些記者甚至受到各種恐嚇、威脅。

鑑於新聞採訪的危險性特點，有志於從事新聞工作的人，都要有吃苦耐勞的準備，同時也要有不畏艱險、不怕犧牲的心理準備。只有這樣，記者才能在採訪中全力以赴、勇往直前，出色地完成各項採訪任務。

(六)採訪的廣泛性

從空間上來講，採訪是無邊無際、不受限制的，全鄉鎮、全縣市、全國乃至全世界，都可以成爲記者採訪的天地；上自國家元首、風雲人物，下至平民百姓、販夫走卒，都可以成爲記者的報導對象，不管什麼地方、什麼人，只要發生了具有新聞價值的事實，記者都應前往採訪。政治、經濟、文化、軍事、科技、體育、社會生活、人情趣味、殺人放火、偷拐搶騙等各行各業發生的新聞，都在記者採訪範圍之內。世界上還沒有別的職業，能夠像記者那樣每天接觸、發現那麼多的新奇事物。

因爲採訪的廣泛性特點，記者本身也須有廣博的知識，對自然科學與社會科學都要有所涉獵、接觸及了解，這樣才能適應工作的需要。

(七)採訪的連續性

採訪的連續性包含三層意義：第一層是指記者的採訪是一種沒完沒了的工作，沒有所謂的「八小時工作制」，記者沒有什麼上下班時間的概念，從一次具體的採訪過程來看，記者在獲得新聞線索之後，便開始進入了不間斷的作業狀態，在去採訪的路上，他要思考如何與受訪者進行接觸，要了解什麼問題，可能出現哪些情況以及因應的策略。在採訪中，記者要問、聽、想、記、看，一邊消化採訪對象介紹的情況，一邊在心中打好草稿，爲寫作做好準備，採訪結束後記者便要馬上寫稿，有時候碰到重大新聞事件，記者幾天幾夜吃不好飯、睡不好覺，連續作戰，也是常有的事，新聞採訪的這種特點，使得記者整天處於忙碌之中，但是有作爲的記者往往樂此不疲，苦中作樂，爲了保持旺盛的鬥志和充沛的精力，記者要善於安排自己的時間，抓緊時機休息，以利再戰。

採訪連續性的第二層意義是指，有些報導題材要求記者反覆宣傳，不斷深入，新聞報導存在著類似的永恆報導題材，如：節慶、重大考試、政府政策……等，這些題材具有一定的延續性，這種延續不是簡單的重複，而是要求記者採訪時要善於選取新的角度切入，老題目才能作出新文章。

採訪連續性的第三層含義則是指，針對某些人物、事件的採訪和報導，往往不是一次能夠完成的，而是要做連續性的報導，根據客觀事物、事件的發生、發展、變化、高潮和結局的過程，做同時態的追蹤。

(八)採訪的公開性

記者大多數的採訪活動都是公開進行，採訪的結果要公開報導，報導傳播的範圍愈廣，影響的人愈多；而公開性又帶來了競爭性，因爲讀者看了這家報紙的報導，就可以不看另一家報紙的報導了。對同一事務的報導，誰快、誰迅速即時、誰搶先，誰就在競爭中取勝。

二、採訪時還應具備的特質

從上述新聞採訪的幾個特性來看，記者在採訪的態度上，應該還要具備以下三種特質：

(一)採訪要快，同時要「準」

採訪要講求速度，速戰速決，但這是要以準確爲前提的。記者採訪時一味追求快，結果把基本的事實搞錯，這樣的教訓屢見不鮮，也是絕不允許的。「眞實」是新聞的生命，採訪在求快的同時，一定要把事實查證清楚。

(二)採訪要快，同時要「深」

記者採訪中，只蒐集到事物表面的材料是遠遠不夠的。在有限的時間內，記者要保持清醒的頭腦，要善於透過事物的表象，認識事物的本質，使新聞報導達到一定的深度，對新聞受衆能有一定的啓發。

(三)材料的挖掘要生動，但是不能虛構

記者在採訪中要努力挖掘那些最典型、最生動、最吸引人的新聞事實，要善於觀察被採訪對象的言談舉止，觀察有特色的採訪現場，抓住現場氣氛，爲新聞寫作奠定一個良好的基礎，而不能違背新聞眞實性的原則。

習題

閱讀完本章後，試回答下列的問題：

1.記者的類型可分為哪幾種？記者一天的工作內容為何？

2.請說明新聞的產製流程包含哪些部分？

3.試分析新聞採訪具有哪些特點？

4.記者在採訪的態度上，應該具備哪三種特質？

第二篇

採訪的準備與要領

4 採訪的準備工作

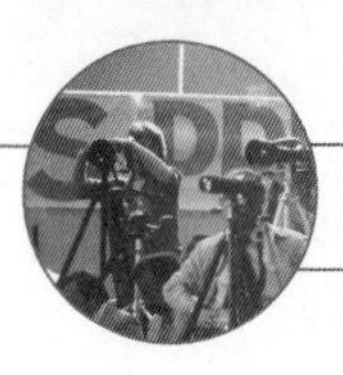

新聞採訪是一種複雜的工作，目的性、時效性很強，做好採訪準備工作便顯得十分重要，尤其大多數的新聞採訪是需要一次完成的，機會十分難得，如果倉卒上陣，導致採訪失敗或所得材料不充分，事後想彌補往往是困難的。做好採訪準備工作，可以取得事半功倍的採訪效果（林如鵬，2000：277）。

「有備無患」，這是兵家常識，古有云：「工欲善其事，必先利其器」，也道出了準備工作的重要性，美國新聞學者約翰·布雷迪說：「經驗豐富的記者一致認為，每採訪一分鐘至少要準備十分鐘，認眞調查之後進行的採訪幾乎總是更有成果。」這的確是經驗之談。採訪準備充分與否，常常決定了一次採訪的成敗（林如鵬，2000：278）。

新聞記者在進行採訪前必須先對採訪的類型有所了解，才能進行採訪的準備，一般而言，採訪的類型有下列幾種（方怡文、周慶祥，1999：51）：

一、小組採訪

所謂小組採訪就是一組人針對一位新聞人物或新聞事件去採訪，這種情況通常發生在訪問重要人物時，或有重大新聞時，例如安排對總統的採訪，或行政院長的採訪，訪問的內容牽涉的層面很廣，所以會有一組人去採訪，針對記者所熟悉的政治、經濟、教育、國防等重大新聞提出訪問。

或者發生重大意外事件時，一個人可能無法全面應付，所以會派一組人前往現場做採訪，彼此分工，對新聞廣泛的進行採訪報導。小組採訪的好處是，當同事在訪問時，另一位記者可以思考下一個訪問的內容，同時可以在訪問完畢後彼此討論，讓新聞內容更加充實完整。

二、單獨採訪

平面新聞記者通常是個人獨自完成採訪，只有電子媒體的記者採訪時，才會有攝影等一組人一起採訪，而單獨採訪時，就考驗記者的採訪能力與對新聞的了解度，以及人脈關係的耕耘，傑出的記者通常在單獨採訪中能很快的找到自己所需要的新聞。

三、電話採訪

基於截稿時間的緊迫性，或者受訪者在國外，或在晚上臨時要採訪已下班的官員或首長，這時就必須用電話進行採訪，如：影劇記者報導李安導演的電影獲得某影展大獎一事，由於當時李安並不在國內，因此記者就必須用電話進行採訪，以獲得第一手李安導演的反應。

四、記者招待會

此類的採訪通常是對政府首長所進行的例行採訪，或針對重大事情所召開的新聞說明會，例如，行政院發布重大消息時，會由新聞局召開記者會，或者國外著名影星來台灣訪問時，也會召開記者會。另外，由於消費新聞受到重視，許多廠商在新產品上市之前，也會舉行記者招待會，以便介紹他們的新產品給社會大眾，但是，一般而言，這種記者會比較難問一些深入的問題。

五、電腦通訊工具

科技一日千里，網際網路更是無遠弗屆，在資訊的時代中，記者們

在採訪時，也要善用這些新傳播科技和電腦通訊工具，如：電子郵件、即時通軟體、網路電話……等，這些新傳播工具不僅可以降低成本、即時傳播，更可減少受訪者的警覺性。

第一節　採訪前的準備工作

一、日常準備工作

記者應在日常的活動中根據新聞採訪工作的需要，進行長期的、經常性的準備工作。這種工作是記者工作中的一種「基本功」，屬於基礎性的準備，不僅可以加強記者本身的專業程度，也可在每一次採訪中發揮某種特殊作用。日常準備工作的內容有以下幾個層面：

(一)汲取廣博的知識

在知識經濟的時代，知識對任何人來講都很重要，進行知識的積累，是記者日常準備工作的重要內容之一。記者是社會的觀察家，接觸的人或事既廣又多，因此記者廣泛涉獵各種知識，否則在採訪中，就有可能與受訪者缺乏「共同話題」而無法深入。此外，記者往往有路線的專業分工，在自己的採訪路線上，記者應該是專家，因此記者必須鑑古知今，隨時補充新知。

記者擁有廣博的知識，也會反映在報導中，使報導的涵意更深一層。尤其哲學、史地、文學及科學知識，是記者採訪活動中常用的知識，沒有這方面的深厚功力，採訪中難免會犯下常識性錯誤，貽笑大方，影響採訪的效果。

(二)累積各種資料

資料是記者工作的珍貴資產，累積資料的目的是使新聞報導能夠更加完整。雖然現在很多新聞媒體都有自己的資料庫，但是記者還是應該根據自身工作的需要，建立個人的小型資料庫，以供自己隨時查閱，方便工作。記者的資料累積到一定程度後，也要注意經常性的分類整理。

資料在新聞採寫中的作用是很大的，許多有經驗的記者都十分強調累積資料的意義。但是，資料浩瀚無邊，記者的精力有限，不可能什麼資料都進行蒐集，因此，一般來說，記者需要累積的資料有以下幾種：(1)政治性資料。包括政府政策、法規，以及採訪領域內的具體政策和規定；(2)知識性資料。包括自然科學、社會科學的資料，對分工領域內的有關知識尤其要注意蒐集，要達到一定的深度；(3)文藝性資料。記者是文字工作者，因此對文學藝術要有較深的造詣，需要掌握豐富的語言資料，對名言佳句、格言警句要相當熟悉；(4)業務性資料。如同行的採訪心得、好稿評價等，學習別人成功的經驗可以汲取有用的知識，同時對某些題材的報導要注意蒐集、追蹤。

(三)訓練職業技能

記者對新聞工作的「十八般武藝」，應做到「拳不離手，曲不離口」地勤學苦練，把訓練職業技能當作一項日常工作。只有不斷磨練，才能熟能生巧，在各種複雜的採訪對象面前應付自如，處變不驚。

記者由於工作關係，整天處於奔波勞碌之中，難得坐下來研究一下成敗得失，應盡量利用採訪的空檔，進行反思，總結經驗教訓，再接再厲。有些記者還有寫採訪日記的習慣，一方面記錄新聞工作過程，深化記者對採訪工作的認知，一方面又可筆耕，加強文筆程度。

二、採訪前之準備

在了解記者平時應準備的工作後，下面我們就來談談，記者在正式採訪前，應該要注意哪些方面的問題，以及該做哪些準備（林如鵬，2000：297；方怡文、周慶祥，1999：53-57）：

(一)事先了解受訪單位的組織功能

每一位記者進入新聞媒體工作時，就會被分派採訪路線，在前往採訪前，第一件事是要對所採訪單位的背景有所了解，如：採訪單位的主管業務、各部門執掌……等，以避免問出外行話，引起受訪者反感。舉例來說，記者被派赴法院採訪時，必須對司法組織、訴訟程序有一定程度的認識。一件案件的審理，現在是進行到偵察庭、辯論庭，還是到了合議庭？一宗案件的嫌犯，是被聲請羈押、飭回，還是交保？如果是交保，保釋金是多少，也顯示了這位嫌疑者涉入案件程度的多寡。因此，做為一位司法記者必須十分嫻熟這些流程和重點，在採訪時，才不會鬧出笑話。

(二)研究採訪對象

記者對採訪對象的認識，不應從與採訪對象見面之後才開始，在確定採訪對象後，記者便應透過各種管道了解受訪者的基本資料，如：性別、年齡、興趣……等。事先進行初步的認識，以利於記者與採訪對象見面之後找到「共同語言」，形成一種良好的心理狀態。

除了受訪者的基本資料外，記者也要對受訪者的背景有所了解，如：學術專長、過去工作單位及經驗、豐功偉業，這些都可作為與對方聊天、套交情的資料，拉近彼此的距離，以取得對方信賴，而獲得更多的新聞訊息。此外，記者也應設法取得採訪對象的家中電話、手機號碼、電子郵件位址，以便不時之需。

(三)非突發新聞採訪事先預約

進行採訪前，最好先和採訪對象約好時間，由於記者的採訪對象大都是政府機關或公司主管，這些人平時就相當忙碌，行程滿檔，如果不事先約好，想要採訪會很困難，即使記者與被採訪對象很熟，在禮貌上最好還是事先預約時間，免得讓對方爲難。

對於所採訪的內容應先告知對方，讓對方事先能做準備，並詢問對方能空出多少時間接受採訪；欲訪問的問題可事先擬定好問題大綱，傳給受訪者，使其能先了解、準備，問題大綱切勿膚淺或太過敏感，以免受訪者拒絕接受採訪，敏感及深入的問題，可待正式見面後再當場提出。

(四)檢查採訪工具是否齊全

這是採訪前準備不可忽視的一項重要工作，記者出發之前要仔細檢查該帶的採訪工具帶了沒，例如：筆記本、紙張、照相機、錄音器材、筆記型電腦……等，並且在事前和採訪過程中，檢查這些採訪工具有無問題、運作是否正常，例如，使用的筆有沒有墨水，錄音機的電池夠不夠，這些事情看起來都不是什麼大不了的事，但只要有任何一個小環節出問題，那就得不償失了，所以除了細心檢查外，最好還能夠準備備用工具。

(五)注意跨路線新聞採訪的協調

在新聞採訪中，常常會碰到跨路線新聞採訪的問題，如總統罷免案的新聞牽動層面廣泛，包括政治、社會、外交、經濟……等路線的記者都須動員採訪，因此，假使各相關路線記者能事先合作做採訪的規劃，彼此分工合作，報導之呈現會比較完整，也可避免「踩線」的尷尬情況發生，記者採訪工作執行起來也會比較從容不迫。

三、採訪計畫

採訪計畫是記者根據某次採訪的實際需要，在採訪的具體動作上，所做的統籌安排和事先準備，有了採訪計畫，記者的採訪工作就能有條不紊地進行，可以避免採訪時發生混亂的情況。採訪工作能否深入進行，能否取得新聞採訪的主動權，把握採訪的整個局面，與採訪計畫有很大的關係，尤其是大型事件的新聞採訪，事先一定要有周密的採訪計畫和部署。一份好的採訪計畫，應包含以下幾方面（林如鵬，2000：309-310）：

(一)選定採訪對象

首先應該明確選擇哪些人為目標進行採訪，他們的先後順序為何。同時還要注意選擇適合的受訪者，什麼是適合的受訪對象呢？基本上就是尋找那些能談、願意講的知情人士，或有代表性的人士，如果可以找到這樣的人採訪，我們可以說，一件採訪任務已經成功了一半。

(二)選擇採訪角度

採訪角度是記者挖掘事物的著眼點和重點，採訪角度決定了新聞角度，每一個事物都可以從不同的角度來看。從不同的角度反應同一個事物，新聞價值的體現是不一樣的。記者採訪前應先對相關資料進行綜合分析，選擇一個獨特的採訪角度，尤其是當多家新聞媒體採訪同一事物時，應選擇與衆不同的角度來採訪，「同中求異」，這樣的報導才會不同凡響。

(三)擬定採訪大綱

採訪大綱包含了採訪的方向及問題，可幫助記者在採訪時，清楚的掌握問題重點，避免漏問問題，採訪大綱的問題要設計得多一點，才不會與受訪者無話可說，造成冷場的尷尬場面。

(四)確定報導的範圍、重點、步驟、字數、截稿時間

這些細節看起來似乎不是那麼重要，但是有利於記者做好心理準備，控制好採訪各項工作的節奏和進度，處理好輕重緩急。同時對媒體組織來說，事先知道記者所發的稿量多少，在版面的調度和控制上，也可以更精確的計畫與準備。因此，雖然是小事，卻是記者時時刻刻要確實掌握的作業細則。

(五)思考突發狀況時的因應策略

制定採訪計畫時，一定要預先想到採訪過程中可能會出現的障礙，如受訪對象臨時不出現，或是採訪的工作進行得不甚順利，記者應先思考應對策略及方法，以確保採訪能夠順利進行。

採訪計畫是很重要的，但它畢竟是記者採訪前事先擬訂出來的，需要在採訪中經過實踐的檢驗，記者要根據採訪時的情形，隨機應變，適時修正、補充採訪計畫，使其更符合實際狀況。

第二節　採訪時的工作

前面我們提到記者採訪前的準備工作，本節我們將介紹記者正式進入採訪過程中，有哪些應該要注意的地方、技巧，以及採訪筆記的製作（林如鵬，2000：331-344；方怡文、周慶祥，1999：59-64）。

一、問話的要求

在採訪過程中，「問話」是整個採訪工作的核心。問話是記者以提問題的形式挖掘新聞材料、核對新聞事實的一種採訪方法。記者進行訪問時，要講求問話的藝術，靈活運用提問的各種方式和技巧。

問話在訪問中的作用，首先表現在「引導」受訪者上。記者總是透過一個又一個的問題來控制談話的方向，使談話不斷地朝採訪的目的前進，當談話離題時，記者可提出新的問題；當某個問題談僵了，記者可另闢蹊徑，換個角度重新提問。不善於訪問的記者，經常會在受訪者談得正起勁時，粗暴無禮地把他的話打斷，引起受訪者的不滿；或者當對方滔滔不絕時，卻與採訪目的毫不相干，記者不知適時引導，使訪問變成一場漫無邊際的聊天。

問話的另一重要作用就是「挖掘材料」。問話是記者向採訪對象挖掘新聞的最主要手段，記者問話的目的，就是希望對方能說出事件原委，吐露眞情。有些記者常會埋怨受訪者「木訥」、「講不清楚」、「不知所云」，實際上這種抱怨恰恰暴露了記者的無知與無能，問與答正如矛與盾，想要對方答得好，就要靠記者問話問得好。

問話是一種藝術、一門學問。善於問話的記者往往能撥動對方的心弦，使對方的談話愈談愈興奮，愈談愈深入；不善於問話的記者，往往問題一出口，不是讓對方摸不著頭緒，就是讓對方暗自取笑或生氣，從心底看不起記者。問話直接影響採訪的成敗，因此，在問話上，記者應該要注意以下幾個方面的要求：

(一)問題內容要具體

問題內容具體，受訪者才容易回答，容易得到實質性的答案。有一次美國「氫彈之父」Edward Teller在機場舉行了一次簡短的記者會，一位年輕的記者貿然問道：「Teller先生，可否請您解釋一下，相對論和現代空間的關係呢？」Teller聽了之後睁大眼睛，反問記者：「我怎麼能解釋呢，Einstein用了十三年時間，才確立了這個公式！」這個例子告訴我們，提的問題太大，吃力不討好，不僅對方不好回答，記者本身也無法深入採訪。

此外，具體的問話內容還為新聞寫作奠定了良好的基礎，如果記者只問些抽象的大問題，得到的回答也只能是籠統、空泛的，勢必導致新聞寫作上枯燥無味、空洞無物。

(二)問話要簡潔

記者要言簡意賅地提出問題，問話時盡量使用單句，不要用好幾個句子問問題。記者如果問了一個十分冗長而複雜的問題，採訪對象往往記不住問題重點，使得採訪效果大大遜色。記者採訪時往往要先闡述一下有關背景，要注意把問題和背景分開，使問題能夠很快被受訪者了解。

(三)提問要抓住要害

記者採訪時只問到一般的材料是不夠的，訪問時不能忘記此行的主要目的，只要是關鍵的問題尚未獲得答案，訪問便不能結束。記者一開口提問題，就要讓受訪者覺得，這個記者是有深度的，提出的問題是有價值的，如此一來，受訪者的回答也較不會隨便搪塞。但問話要抓住關鍵，記者在事前一定要做好大量的準備工作，才能正確地分析和判斷事物。

(四)不要問一些簡答題

採訪是要獲得更多的資料，以便做更深入的報導，因此提問題訪問時，不要讓受訪者回答「是」或「不是」、「會」或「不會」、「要」或「不要」這一類的簡答題，更不要問一些可預知答案的問題。例如：股票市場連漲好幾天，有一位記者就曾問財政部長說：「部長，最近股票一直在狂飆，財政部是否要採取抑制股票投機的措施？」

想當然爾，部長不可能會正面回答「會」或「不會」，回答「會」，豈不是承認股票市場正處於投機狀況，回答「不會」，又豈不是承認股票市場的投機炒作是合理正常的現象。因此這類問題通常會得到標準答案：「我們很關心股票市場的狀況，並正在深入了解是否有人爲炒作的現象。」這對採訪工作來說是無意義的訪談。

(五)問話要想到讀者

記者報導新聞總是希望能引起最大量的讀者關注，閱聽人愈多，報導起的作用和影響力就愈大。因此，記者在問話時，要考慮讀者的需要，站在廣大讀者的角度來思考問題。凡是廣大讀者須知、應知而未知的事情，就可以多問、細問；相反地，與廣大讀者毫無關係或關係不大的事情，就可以不問或少問。只有考慮讀者的需要和感受，反應讀者心聲，解答讀者疑問，新聞報導才會受到歡迎。

(六)有不同意見不與受訪者激辯

多元化的社會，自然會有不同的意見，記者在進行採訪時，應保持中立客觀的立場，傾聽對方意見，而不是要受訪者接受記者的意見，因此，與受訪者有不同意見時，可以表示不同的看法，以激發對方多談一些相反意見，或做正、反面的評估意見，記者切勿融入事件中，與受訪者發生激辯。

一般而言，採訪時會發生激辯，大都是因爲政治立場不同而爆發記者與受訪者間的激辯，「眞理不一定愈辯愈明」，如果有一方風度不好，沒有接受不同意見的雅量，這時會「愈辯愈慘烈」，採訪關係也會愈來愈差。對於採訪工作非但沒有助益，還會形成重大障礙。

二、採訪的方式與技巧

(一)採訪的方式

問話是採訪工作的核心，前面我們指出了問話的一些要求，但是要「如何問」，更是關鍵。由於採訪對象、採訪場合、採訪目的不同，記者問話的方式也應有些變化。問話的方式一般有正問法、反問法、側問法、設問法、追問法、誘問法……等。記者一開始一般用正問法提出問題，訪問中也常用設問法，訪問深入時則多採用追問法，碰到障礙時則可用側問法和反問法。這一切都需要根據當時的情況靈活地交互運用。下面我們將逐一介紹這些問話的方式（林如鵬，2000：346-365）：

■開門見山—正問法

正問法是直截了當地從正面提出問題、表明訪問目的的問話方式。

正問法的特點就是明快直接、乾淨利落，採訪很快能進入正題，採訪對象一聽，也能立刻明白要回答什麼問題。例如：「您對這件事的看法爲何？」「您認爲這次的人事案中，誰最有可能出任？」這種開門見山、直接提問的方法，特別適合以下這些場合：

1.採訪對象十分忙碌，沒有多少時間接待記者訪問。這種採訪常常限定時間，記者就應多運用正問法，直接提出問題。

2.採訪某些公眾人物或政府官員，由於他們常常接受記者採訪，見多識廣，見了記者十分大方、健談，因此，採訪這種人也宜用正問法，否則訪問的局面難以控制。

3.採訪記者熟悉的對象，記者對於「老友型」的受訪者，可以省去不必要的客套和寒暄，直接進入正題。

4.某些特殊場合中的現場訪問，例如廣播、電視中的現場採訪、記者會上的發問，由於訪問目的雙方都十分明白，因此用正問法即可；再如突發事件的採訪，如火災、交通事故等，在現場處理有關事件的負責人十分繁忙，記者也應從正面直接提出精鍊的問題，不可以進行馬拉松式的訪談。

使用正問法要注意分析問話內容和訪問對象的關係，例如對方是否了解、能否回答；訪問對象與問話內容有何利害關係；對方的文化水平、理解能力、特定身分如何……等，這些因素都必須考慮進去。

■明知故問—反問法

訪問時受訪者由於某種原因不肯回答，於是記者從與受訪者回答問題相反的思考模式提出問題，促使受訪者思考，迫使受訪者回答問題。對於敏感的新聞，記者常不容易得到受訪者正面的答覆，所以必須運用一些問話技巧，才能套到一些新聞，而「激將法」與「錯問法」常是最有效的方式。

1.激將法：這是一種透過提刺激性問題來引起採訪對象重視，讓他無法迴避，非得向記者把話說清楚不可的問話方式，例如「聽說您受XXX的影響很大，是否有此事？」、「你們眞的抓得到通緝犯XXX？」等。

2.錯問法：這是一種從相反方向，「明知故犯」地提出一個分明錯誤的問題，促使受訪者澄清事實，說出眞相的問話方式。這種問話方式比激將法更能激化受訪者的情感，尤其是一些急性子的人，很容易接受錯問法的問話方式，例如「聽說XXX將出任部長？」

■旁敲側擊──側問法

側問法是採訪時，記者不直接從正面提問，而從相關方面著手，經過迂迴繞圈，不動聲色地引至正題上面的問話方式。這種問話方式比較委婉，容易被受訪者接受。側問法比較適合在下面的場合使用：

1.採訪對象有所顧忌，不願意表示意見時。記者可以換另外一種角度問話，如在人事案中，可以提一些名單，讓受訪者回答「是」或「不是」，或者觀察受訪者聽到這些名單時的表情，猜出誰將接任。

2.採訪對象不習慣接受記者採訪，看到記者就緊張，不善於談話時。這時記者可以說：「那我們不談這個，我們來隨便聊一聊。」用這種方式卸下受訪者的心防和緊張感。

使用側問法要了解受訪者的特點，從與訪問主題密切相關，而受訪者又比較熟悉的問題下手，千萬不可漫無邊際地聊天。

■設身處地—設問法

設問法是記者在對有關資料進行比較準確的分析和預測的基礎上，以假設的問題進行提問，從而證實、了解受訪者對某一事件的看法。例如：「假如XXX當了總統，您認爲未來的政治生態會有什麼樣的變化？」「如果今天義大利隊奪得世界盃冠軍，您認爲對席丹會有什麼影響？」

運用設問法要注意不能心中無數，記者要事先對相關情況有所了解和分析，再透過設問法獲得採訪對象具體、準確的回答。

■窮追猛打—追問法

沿著談話線索步步深入，追問下去直至「水落石出」。有許多獨家的大新聞都是在採訪中無意間聊天聊出來的，因此，記者在採訪時，要有敏銳的新聞鼻以及好奇心，同時要懂得去追蹤更多的線索。記者要有從受訪者的回答中，找尋新聞線索的能力，嗅出受訪者答案中可能隱藏的新聞，並進一步追問，得到更多的消息，例如：受訪者說「最近壓力好大、好累。」記者可以繼續追問受訪者：「爲什麼壓力大？受到誰的壓力？最近在進行什麼案子嗎？」

運用追問法要注意分寸，要避免把追問變成「責問」，也不能強化記者和受訪者的對立情緒，破壞雙方的平等關係。因此使用追問法時，態度要誠懇，問題要明確，既能促使對方動腦筋，又能讓他愈談愈有興趣，愈談愈深入。

(二)採訪的技巧

除了上述的幾種問話方式外，在採訪時，還有一些其他的採訪技巧可供參考：

■挑對方拿手的話題開始

受訪者並非都能夠對於記者的問題侃侃而談。有些受訪者不習慣於接受採訪，會出現緊張不安的情緒，有些受訪者對採訪的記者不熟，談話多所顧忌，記者必須設法安撫對方的情緒，引導受訪者暢所欲言，因此，正式訪問時，記者可以先從對方最拿手的話題談起，如受訪者的興趣、專長……等話題，等到聊得投機，取得對方信任後，再慢慢導入正題。

■問題的順序要由易到難

問題要符合人的認知過程。人們認識事物大都是由淺到深，記者與受訪者交談，也應該按照這樣的邏輯順序進行，問題由簡單到困難，然後再觸類旁通，不斷深入，從而了解事情的眞相。訪談一開始馬上便提出最尖銳的問題，往往會引起受訪者的緊張和警戒心，記者如果求知心切，操之過急，則可能「欲速則不達」，使得採訪工作失敗。

■眼觀四面、耳聽八方

記者無論在與受訪者聊天或訪談時，除了專心傾聽受訪者的回答外，更要一心多用，眼觀四面、耳聽八方，觀察受訪者以外，在場的其他人士，例如，社會記者常會在警察局聊天時，觀察其他警察的談話內容和行爲舉止，以發掘警方是否有什麼行動將要進行。此外，在採訪的過程中，記者有時因不便在受訪者面前做記錄，因此記者要學習心中有紙筆，隨時默記受訪者的重要內容和數字，如果怕忘記，可以藉著上廁所時，再偷偷拿出紙筆記下來。

■以讚美換取更多秘密

俗話說，最不花錢的禮物是多讚美別人，每個人都喜歡聽到讚美的話，適度的讚美受訪者的才能與專長，可以拉近受訪者與記者間的距離，並讓其願意多透露一些新聞，但是讚美必須恰到好處，並且要對受訪者的背景和專長有所了解，否則會適得其反。

三、採訪筆記

記錄是採訪工作中一項相當重要、不可忽視的一個環節。訪問中記者不像一般的記錄員，把聽到的東西巨細靡遺地記錄下來就行了。記者的記錄是在問、聽、看、想、記這五個方面同時進行的，是一種綜合性強的專業技能。有時候記者可以從容地記錄，有時候只能記要點；有時候受訪者會顧忌記者做記錄，而有時候記者不做記錄，受訪者又會感覺不受重視（林如鵬，2000：366-372）。

總之，該不該做記錄？如何做記錄？要詳記還是簡記？都應視實際情況而有不同的變化。一些記者不善於記錄，雖然記下很多資料，但等到寫作時才發現，無關的資料記了一大堆，而與主題有關的資料卻捉襟見肘。因此，採訪筆記要如何書寫，如何記錄，便顯得十分重要。

(一)採訪筆記的內容

採訪工作往往是天南地北的聊天，甚至會持續幾個鐘頭，有些談話是訪問的核心內容，有些是訪問中的過渡、調節性的閒聊。記者不可能、也不必要「有聞必錄」。一般來說，採訪記錄的內容應該是：

1.關鍵性的材料。即訪問對象的主要觀點、新聞事件發生、發展的主要經過、典型人物的主要事跡、經驗教訓的主要方面以及重要的背景材料等。這是構成一篇新聞的主要事實，記者務必要記得全面、詳實。

2.有特色的現場材料。這主要包括採訪現場所處的環境，採訪對象的外貌衣著、神情舉止以及生動的細節和情節，這一切都有助於表現人物的性格特徵。記者可以用粗線條的素描手法把見到的這一切記錄下來，有利於寫作時重構採訪對象的形象，從而使新聞報導如見其人，如臨其境。

3.容易忘記的材料。一般包括人名、地名、時間、數字及各類專業術語。這些材料往往難以長時間記憶，要當場筆記，同時核對準確。

4.訪問對象個性化的語言。個性化的語言往往是人物心靈的寫照，能體現受訪者的性格特徵。引用人物的語言是新聞寫作中用事實說話的常用手法，對這些語言的記錄要完整，不能斷章取義，最好把採訪對象說此話時的神色氣度也記錄下來。

5.採訪對象的想法和記者自身的感受。採訪對象往往會談到自己對某一事物的看法和認識，如當時是怎麼考慮的，爲什麼要這樣做。此外，記者在訪問過程中，往往被聽到的、看到的事情所打動，心裡會產生許多感想，這些感受是十分寶貴的，是記者初步認識、消化新聞材料的結果，把它們記在有關材料的旁邊，有利於事後記者整理、分析材料，提煉新聞的主題。

6.有疑問的材料。有時候採訪對象的談話中有不清楚的，或者與記者掌握的情況矛盾的地方，把它記錄下來，在旁邊打個問號，等到採訪對象談完一個話題之後，可重新提問或進行必要的核對。

(二)採訪筆記的要求

採訪筆記沒有固定的格式，特別是每個記者本身的條件，如記者記憶力等因素的不同，要靈活整理。記錄時要注意的事項有：

1.要注意傾聽。聽好是記好的前提，記者的「聽功」也是一項重要的基本功。採訪時要聽得準，聽得清楚，聽得全面，聽出對方想強調的、想淡化的、想遮蓋的東西，要善於聽出「弦外之音」，從對方的語氣、用詞中聽出對方的情緒和心理。記者聽得準，才能記得準。

2.筆記的行與行之間要留多一些空白，不宜密密麻麻。這樣可以方便記者隨時插入補充的資料，並註記記者的感想。記錄的主要目的是實用，因而不必追求整齊美觀，爲追求工整反而常常誤事。事實上，大多數記者的筆記本往往是只有記者本人才看得懂的。

3.定期對採訪筆記進行分類和整理。採訪筆記能保存多久就保存多久，一份完整的親筆記錄，往往能成爲日後可能發生的糾紛中，記者最好的「護身符」。而且，一次採訪中的記錄常常有大量多餘的材料，這些材料雖然在此次報導中用不上，但在往後的採訪中，卻可能成爲供查閱和參考的背景資料，有的甚至能在報導中直接用上。因此，對採訪筆記進行長期積累和定期分類，是十分重要的。

第三節　採訪後的整理工作

採訪的第三階段也就是採訪的後期。記者已經完成了訪問，以及新聞所需要的元素、資訊的追尋和蒐集，對新聞事件的來龍去脈有了比較清楚的認識，但是這個時候，記者對該事件的新聞價值判斷與認識準確不準確、深刻不深刻，還需要進行去蕪存菁的思維過程。

因此，較之採訪的前期、中期，採訪後期對新聞深度和質量的要求很高。如果說前期是一種資料背景的準備和新聞走向的預先判斷，中期是一種手段和新聞素材的獲得，後期則是一種在完全理性的指導下，對前兩個階段的思考，將新聞素材進行篩選、整理，在這種整合式的思考中，拓展新聞的深度及廣度。

它既要對前階段採訪效果進行證實、拓展；又要爲下階段新聞寫作打好基礎。因此，它是一個承上啓下的關鍵階段。

新聞採訪後的整理，可以分成三個步驟：第一步事先判斷新聞的本質，決定要以簡單的一則稿子交代，還是要分成幾條稿子處理，要不要配特稿或專訪。第二步驟是，將採訪的稿子像下標題一樣的列出大綱，重大新聞就進行新聞資料的歸類，每一類就是一則新聞。第三步驟是抓出每一則新聞的特點當作新聞的導言，內文再根據導言往下發展，一篇篇的新聞也就出爐了（方怡文、周慶祥，1999：82）。

一、判斷新聞本質

在激烈的市場競爭中，媒體發生很大的變化。媒體在向著廣度無限延伸的同時，也向著深度和高度挺進，「將資訊紙做成觀點紙」，抓住新聞本質，提出觀念，成爲新時代媒體的制勝關鍵。

此外，由於媒體的競爭愈來愈激烈，而讀者的品味也愈來愈高，愈來愈多元化，讀者已經不滿足於媒體告訴他們發生了什麼，而是要求媒體在陳述發生了什麼事的同時，還要告訴讀者爲什麼，怎樣看待它，怎樣認識它。也就是說，媒體要同時給予讀者認知新聞的方式。

因此，記者應深入到事物的本質中去，揭示事物現象的根本原因及其後果，增強新聞報導的力度、厚度、深度，以滿足人們的需要。在寫作前，記者也必須判斷新聞的本質，判斷其是否重要，需要用多少稿子來處理。

但要怎樣才能深入挖掘事物的本質呢？以下兩點提供參考：

1.對問題要想得寬一點、遠一點。亦即記者採訪調查的面要寬廣一點。沒有廣度，就難有深度。一個好記者，胸中要裝著一盤棋，而不是一步棋，記者如果只是看到、想到事情的某一個部分，手頭只有一些零碎材料便急於動手，不再從更大範圍和更深處思考問題，那麼，新聞報導就反映不了事物的本質。

2.要對問題鑽得深一點、透一點。亦即記者對問題要鑽研得透徹，把假象的材料予以剔除，把問題的本質挖掘出來，而不是淺嘗輒止、似懂非懂，讓一知半解或誤解代替認識。

許多老記者都有這樣的經驗，對事物和問題要鑽研得深透，採訪中就不能輕易滿足所得材料，也不要輕易宣布採訪結束；對一個問題只要有一點點的疑慮，就要窮追猛打，不弄個水落石出絕不干休。一個好的記者，不應該帶回來一個問號！這是經驗之談，也是一種專業精神。

二、分類整理所採訪的新聞

新聞採訪如果是一些重大的新聞，例如，發生空難事件，死傷人數超過二百人，記者在採訪前就能判斷這將是隔天的頭條新聞，報社有可能會用一個以上的版面去報導，因此在採訪時，就必須把有關空難的新聞全部記錄下來，回來整理時就依據這些新聞內容加以分類，先整理出新聞的大綱，如：「空難發生的經過」、「空難死傷名單」、「空難可能原因的探討」、「專訪空難生存者」、「專訪空難目擊者」，再根據新聞大綱，寫出一篇篇新聞稿。

而廣播和電視則必然會以頭條及較大篇幅報導，甚至於透過現場電話連線或做SNG報導。記者在現場採訪時，要先模擬編輯台可能的反應，以利於採訪的順利進行，並隨機應變（方怡文、周慶祥，1999：81）。

三、抓住新聞特點

在新聞實戰中，我們常常發現這樣的例子：一件新聞發生以後，各報記者從不同的方向火速趕往新聞發生現場，但是寫出來的稿子卻不盡相同，有的只平鋪直敘地告訴讀者發生了一件什麼事情，讀者讀完後索然無味；有的記者則是先生動的描繪一個場景，或者講一個故事，讓讀者眼睛一亮，然後興致勃勃的讀下去；有的在告訴讀者新聞的同時，還會爲讀者深入剖析新聞；而有的則可能連事實都說不清楚。

爲什麼會有這樣的不同？就是因爲面對著同樣的新聞事件，每一個記者選取的角度、採訪的深度或者思考的方式不一樣。俗話說：「水要甜，井要深」，新聞採訪也是同樣的道理。一個記者，想要在激烈的市場競爭中「高人一等」，寫出能夠讓業界關注、讀者記住、社會反應良好的好新聞，除了掌握必要的採訪方法、技能外，還要用心抓住新聞的特點寫稿。

新聞特點往往是新聞價值所在。如果記者抓不住新聞特點，或者新聞的角度不是建立在獨有的特點上，就會流於一般化和雷同化。

至於要怎樣抓住新聞特點呢？一般而言，有以下幾種方法：

1.透過「比較」抓出特點。沒有比較，就沒有鑑別度，比較可以產生特點、產生創意、產生深度，比較是確定新聞價值、認識事物本質的重要手段。但是，有些事物的特點顯而易見，容易抓取，有些則較爲隱蔽，需要記者下功夫找出來。

2.選擇「角度」抓出特點。即把大的、總的報導及題材，選擇一個最有特色的切入點，然後深入挖掘，以小見大，通過具體、新鮮的事實表現主題。這是因爲，事物是由各個方面的諸多因素構成的，看問題的角度不同，對事物的認識程度就有深淺。

角度的選擇也是有各種各樣的方法，因人因事而異，但目標只有一個，就是感染觀眾或者讀者，實現最好的新聞效果。在選擇角度時，應當抓住三個原則：

1.要「比」。即要求記者在明確報導思想和詳細占有材料的基礎上，試選幾個角度，然後逐一分析比較，看哪個最能體現特色和主題。
2.要「小」。新聞報導一定要集中力量，追求點的穿透力！這樣才能收到以小見大、一葉知秋之效；否則，就會流於空泛、淺薄。
3.要「異」。當代媒體生態之所以煙硝彌漫，戰火紛飛，激烈到白熱化的狀態，就是因爲大量的同質化競爭，因此爲了盡量擺脫這種局面，記者應努力「同中求異」。

在眼球經濟時代，報業的競爭空前激烈，爲了爭搶讀者，媒體都在追求一種「五步三秒」的市場效應，即頭條和圖片形成強烈的視覺衝擊，要讓讀者在五步之內就能看清楚，而新聞角度的選擇和處理手段的創新，將誘惑著讀者在三秒之間做出買還是不買的決定。所以，各家媒體都是把最搶眼的、最有衝擊力的、最能誘惑讀者的東西放在顯眼的位置處理，這一切其實都是特點、角度的問題。

習題

閱讀完本章後，試回答下列的問題：

1.記者採訪前應該要做哪些準備工作？

2.記者問話時有哪些要求？

3.記者採訪的方式與技巧包括哪些？

4.記者採訪後要如何整理問話內容，並抓住新聞特點？

5 硬性新聞路線的採訪要領

要當一位好的記者，建議應先認清楚記者工作的特性，其有迷人之處也有挑戰之處，記者不是討好受訪對象的「哈巴狗」，也不是專司挖糞的「狗仔隊」，記者行業之所以迷人，是建構在「有筆如刀」的震撼與權威，是「看門狗」（watch dog）。

調查記者林照眞在她的書中提到，一個記者在面對有權勢者發問時，不要問自己會不會發抖，要問自己，能不能寫出讓有權勢的受訪者發抖的文章。

所以，記者生涯是有迷人之處，但也有壓力和徬徨時刻。工時很長，要獨當一面，即使有同業，但記者深知同業關係只能輔助，它不能取代自己和新聞對象的關係，也不能取代自己在各自路線上應該做的功課和所下的功夫。簡單地說，絕不能倚賴同業，他們和你是既合作又競爭。

本篇將臚列政經路線、社會路線、地方（市政）路線新聞，及軟性和專業路線新聞的採訪要領，提供讀者對各路線新聞做深入的了解，並能在踏入新聞界前，事先做好準備。

第一節　政經新聞的採訪要領

舉凡內政、外交、國防、黨政、兩岸、議會等，都屬於政治記者的主跑範疇，而有關財政、經貿、金融、消費市場等，則屬於財經記者的路線範疇。由於政治與財經路線的特殊性，兩者的新聞都和政府、公家機構關係密切，因此，本節我們將其合稱爲「政經新聞」，並一併說明其採訪要領如下。

一、熟悉自己路線的政策方向

一般而言，這可以由部會（中央）、局處（地方）的各種背景文書中窺知，例如預算書、政策白皮書等。一個熟悉自己路線政策的人，才能和首長互談，從中得知首長的規劃，才能精確掌握所轄路線單位的進度。

政策的轉變、更新、擬定、推動成效等，無一不可成新聞元素。因此，對政策要有「對照感」，知道過去的政策，才能對照出現在和未來的政策有何不同。以中央部會來說，政策都有內部研議、草擬的階段，政策討論或成形的過程，往往在具決定性的會議或結論，都可能成爲新聞。

閱讀主跑路線過去半年以來的相關新聞簡報，這一點可以在新聞單位的公關室中或是首長秘書處取得新聞資料，了解你將主跑的路線有何新聞正在發生或是已經發生，有助於跑線記者以最短的時間進入狀況。

二、維繫良好關係

政經新聞除了有固定會議或是各種法案討論後的記者會，重要的是對未來發展的遠見，這一點，記者需要對於法案有清楚、深入的了解，法規室、幕僚單位都是很好的諮詢對象，擬訂法案的專員、科長都是記者必須維繫關係的對象。

三、善用網路資源

由於政策法令多如牛毛，擬訂法案的官員或許本身有些盲點，此時記者可以運用網路資訊，查詢相關法令的解釋，以及相關文章、評論及補充資料，報導其完整詳實的內容及意涵。特別是這些條文不僅繁雜而且衆多，記者可以多利用時間透過網路資源加以研讀，如有不明之處，再去請教了解條文規則的人，這樣，才能使記者快速進入狀況。

四、建立人脈系統

新聞路線上，人脈系統的建立非常重要，在政經路線上，除了垂直聯繫的人脈，也就是從首長到科長的人脈都要熟悉之外，橫向的人脈也要建立，很多新聞來源或許不是來自最核心的政府官員，可能來自其他關心此法令（政策）的團體或是學者、國會議員或是助理等，都能成爲你的新聞來源之一。而人脈的建立需要一段時間，也需要長期的經營，多花心思在採訪人脈上，有助於採訪工作的順利。有時候，新聞來源來自於政府機關的最基層工作人員，因此千萬不要忽略與最基層的工作人員建立良好的人脈關係。

五、深度決定高度

一則新聞影響層面有多巨大，關係著記者對於新聞本身的深度與廣度的挖掘與了解，舉例而言，一項政策的執行，除了說明政策內容之外，對於與政策相關的人、事、物都要進一步了解，才能寫出一篇有影響力的新聞報導。此外，當一名政經新聞記者，首先要抱持中立態度與政治的熱忱，更應該要有主動熱情的態度，監督政府，維護公共利益。

六、你的親友關心什麼？

政經新聞不只是少數人關心的事情，而是大多數人都應該要關心的，有些政經新聞似乎離民衆權益很遙遠，因爲那些議題看起來都很艱澀，好像並不易懂，所以，問問你周遭的親友關心些什麼？他們想從媒

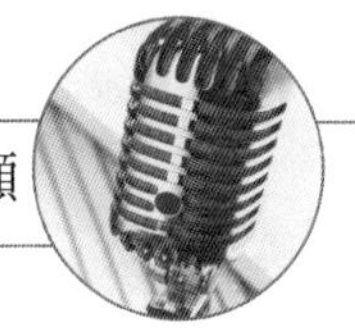

體中了解什麼？一位細心的記者可以從親友們關心的事情作爲出發點，找到一些好題材的新聞。

第二節　社會新聞的採訪要領

社會新聞在以前又被稱爲「三版新聞」，由此可見，社會新聞在一份報紙中的分量有多麼的重。社會新聞涵蓋的面向，也較之其他路線的新聞廣泛，包括犯罪新聞、司法新聞、人情趣味、時事潮流、集會遊行……等，新聞內容和一般讀者的生活環境息息相關。

近年來媒體競爭激烈，爲吸引讀者注意，新聞報導轉向血腥、暴力的羶色腥內容，因此，社會新聞常常被拿出來大作文章，新聞內容更加詳述嫌犯犯案過程、自殺者自殺方式，並刊登屍體、車禍照片，藉以刺激讀者目光，刑案現場更常看到電子媒體全天候SNG連線守候！

一般而言，社會記者又可分爲警政記者與司法記者，前者主要負責報導犯罪及治安事件，採訪範圍以警政署、刑事局、各地警察局及分局爲主；後者則負責報導這些事件的司法判決結果，採訪單位以法院及檢察署、調查局爲主。雖然社會記者的專業性不如其他路線來得高，但由於社會新聞常觸及「偵查不公開」，涵蓋面向也較廣，因此，在採訪上也非易事。要當一名成功的社會記者，以下有十點採訪訣竅和應具備的特質可供參考：

一、派出所是警政記者的第一線

媒體在分線時，每一位警政記者都會分別被指派，負責採訪不同的

警察分局，而每個警分局下面又設有好幾個派出所或分駐所。通常，刑事案件的辦案流程，就是從這些派出所或分駐所先開始受理報案、抓嫌犯、問筆錄……等，然後再呈報到轄區的警分局；有時候在派出所或分駐所發生的案件，當事人會私下和解，因而不會送到分局處理，所以，派出所和分駐所可說是警政記者獲知新聞事件發生的第一線。

想當一位成功的警政記者，必須要先到這些派出所打通關，和這些派出所的警員們混熟，聽派出所的警用無線電，從中搶先得知消息。由於每個警分局下設的派出所通常有好幾個，所以警政記者至少要選擇一、兩個較熟的派出所培養人脈，以免漏失新聞。

二、培養人脈，從聊天中獲取新聞線索

要當社會記者，培養人際關係是非常重要的，因為社會新聞往往涉及「偵查不公開」的原則，承辦案件的單位通常是不會主動公開案情的，而承辦人員如刑警、檢察官、調查員，也不會輕易透露相關消息和偵辦進度給記者，不同於其他路線的新聞，如影劇、生活、政治新聞，受訪單位或受訪者為了增加產品或候選人在媒體的曝光度，而主動提供新聞，藉以討好記者。社會記者在採訪新聞上會遇到較多的挫折。

此外，聊天是社會記者取得新聞線索的重要方式之一，社會記者要和採訪單位、受訪者多多聊天，從和警察、檢察官、法官、調查員聊天的過程中，培養感情，套出消息來。記者更要取得受訪者的信任感及默契，建立只有雙方才知道的一些話語和意涵，並讓受訪者知道記者不會隨便透露消息來源是誰。

三、想辦法看到各種卷宗

由於社會新聞常會遇到「偵查不公開」原則，所以記者在採訪上、了解案件的詳情及發生的過程上，不是一件容易的事。儘管記者會用和承辦人員聊天的方式，想方設法地套出新聞，但所得到的訊息仍是片斷、不詳細的。因此，社會記者必須想辦法看到各種案件的卷宗，例如：警方筆錄、檢察官起訴書、法院判決書……等，記者要從這些文件資料中，了解事件的發生經過及結果，汲取所需的新聞資料。

社會記者想要看到這些案件的卷宗，平時就必須好好的培養人脈，做好人際關係，取得承辦人員的信任感，適時地要求承辦人員讓記者看這些資料，並保證不會洩漏出去。記者切勿在未經過承辦人員同意下，自行翻閱卷宗，否則將傷了彼此的感情。

四、要求翻閱警方的勤務記錄表

社會記者雖然可以在警局或派出所裡面，聽到警方的無線電，得知轄區內有哪些事件發生和警力調度等，但是，記者平時不可能二十四小時都守在警局，等待新聞發生或知道警方有哪些動作，因此，當記者與採訪單位混熟時，可試著要求翻閱警方的勤務記錄表，因爲通常勤務記錄表中，會簡短記錄著警方執行勤務的內容，像是案件的類別、時間、地點和警員姓名，記者可從這些簡短的記錄中，判斷新聞價值，進而著手採訪，追蹤新聞。

五、到事發現場採訪，訪問目擊者

社會記者不能只是整天守在警局裡，等待警方把嫌犯抓回來，或等著翻閱筆錄，再開始寫新聞。一位好的社會記者，一定會到事發現場或命案現場採訪、觀察，用他敏銳的觀察力和新聞鼻，發掘新聞的重點，並在現場訪問目擊者或是當地附近的民衆，記者常常可以透過目擊者的描述藉以得知事件更深的內幕，以及更詳細、生動的過程。

六、具備敏銳的觀察力

敏銳的觀察能力是社會記者必須具備的。當記者在和人聊天或泡茶時，也要隨時耳聽八方，眼觀四面，觀察其他周遭的人在幹什麼、聊什麼話題，例如：是否有哪個小隊出勤了、有哪個嫌犯被抓回來了、其他同業在採訪誰、有什麼動作……等，記者要藉由敏銳的觀察力，得知新聞線索。

有時候記者甚至會因爲敏銳的觀察力，而得到獨家新聞。例如過去警方曾破獲胡關寶犯罪集團，而召開破案記者會，警方在記者會上展示查獲的贓物，其中有一把手槍的外型特徵和普通的手槍有些微不同，引起一名報社記者的注意，他認爲這把手槍應是一把警槍，經他追查後，警方終於證實這把手槍確實是警方在楓港派出所被人搶走的警槍。該名記者就是因爲具有敏銳的觀察力，才挖掘到這則獨家新聞！

七、要有很強的好奇心

當社會記者一定要有很強的好奇心，有了「好奇寶寶」的精神才能挖掘出好新聞。有些看似平凡無奇、其他同業記者不屑一顧的小事件，背後可能隱藏了一些吸引人的內幕，或有不爲人知的故事。因此，好的社會記者，必須對每件事都抱有強烈的好奇心，從小事件中發掘出具有新聞價值的消息。

八、隨時注意重大新聞事件及時事

由於社會新聞涵蓋的面向很廣，幾乎社會上發生的每件事，都會和社會新聞有所牽連，社會記者也經常會被調派去支援其他路線。所以，社會記者必須隨時注意重大的新聞事件、時事和社會流行趨勢，避免和社會脫節，並防止在支援其他路線新聞時，搞不清楚狀況，影響新聞團隊分工合作的效果。

九、堅持維護正義、關懷社會的精神

社會記者交往的對象往往相當複雜，三教九流、黑白兩道都會有所接觸，有時候難免也會出入一些聲色場所，因而受到來自許多不同管道的誘惑，而忘了自己的職責所在。

因此，想當一位好的社會記者，一定要有一顆正義的心，以及關懷社會的精神，並一直堅持下去，藉由社會記者的身分角色，揭發社會的黑暗面，監督治安單位，幫助社會弱勢族群，爲改善社會治安和建立社會良善的風氣盡一份心力！除此之外，社會記者在採訪綁架新聞和槍戰現場時，務必要以人質的安全爲優先考量，遵守採訪協議，切勿爲了搶新聞，而罔顧人質生命安全。

十、平時多充實相關知識

記者採訪社會新聞雖然不像採訪醫藥或財經新聞一樣，需要擁有高度、特定的專業知識，但也正因爲社會新聞涵蓋範圍廣泛的特性，所以身爲社會記者要具備的知識也相當多，記者平時就應該要對各種相關的知識，有所涉獵及了解，例如熟知新聞常用到的法律，刑法及刑事訴訟法、民法及民事訴訟法、社會秩序維護法……等，以及一些刑事鑑定和解剖的常識、毒品的種類、槍炮刀械彈藥的分類……等，這些記者都要有基本的認識。

第三節　地方（市政）新聞的採訪要領

地方（市政）新聞與其他路線的新聞不同，地方記者所要採訪的新聞範圍更廣泛、複雜，凡是和地方（市政）上相關的事件，記者都要有所了解，有時一些地方上的社會、生活、體育、政治……等新聞事件，地方（市政）記者還要配合、支援採訪報導。而地方（市政）新聞的採訪要領，大致有以下幾點。

一、養成關心國家大事與地方新聞的習慣

國家大事或與中央政府有關的新聞事件，其與地方息息相關，並有後續影響的效應，因此看報紙、新聞及談話性節目是記者必需的，地方記者雖然並不在台北都會，但仍應隨時吸收新知，注意時事，特別是隨時關心地方事務，並保持批判和懷疑的態度，以挖掘出好的新聞事件。

二、了解地方事務

地方記者要跑好地方新聞，最重要的就是要了解地方上的事務以及派系和勢力，例如：鄉鎮市民代表會是「縮版型」的立法院，而各公所

就像縣市政府一樣，這些基層服務機構的結構和內容，就形成地方事務（如基層選舉），記者平時就要培養對地方事務的了解，還要對地方上的知名人物、長輩耆老都要有一定程度的認識與交情。

三、從社會記者開始當起

要當一位地方記者最好從社會記者開始當起，因爲地方的社會新聞包羅萬象，可以增長一個記者的採訪和寫作能力。社會新聞用看的和親臨採訪有很大的差異，而且都是活生生的例子，採訪社會新聞尤重視對當事人或目擊者的採訪，透過現場的描述，才能讓自己和讀者身歷其境，所寫的新聞更具有可讀性。

四、培養敏銳的觀察力

敏銳的觀察力包括對人、事、物的觀察力與對數字的敏感，因爲有很多的新聞是要放在統計的表格中。對新聞記者而言，這種能力的培養，其實就是「新聞鼻」的養成，但是敏銳的觀察力不是一蹴可幾的，必須經過長期的累積，而且能夠舉一反三，頭腦清晰，不人云亦云才是最重要的。

五、各種朋友都要交

由於地方上的新聞牽涉的層面廣泛、複雜，因此記者的人脈一定要廣闊，並做好人際關係，各種朋友、三教九流都要有所來往，不論是公務員、黑道均可以交往，使其成爲消息來源，記者可從這些人口中得知新聞。

例如：選舉可由計程車司機、攤販得知候選人的支持率，這比不少媒體的民調還準確。地方人物本來就是三教九流，各類朋友保持一定的熟悉度是必需的，但也不要爲了交朋友的理由而失去原則，例如做人的基本原則，誠信和不卑不亢就是，檯面上的政治人物不一定比市井小民來得有新聞。

六、一定要到現場

凡事盡量到現場，因爲有不少新聞要到現場才能知道其重要性、趣味點、差異等等，寫作也更會有臨場感。到現場是非常重要的，好的記者多是勤快的記者，尤其是社會新聞，沒有到現場，拍不到畫面，而地方記者被要求多半要發新聞和照片，不過，所轄的範圍較大的，同時間發生兩件事，就得要靠智慧和經驗來判斷，到哪一個現場，有的現場可以事後補，但有的是「船過水無痕」，或者考慮是不是請同事支援。

七、新聞在嘴巴上

由於地方新聞的涵蓋面向比較廣，因此記者遇到不懂的一定要馬上問，有疑問的一定要查。掌握受訪對象的聯絡方式很重要，不清楚得問到清楚，不能自己亂寫文章，畢竟報導不是寫作文，不能自己臆測，現在網路發達，有些輔助資料可以上網查詢，有些則得靠採訪對象提供。

習題

閱讀完本章後，試回答下列的問題：

1.你知道政經新聞有哪些採訪要領嗎？

2.你知道社會新聞有哪些採訪要領嗎？

3.你知道地方（市政）新聞有哪些採訪要領嗎？

4.你認為記者在進行硬性新聞路線採訪時要注意什麼事項？

6 專業與軟性新聞路線的採訪要領

在各行各業強調「專業」取勝之後，媒體工作也在近十年來走向「專業記者」的趨勢，以往在媒體從事採訪工作者，經常面臨「調線」的挑戰，你可能從政治線記者，轉調成交通線記者，或是影劇、社會，或者必須像是地方記者一樣，對於地方事務從政務法令到名人軼事，都要涉獵。

第一節　醫藥新聞的採訪要領

現在的「專業記者」其專業的程度，可能比該領域的專業人士還要清楚，當然專業門檻愈高者，記者所具備的才能與努力就更需要加倍，其中醫療就是專業門檻很高的專業，一位專科醫師的養成過程，最少需要十一年以上，因此想要成爲一名稱職的醫藥記者，必須要學習下列十項訣竅。

一、各專科醫師當中，找一名老師

醫藥界可能比其他專業工作的分工更細，不僅僅是一般人認知的內科、外科、婦產科及小兒科，內科當中還細分十多個專科與次專科，例如肝膽腸胃科、胸腔科、新陳代謝科、心臟血管科、腎臟科、內分泌及過敏科等。外科亦然，包括心臟外科、腦神經外科、一般外科、胸腔外科、食道外科、乳房外科、肝膽外科、腸胃外科、整形外科等。連婦產科也粗分爲產科與婦科，前者職司生產醫療工作，後者則是專注於婦女疾病。

醫藥記者如同其他專業記者，遇到新聞時，必須找到正確的人解答疑惑，因此建議醫藥記者在各個專科醫師當中，都要找一名可以作爲背景資料詢問的醫師，換言之，你必須要有超過三十位不同領域的專科醫師作爲你的老師。

建議剛接觸醫藥新聞的記者，把這些專科醫師的演講稿存檔，當然，初期是針對一般民眾的演講稿，之後再蒐集其研究論文。

由於醫藥界分工過細，千萬不要試圖從新陳代謝科醫師打聽關於呼吸治療的知識，可能所獲得的資訊已經太落後了。

二、關心周遭親友的身體狀況

眞正的新聞當然不是記者會「餵」出來的內容，而是自己發掘出閱聽人關心的新聞。醫藥新聞屬於軟性、貼近閱聽人生命、健康的訊息傳遞，因此，醫藥記者可以利用此一特質，從周遭親友的身體狀況出發，找出閱聽人關心的話題，例如親友罹患重病住院，探病過程中，發現有人兜售昂貴且來路不名的「治病」或是「特殊營養」藥品或是食品時，可以進一步了解，這些「趁病打劫」的人，就是你的新聞來源，或許已經有許多人被騙，原先只能暗自怨嘆，或是仍然被蒙在鼓裡，因你的報導而得知訊息，更加可以提醒其他人注意，避免上當受騙。

有許多資深的醫藥記者，挖掘出來的好新聞，都在親友訴苦時發現問題，包括醫師收紅包、醫療糾紛、就醫奇怪現象等，所以醫藥記者要懂得付出關心。

三、固定閱讀重要醫學期刊

新聞報導要能夠吸引閱聽人，重大發現與突破是很好的題材，醫藥界的發現日新月異，科學家的研究能夠刊登於重要醫學期刊，必然都有很大的發現，或許有些基礎的研究，例如基因、分子、細胞學等，太過專業不易理解，醫藥記者可以從臨床研究先著手，所謂「臨床」指的就是實際治療病人的研究。

舉例而言，關於糖尿病的重大發現，必定會引起很大的回響，因爲國內有上百萬糖尿病患者，如果有新的用藥或是治療方針，可以搭配國內專科醫師的意見，因而找到一篇好文章。

四、固定閱讀重要外電資料

國內的醫療不論是用藥或是手術治療等方式，大都遵循西方醫學，外電報導的歐美醫藥新聞，也可能發生在國人身上，除此之外，包括美聯社、路透等重要外電，都是由專業記者所撰寫的新聞稿，新聞的本身就值得關心，較之難以閱讀的醫學期刊，外電新聞已經將期刊內容加以分析說明，是了解重要醫學期刊很好的捷徑，不過，爲避免理解錯誤，最好能夠對照原始論文。

因此養成每天閱讀外電的習慣，一方面可以據此找到新聞來源，一方面也可以增加醫療知識。

五、上網搜尋相關資料

新聞要寫得好，故事要說得精彩，要提出有趣的論點或是資訊，網路是很好的利用管道。

舉例而言，同樣一則愛滋病新聞，醫藥記者若能加入一些相關的歷史、新的發現、失敗或是曾經發生過的衝擊案例，都可以把一個簡短的訊息，擴大成一篇專題報導，其中訣竅當然少不了網路訊息的尋找。重點是，網路上有很多錯誤的訊息，如何去蕪存菁，就要靠記者平時有沒有做功課，這時候，你的專科醫師老師就扮演很重要的角色，幫助你選取正確資訊。

六、參考相關報導的寫作方式

看新聞、學新聞、寫新聞，每位記者都必須經歷這段過程，採訪同一個新聞，其他記者所撰寫的內容，與你的新聞內容有何不同？寫作方式有何差異性？新聞切入點或是選用的新聞素材有何差別？要多看看其他同業的新聞稿，覺得優良的新聞稿，學習其寫作方式，多看、多學、多寫，自然就會成爲好的媒體新聞工作者。

醫藥新聞記者應該要多看其他同業的文章，同樣的記者會內容，爲何經過理解、分析之後，與其他同業會有落差，這或許是自己應該補強的地方，「學而後知不足」，唯有知道自己不足，不恥下問的補足自己的知識，才能成爲優秀的專業醫藥記者。

七、關心時事與流行趨勢

醫藥記者不能夠只關心醫藥新聞本身的發展，結合時事與時下流行趨勢，才能製作出精彩的新聞報導。

一則全民關心的政治、經濟、影劇、社會新聞，從醫藥新聞的角度出發，也有不同的觀點可以提出來，舉例而言，社會新聞事件所關注的燒炭自殺案件，原先或許只是毫無關聯的單一事件，在醫藥新聞工作者的角度而言，此一社會現象普遍反映出「病態」價值觀，需要督促政府相關單位找出因應方針。

而流行的低腰褲可能造成追求時髦者身體的疾病，或是民眾一窩蜂的看鬼怪片（如《七夜怪談》）的時候，可能有人因此而產生精神方面的疾患。緊扣時事與流行，從醫藥新聞角度出發，可以給閱聽人不一樣的看法與發現。

八、在各個醫院布下暗樁

有很多時候，遇到名人住院或是重大醫療案件發生時，醫院官方發言人總是三緘其口，想要挖掘更多內幕消息，醫藥記者平時就要在自己主跑的醫院中布下暗樁，醫師、護士、行政人員，關係要打點好，除了用自己的專業精神打動他們之外，把他們當成朋友，有需要時，你可以獲得更多的訊息。

九、了解醫療法規內容

醫藥新聞部分與醫療政策或是法規有關，因此醫藥記者必須將相關法規存檔備用，大致了解法規內容，有助於新聞的採訪與寫作，如果對於法規內容有所疑惑，可以找單位主管官員釋疑，就像平時上課一般，記得要去上幾堂相關法規的課程，往後遇到相關問題時，其他記者還懵懵懂懂，你已經能夠抓到新聞重點了。

十、秉持悲天憫人的態度

醫藥新聞是以人爲出發點，生、老、病、死、苦都是醫藥記者必須關心的話題，因此能夠寫出令人動容的報導，除了新聞本身的戲劇張力之外，醫藥記者應該具備更細膩且悲天憫人的態度，因爲你的感受會抒寫在新聞報導當中，進而感動不在場或是不了解故事的閱聽人，這一點恐怕是醫藥記者較之其他專業記者更不一樣的地方。

第二節　教科文新聞的採訪要領

教科文新聞介於專業與軟性新聞之間，其在媒體的版面及報導分量上，雖然不如前述提及的政經、社會新聞來得重要，但教科文新聞卻是和大衆的關係相當緊密，影響著我們的生活，以及廣大的學子、教師的權益。通常，新進的記者也常會被分配到採訪教科文新聞。在採訪教科文新聞上，有以下幾點要領可供參考。

一、了解各路線的基本制度和新措施

這其實也是各個路線記者的基本功。例如九年一貫、一綱多本、九五暫綱，這些名詞意指爲何？什麼是勞退新制？什麼是多元入學方案？什麼是新版的私立大學法？它與舊版又有什麼不同？一位新進記者可以邊跑新聞邊做功課，也可以博聞強記，靠蒐集資料再主動詢問來強化，但不論如何，不做功課的記者一定會迷惑和茫然，當然在新聞戰中也必然跑不出什麼好新聞來。

二、主跑單位的組織架構

教科文記者必須了解該部會或局處包含哪些業務，哪些單位較重要，哪些單位內的新聞對象、來源好接觸。了解組織架構可以向單位

的新聞聯絡人索取背景資料，一般公部門都有印製，但如果是跑非官方單位的民間社團，則腦中就要有該社團側重哪一類的新聞議題，如何操作，發生事件時，可機動採訪事件相關的社團，以增強新聞的多角度。

例如，教育部主管教育政策和制度制定、大專院校由教育部高教司、技職司等主管，國中基測由中教司主管，但教育部也有大陸工作小組，有國際文教處，前者管台商子弟，後者管留台學生等。

三、建立完整的聯絡電話資料

有某報記者曾號召同業，請來專門指導電腦建資料庫的名師來教授相關技能。運用電腦固然能更有效率，傳統上用本子記載也很實用。線上記者幾乎都有自己專用的一本百寶簿。部會有時會提供，但有些單位則視如機密。

此外，記者切記，只留採訪對象的辦公室電話是不夠的，最好還要有手機或家中電話，但不可過度使用，否則會有反效果，最後很可能逼得受訪對象以不接應付。

舉一例，某日《中國時報》教科文主管在傍晚六時許去電線上記者王XX：你去問問，台大有沒有一票教授被挖至中國大陸北大任教？

所有線索就僅如此，記者狂扣猛問，最後不僅查出有三位經濟學名師被挖角，甚至竟能和人在北京的其中一位霍德明連上線直接訪問，次日登在頭版。

事後才知，此題是《商業周刊》歷時兩周的封面企畫案，並且已允諾給《聯合報》獨家，以便爲周刊打書促銷。在記者積極追查下能在極短時間內「破」了對手報的獨家。《聯合報》痛責《商周》玩兩面手法，殊不知是記者查問一條毫無頭緒線索的結果。

四、各路線有固定的節令周期、淡旺季

例如教育路線，考試是年年固定時間都上場，年年都操作一次。二月有學測、七月有指考，中研院有院士會議，夏季有颱風。

又如台北市社會局有清明節的殯葬新聞季。工務局有防汛期抽水站巡視等，通常，局處首長會公布每日公開行程，一段時間新進記者就能歸納出周期節令。那麼記者在這些路線淡季的時候，就要想一些專題，以備不時之需。

五、鑑往知今

翻閱過去剪報，可以掌握以前別人發過什麼稿，才能幫助研判什麼是「新」聞。有些舊聞如果有後續也能持續再發，但搞成連續劇就不是常態了。其實有些事件在隔一陣子之後，再檢視再追蹤，常常都可以發現又有新變化，和可以再處理的新角度，所以，縱使某則新聞事件已經過去了，但還是有許多角度是其他媒體沒有發現，記者可以再做新聞的，這種例子在日常的新聞戰中屢見不鮮。

六、善用電腦與網路

現在是一個資訊的社會，電腦和網路相當發達，新時代的記者，一定要會善用電腦及網路查資料，並且學會使用民間社團資料庫，輔助記者了解不懂的地方，或針對新聞中有疑問的地方查證。這個建議在其他路線記者的採訪要領中，都再三被提及，可以顯見其重要性，記者應該強化自己對於資訊的運用能力，善用電腦輔助採訪新聞報導（Computer-Assisted Reporting）來增強自己對資訊的整合能力是很重要的。

七、熟悉背景法條，起碼知道條文在哪可以隨時翻找

例如跑勞委會的記者對勞基法、勞保條例、勞退新制等基本法條要熟悉，必要時要找參考書。雖然勞委會主管業務相關勞動法令，和其他單位比起來不算多，但記者要搞熟也是一件不容易的事，因此記者可以買相關書籍參考，務求徹底搞懂。同時也要認識一些能幫你解釋的人，以便隨時可以請教。

八、人脈資源是記者最寶貴的資產

切記，記者調線就是在切斷人脈，因此如果能在離線後還能與新聞對象保持關係，那當記者多年，恐怕相交就滿天下了。要建立人脈，每個人的方式不同，沒有一定的模式和規則，不變的鐵則是，受訪者尊重有準備的記者，會輕視沒經驗者或菜鳥，有時主流媒體記者會有光環，但多半也奠基於他們相對用功、進入狀況或較資深。

第三節　影劇新聞的採訪要領

採訪娛樂新聞和採訪其他新聞大同小異，即使是小異，也頗有可觀之處，如果不先建立這層認識，恐怕會差之毫釐，失之千里。因為所謂「藝人」，大都是「異人」，他們的思考邏輯往往「異」於常人啊。

一、了解明星心態

首先，應該解析明星心態，簡而言之就是名利心太重，好名勝過

好利，甚至勝過一切。「君不見，演藝圈中人公開宣布的，多半不是眞的，而否認的卻往往不是假的，他（她）歡天喜地說收視率有多高，票房多好，多麼受歡迎，都可能是為了掩飾負面的眞相；他（她）義正辭嚴的否認婚變，否認緋聞，否認經營失敗，通常不久之後，就悄悄離婚了，悄悄攜手出遊了，悄悄關店打烊了。」談的正是這種異於常人的言行。

畢竟演藝圈同工不同酬，酬勞多寡會隨著名氣大小而升降，有名才有利，有大名便能享大利，出名是力爭上游的不二法門，所以藝人想盡辦法搶版面，因此便有了「不管好新聞、壞新聞，能上報就是好新聞」的說法，有些諢名「打不死的蟑螂」的圈中人，即會胡亂編造新聞，不論正面負面，能博版面就好。

同樣的，因為名利心作祟，有些藝人即使是負面新聞，只要版面做得大，也不以為忤，視為成名必要的投資，所以採訪者面對這種誇大的新聞素材，必須要再三求證，以防被利用了。

不過，近來演藝經紀制度較健全了，經紀公司不容藝人個別製造新聞，遇到負面報導也會強烈要求更正，因此上述現象已經大幅改觀了。雖然，單打獨鬥的假新聞少了，由經紀公司以更專業技法所炮製的假新聞，卻更多了，採訪者面對這種破綻更少、似是而非的假新聞，只好以更專業的求證，才能挖掘出眞相了。

二、洞悉經紀制度

由於台灣演藝經紀制度日趨完備，經紀公司隔絕藝人與記者的接觸也更加嚴密。有了制度做防火牆，藝人只在宣傳期才會亮相，而且也只說些對作品有利的「官方說法」，這都是宣傳廣告詞，哪算得了新聞？

因此採訪者必須建立與藝人直接聯繫的管道，能貼身採訪到當事人，否則，遇到事情便只有經紀人四兩撥千斤的回應，那便是嚴重的失職了。所以身為娛樂線記者，除了和經紀公司聯繫之外，還必須有藝人的手機號碼，更重要的是要讓藝人願意親自接你的電話，答應接受你的採訪。

要藝人接聽你的電話，不至於被助理或保母擋駕，就在於建立交情了。至於如何與藝人建立私交，不同的記者各有不同的巧妙，大體而言，不外乎「誠」、「敬」二字。「誠」是真摯的交往，獲取對方的信任，當事人在面對諸多媒體採訪時，當然會對有交情的記者另眼相看，多吐露一些實情。而「敬」則是平常公正而有分量的報導，以贏得藝界的佩服，遇到事情時，就不敢唬弄你，最起碼不敢對你撒謊。

三、分辨新聞與宣傳

其實，採訪娛樂新聞與政治新聞有相當多可堪類比之處，最明顯的就是採訪者與被採訪者有著難以言喻的「供求關係」，政治人物經常放話、作秀或擬定政策前先施放試探氣球，希冀能在媒體上曝光以蓄積從（施）政的能量，愈能幫他曝光的媒體，他就提供更多的素材，反之，他便守口如瓶。這和演藝圈的宣傳手法相當近似，往往都會選擇特定的媒體製造話題。所不同的就是演藝明星可能比政治明星更沒包袱，敢秀得更徹底，或者更敢「出賣」自己。

以前，藝人多半只在「賣」作品，每當有新電影、新電視劇、新唱片要問世了，便開記者會，或者玩弄些噱頭，藉以吸引媒體注意與報導，也就是為作品造勢。如今，台灣娛樂業衰疲不振，無論電影、電視、唱片的產量銳減，藝人為商品代言，反而成為重要的工作與收入，於是代言時如何吸引媒體的關注，希望在報導他（她）個人言行時，能

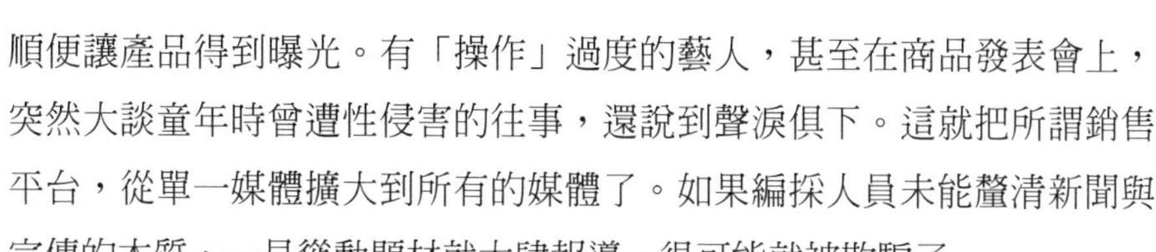

順便讓產品得到曝光。有「操作」過度的藝人，甚至在商品發表會上，突然大談童年時曾遭性侵害的往事，還說到聲淚俱下。這就把所謂銷售平台，從單一媒體擴大到所有的媒體了。如果編採人員未能釐清新聞與宣傳的本質，一見聳動題材就大肆報導，很可能就被欺騙了。

四、外來文化

一份報紙裡，外來語最多的版面一定是娛樂版，以近期新聞看，如「達人」、「視覺系」都從日本傳來，「公仔」、「狗仔」、「爆擦妝」是香港產物，「屋塔房」、「大長今」是韓國名詞、都一再出現於娛樂版面。由於這些地方的娛樂業興盛，隨著產品的流通，特殊名詞也廣為流行。更何況這些產品靠著大手筆宣傳來行銷，這些特殊名詞的流通面也更大，還有，青少年族群是娛樂業和娛樂新聞的基本消費群，青少年求新求變的動能最強，對新事物的需求與包容最大，於是乎，這些新的特殊名詞便成了娛樂版面的常駐者。

身為娛樂線記者必須對外來文化維持高度關注，不但了解資訊，還要能善用資訊，如此才能為娛樂版面創造新鮮感與時尚感。

五、少讀書的問題

跑電影線，看不懂影展得獎片，跑音樂線，分不清爵士與搖滾，跑電視劇，將浪漫與寫實混為一談……這幾乎是目前娛樂記者常見的現象。究其原因，是新聞取向一直在人際關係上打轉，只注意劈腿、婚變之類的緋聞，要不然就是猛打口水戰，甲藝人爆料，馬上找乙藝人回應，或者找丙藝人說兩句平衡一下，所以都不關注作品，遑論討論作品的成敗得失了。

新聞版面沒有為作品宣傳捧場的義務，但是應該有報導流行趨勢的責任，當記者只看電影公司提供的試片，只看電視台記者會播映電視劇第一集，或者只聽唱片公司送的新歌樣帶，那麼會與業界愈走愈近，同時也表示與消費大眾愈走愈遠，會逐漸不知道現在流行什麼？為什麼會流行？也分辨不出作品的優劣與得失。如果娛樂記者多讀影視、戲劇、音樂的著作，了解其原理，如果熟知各項娛樂業的歷史與演進過程，就不會人云亦云，覺得什麼都是創舉而大費筆墨了。

這其實是娛樂記者最普遍存在、也是最嚴重的問題，還是造成娛樂版面日益低俗、日益蒼白的原因。但是在以前捧場文化、現在狗仔文化的肆虐下，是最難力挽狂瀾的一環。

習題

閱讀完本章後，試回答下列的問題：

1.醫藥新聞有哪些採訪要領？

2.教科文新聞有哪些採訪要領？

3.影劇新聞有哪些採訪要領？

4.你認為記者進行軟性新聞路線採訪時，哪些採訪要領最為重要？

第三篇

新聞寫作形式與技巧

7 新聞稿的分類

第一節　純淨新聞報導

第二節　解釋性新聞報導

第三節　深度新聞報導

第四節　新新聞學報導

第五節　調查性新聞報導

第六節　精確新聞報導

新聞稿的形式演變至今，大致上有幾種形式：(1)純淨（客觀）新聞報導；(2)解釋性新聞報導；(3)深度報導；(4)調查性新聞報導；(5)新新聞學報導；(6)精確新聞報導。本節將介紹這幾種報導類型，以及其在寫作上可參考的原則。

第一節　純淨新聞報導

純淨新聞報導（straight news）又稱爲「客觀新聞報導」。它是我們最常在報紙上看到的一般性新聞報導，也是傳統的新聞寫作方式，它的主要訴求即是新聞學所再三強調的「客觀」報導，亦即不夾雜個人意見，純粹就事實加以描述，讓讀者透過閱讀新聞報導了解事件眞相，並且由讀者自行做出新聞事件的價值判斷（王天濱，2000：294）。

客觀性報導是十九世紀末期，美國新聞界改革運動中的自然產物，它可以說是美國新聞界對早期政黨報業，及十九世紀末期報紙不負責任和聳動性報導，如：「黃色新聞」（yellow journalism）的一種集體修正行動（羅文輝，1991：19）。

純淨新聞報導的基本要求爲簡明、客觀。在新聞領域中，客觀報導是一種基本的報導形式和寫作原則，它是客觀主義理論所倡導的客觀性原則在新聞寫作上的具體呈現。客觀報導作爲新聞行業最基本的工作觀念和報導形式，它的意義正在於確立了新聞文體的獨立性，以及新聞行業的專業化（李茂政，2005：234）。

對新聞從業而言，所謂客觀性報導，是以一種公正、超然及不含成見的態度報導新聞。新聞學者在這方面所做的研究顯示，「客觀」已經變成新聞從業人員信仰體系一個不可分割的部分，不僅是他們從事新聞

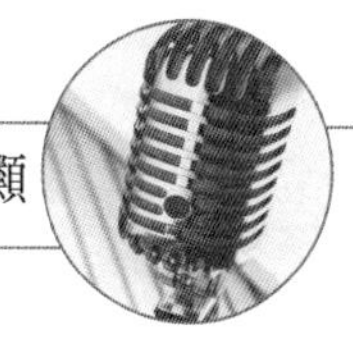

工作時的指導哲學，而且更進一步成爲新聞定義中的一個重要因素（羅文輝，1991：19-20）。

純淨性新聞的優點是保護記者和媒體，使新聞不受他人控制，成爲某些特殊利益團體的爪牙，或爲某家機構喉舌；而新聞也因爲沒有立場，內容以大衆爲取向，因此在廣告上可以「左右逢源」，增加收益。

雖然純淨新聞的報導方式被某些學者認爲是客觀新聞報導，但是有部分學者持不同看法，提出批評。例如：Tuchman認爲，客觀新聞報導只是記者免於外界攻擊的「策略性儀式」（objectivity as a strategic ritual）。

也有人批評，新聞工作者一旦被客觀的「框架」套牢，所報導的事實，就會出現「事實（呈現）效果」（reality effect），而無法藉由事件的構連，爲社會形塑出一個具有意義的符象世界。

例如新聞學者Maxwell McCombs把這種以新聞事件爲主的報導趨勢（event-orientation）稱爲「冰山理論」（iceberg theory），他說：「傳統新聞界對社會現象的報導方式可稱爲冰山理論，新聞媒介每天觀察地方社區及國家，搜尋危險的信號，就像雷達在海面照射冰山的頂端示警一樣，記者在沒有幫助的情況下，只能描述冰山的頂端，而對沉在海底的冰山主要部分未能注意，因此無法描述。」（McCombs et al., 1976: 6）

事實上，記者不可能將所採訪到的新聞一字不漏的報導，而是在不失眞的情況下，選擇閱聽人有興趣的部分加以報導，這種經過記者主觀選擇過的新聞內容，能不能稱爲客觀報導，是頗讓人爭議的事（方怡文、周慶祥，1999：358）。

再者，每位記者又因爲其個性、理解力、生活習性、思想觀念、價値觀、成長背景、教育環境、情緒、聰明智慧都不相同，對於同一件事的看法與分析判斷一定會有所差異；在下筆時，報導中每一個句子的表達、文章的鋪陳、段落的切割、內容的取捨、事件的強調等，都是個人主觀的運作結果。因此，客觀新聞報導幾乎是個不可能存在的理想（王天濱，2000：294）。

雖然絕對的客觀不可能達到，客觀充其量只是一種相對概念，但它是希望對現實反映出一個過程、態度及思維方式。記者必須盡可能做到客觀報導，這樣新聞媒介的運作才具備標準化的基礎，記者的新聞報導才不會雜亂無章。此外，客觀新聞報導也可以避免許多可能發生的偏見與根深柢固的錯誤，以及避免在報導中侵犯他人隱私、誹謗（王天濱，2000：294）。

到了今日，新聞報導的形式已有很大的拓展與更加豐富，但純淨新聞報導無論是作爲寫作方法還是報導形式，仍在新聞寫作領域中占有不可動搖的地位，當今媒體仍有大量報導是屬於純淨新聞報導這種形式。客觀報導之所以如此重要，是因爲這樣的工作觀念和報導形式契合了新聞傳播的特性（李茂政，2005：234）。

從新聞事業的長遠發展與廣大影響力來看，客觀新聞報導是絕對有必要的；正由於客觀新聞報導的重要性與對新聞事業的價值，使得純淨新聞報導歷久彌新，長久以來一直是新聞報導的主流（王天濱，2000：294）。

記者在純淨新聞報導的寫作上，應注意以下幾個原則（鄭貞銘，2002：84-87；李茂政，2005：236）：

1.在適當的邏輯次序中呈現事實。事實，是純淨新聞報導的靈魂，而「倒金字塔」結構，則被認爲是純淨新聞寫作的經典結構，因此記者在事實的敘述上，要按照事實的重要性，決定如何安排其先後次序。如：「印尼爪哇島外海17日下午三時十九分（台灣時間下午四時十九分）發生芮氏規模七．二的強震，引發約兩公尺的海嘯……至少有五十人在海嘯中喪生，另有數十人失蹤，死亡人數預料還會攀升……」

2.適時引述受訪者所說的話，並使用引號以作爲佐證。如：行政院長XXX強調、副總統呂秀蓮表示：「我本人及我身邊的人，從未說過總統要下台一事，這件事希望不要引起誤會。」

3.呈現正反雙方的意見，公平處理牽涉雙方利害的新聞。如：「立委XXX指控玉山官邸以SOGO禮券作爲尾牙宴摸彩獎品……總統府則發表聲明回應……」

4.避免記者主觀傾向，報導中不得感情用事。如：十惡不赦、人神共憤、精彩絕倫、空前絕後……等誇張、空泛的詞語（形容詞或副詞）應少用。

5.將事實和觀點分開，報導切勿夾敘夾議。如：「此次的總統罷免案結果爲……學者XXX認爲，XX黨應該要負起最大的責任……」

6.少用代名詞，報導中人物首次出現，應以正式姓名及職稱報導。如：「中央研究院院長李遠哲教授指出……」不可以一開始就用「李院長表示」、「李教授說」。

第二節　解釋性新聞報導

十九世紀末，純淨新聞報導爲美國新聞界的報導主流，強調新聞的客觀。但到了1930年代，美國人民教育水準大幅提高，新科技的發明，使得自然科學和社會科學迅速發展，美國的文化價值也隨之轉變，社會的複雜化使得人們對純淨新聞報導方式開始表示不滿，因爲其新聞報導流於公式化，零碎且乏味，讀者希望新聞除了報導事實外，也應對新聞事件提供背景資料，並加以解釋。

因此，1923年創辦《時代雜誌》（*Time*）的Henry Luce，便鼓勵記者去探求事件的背景與意義，亦即除了報導事實外，還要進一步作爲事件的「闡釋者」。他建議報紙放棄新聞與社論版面分開的傳統方法，而在第一版中以這種事實和意見融合的報導方式，對政府官員及社會制度做明智的批評及審核（Schudson，1978；轉引自羅文輝，1991：22）。雖然這種報導方式在當時並未受到記者和編輯的重視，但《時代雜誌》卻因其獨特的報導方式，而成爲報紙的主要競爭對手，由此可見，純淨新聞已不能滿足所有讀者的需要。

加上第二次世界大戰爆發，以及美國發生經濟大恐慌、Rossevelt的新政，傳統的報導方式未能在事前做出深入觀察，了解當時經濟動向、起因，及可能的延續時間，讓人們手足無措，茫然無知。這種情況迫使新聞報導必須轉向強調新聞的意義，和事件的背景資料，才能使讀者了解，因此促成了解釋性新聞報導（interpretative reporting）的興起。

1950年代是新聞界朝解釋性報導發展的轉捩點，當時的美國參議員Joseph McCarthy指控國務院中有兩百人是共黨分子，而且他擁有這份名單，但媒體在未查證的情況下，忠實報導McCarthy的言論，事後證明其爲不實指控，此即所謂的「麥卡錫事件」，而此事成爲新聞界的一次慘痛教訓，新聞界逐漸體認，傳統純淨新聞報導有許多缺失待改進，於是愈來愈多記者開始嘗試解釋性新聞的報導方式。

除了「麥卡錫事件」的發生外，廣播及電視的發明，也間接迫使報業朝解釋性新聞報導的方向發展，因爲報紙在新聞的時效上無法與廣播和電視競爭，只能在報導新聞的深度和廣度上爭取讀者。

解釋性新聞報導的最大功用，是對讀者提供更詳細的事件發生原因與背景資料，協助讀者了解新聞事件的眞正意義，當記者在報導一則新聞時，針對其中的新知識、專有名詞、特殊人物、專業術語、時間、地點、事件等，做進一步的介紹和解說，例如：解釋什麼是SARS、它的學名爲何、發生原因、發病症狀、如何預防……等，讓讀者很快就能獲取這一方面的資訊（王天濱，2000：298）。

但也有人批評解釋性新聞報導，認爲記者已預先替讀者設定何者爲是，何者爲非，這樣的解釋可能會誤導讀者的判斷，而且也可能會使記者不知不覺的自我膨脹，甚至成爲事件的鼓吹者。

此外，反對者更指出，很少記者有能力對複雜的現象提出適當解釋，記者根本就不知道如何在不鼓吹的情況下，對複雜的新聞事件加以解釋、分析，記者寫新聞時，往往對所報導的事件認識很淺薄，只能點到爲止，做浮面的報導（羅文輝，1991：23）。

因此，記者在進行解釋性新聞報導的寫作，可以新聞學者John Hohenberg提出的幾點爲原則：

1.在平面媒體中，解釋性新聞可以寫在新聞中，或單獨以小方塊方式作分析報導。在電子媒體中可以在新聞播報時，做解釋性的敘述，或是在播報之後，由各分析家做單獨的評論。
2.解釋性新聞如果寫在主要新聞裡面，其程序是先把事實講出來，然後在適當的地方，說明這事實的意義。如果有多種解釋，最好每一種都寫，由讀者去判斷。
3.如果一條新聞有「解釋性導言」，則應馬上舉證以充實你的解釋，如果對於一件事實的解釋尚不完全，還是先寫事實，再解釋的好。
4.當寫一條配合性的解釋性新聞時，應該略去主要新聞中所已講述的事實。但在開頭的地方，應清楚地指出所要解釋的問題。

5.解釋性新聞記者必須署名，以示負責，最好是引用專家學者的意見來解釋，報導內容會較具權威性。

記者在進行解釋性新聞報導時，必須使自己成為專家，把這個工作當作是一種科學實驗。運用調查、測驗及研究方法，對每件足以構成新聞的觀念及事情，做橫的比較與縱的探討，用數字及證據說明這個觀念及事情的產生背景和它的影響（李茂政，2005：239）。

第三節　深度新聞報導

與解釋性新聞報導比較，深度新聞報導（depth reporting）更著重於新聞事件內涵，解釋性新聞只要分析事件背景，而深度新聞報導還要讓讀者了解事件的來龍去脈，以及它對民眾所具有的意義、可能的影響、應該如何因應等。換言之，它要對於一則具有新聞價值的事件，做多種不同角度的分析，以呈現它的價值與意涵（王天濱，2000：299）。

具體而言，深度新聞報導是將新聞帶入讀者所關心的範圍以內，告知讀者重要的事實與豐富的背景資料、相關的原因（王天濱，2000：299）。其意義有三個層面：一是給予讀者新聞事實的完整背景；二是寫出新聞事實和報導新聞發生時，周遭情況的意義所在，以及由此等意義所顯示的新聞最可能的演變；三是進一步分析以上兩點所獲得的資料（彭家發，1986：147）。

深度新聞報導可視為「膚淺報導」（shallow reporting）的延伸，它是將五個“W”和一個“H”的新聞報導「六何」原則加以擴大。

在人物（Who）上，一般報導著重在「當事人」，但深度報導必須涉及直接和間接的關係人；在時間（When）上，一般報導著重在發生

新聞的「當時」，深度報導還要追溯「過去」和揣測「未來」，讓時間能連貫起來；在事件（What）上，一般報導只有「事件」，深度報導卻對事件的「特點」和「細節」，必須一一探究；在地點（Where）上，一般報導以新聞的「發生地」爲主，但在深度報導中，對「延伸」和「波及」的地點，都不可以漏掉；在新聞發生的原因（Why）上，一般報導常不強調，深度報導除了「近因」之外，還要查明「遠因」和「旁因」；在新聞發生的過程（How）上，一般報導只注意已發生的情況，而深度報導則要弄明白近期的後果，和將來長遠的做法（李茂政，2005：241）。

深度新聞報導簡單的說，就是在寫作時，以各種不同的角度，對新聞事件加入記者或學者專家的意見，加以分析、解釋，以報導新聞所隱含的意義，「將新聞帶進閱聽人關心的範圍以內，告知重要的事實，相關的緣故以及豐富的背景資料。」（方怡文、周慶祥，1999：367）

深度新聞報導的方式與解釋性新聞報導方式一樣，可以寫在主要新聞裡面，也可以與主要新聞配合，單獨做深度報導，像是專題報導或系列報導。

在深度報導的寫作上有以下幾個要點，可供參考（彭家發，1986：149；鄭貞銘，2002：115）：

1.在題目的選擇上，要先確定報導的事件本身對社會是否具有的意義、影響層面是否廣大、與讀者有無切身關係；此外，題目包含的範圍不宜過大，否則將流於表面。
2.導言要有助於新聞報導的推展，爲往後的「情節」預留伏筆。可以就選定此一題目的動機，或該題目所存在的現象當引言。
3.內文可以就個案訪談結果，整理出寫作的重點；就訪談的結果從不同角度進行分析，並適當加入新聞趣事和好例子，使新聞更具可讀性。

4.留心內容的每一個高潮，才能在說明要點之後，不再拖拉不停。

5.在結尾之處，可以將訪談結果所做的結論，做成個人的看法和建議。

第四節　新新聞學報導

1960年代的混亂局勢（越戰與校園示威），促成了兩種報導方式的興起；一是新新聞學（new journalism），另一種是調查性新聞報導（investigative reporting）。這兩種報導方法都和客觀性新聞報導形成強烈的對比（羅文輝，1991：27）。

所謂「新新聞學」是指用小說筆法來寫新聞報導。它融合小說的創造想像力，以及新聞記者的採訪技巧，一反新聞過分依賴新聞來源（news source）提供消息的傳統，由記者到新聞發生的現場，深入觀察，並做詳盡的分析。新新聞學強調的是寫作的風格和描述的品質。它容許記者在報導中加入個人的想像力，並投入新聞事件，做主觀的敘述，而非傳統性的只能置身事外，做客觀報導（Dennis, 1978）。

其實，新新聞學並不是一種新的報導方式，它在新聞史上具有很深的歷史根源，它代表的是新聞界重視優美寫作的一種傳統，也代表報人對用優美文字來寫新聞的一種期許（羅文輝，1991：27）。

1973年，Tom Wolfe蒐集了他在雜誌上發表過的幾十篇文章，以《新新聞學》（*The New Journalism*）爲書名出版。爲「新新聞學」打響了知名度。綜觀這一派人基本上認爲報導無法絕對客觀，即使所報導的全是事實，但也不等於眞理，記者理應可以依賴某些主觀性的創作技巧，例如一幕接著一幕的情節，對話式的內容，個人或綜合觀點的鋪陳與情況細節的描寫等以彰顯主題（Wolfe, 1973）。

由於新新聞學允許記者以第一人稱融入新聞事件來做報導與評論，違反傳統新聞寫作對「客觀」的要求，所以遭到不少反對，認爲這種寫作方式將鼓勵記者做誇大、聳動甚至不實的報導。因爲寫新聞和寫小說不同，前者必須以事實爲依據，後者則可以爲了加強表達技巧，對情節予以虛構、編織，做無限制的形容，使讀者分不清哪些是小說，哪些是新聞，最終將嚴重損害新聞事件的眞實性（王天濱，2000：303）。

新新聞學最終並未凌駕客觀性新聞報導，成爲新聞寫作的指導哲學，然而雜誌和小說寫作則受到它很大的影響。有些學者認爲，新新聞學雖然對傳統新聞寫作沒有直接的影響，但其獨特的寫作方式對當代新聞從業人員具有潛移默化的效果，例如Schudson指出，新新聞學助長了記者的想像力，某些報紙也朝特寫和雜誌寫作的路線發展，新新聞學的出現，讓記者和讀者得以擺脫傳統客觀性新聞報導的束縛（羅文輝，1991：28）。

第五節　調查性新聞報導

美國新聞界早期扒糞運動（muckraking）的傳統，到了1960年代開始以新的面貌出現，這就是所謂的調查性新聞報導（investigative reporting）。1960年代，美國社會普遍存在冷戰、學運、反戰等動盪的現象，使得記者不信任政府，並認爲記者有職責去發掘社會的黑暗面及政府的貪瀆等，因而，調查性報導也就在當時普遍成爲新聞報導的方式

（方怡文、周慶祥，1999：376；羅文輝，1991：28）。

調查性新聞報導是綜合解釋性和深度新聞報導的一種新聞寫作，也是近代新聞寫作中最進步且最複雜的一種報導。它是指記者利用調查手法得知新聞事件的內幕之後，再予以報導出來，由於它所採訪的是少爲人知的內情，而且絕大部分是反常的事件。它幾乎完全以政府機構爲對象，對硬性新聞（hard news）的報導有非常大的影響（王天濱，2000：303；李茂政，2005：243；羅文輝，1991：28）。

事實上，這種強調新聞界應該監督政府的觀念，一直是新聞哲學的基礎，調查性報導只是當年扒糞運動的延續，從1920年代開始，扒糞運動的薪火一直未曾眞正的熄滅，批評性雜誌，如《國家》（*Nation*）和《新共和》（*New Republic*）把扒糞運動的精神輾轉帶進1960年代（羅文輝，1991：29）。

調查性新聞報導的歷史已有一百多年。早在1880年代，紐約《世界報》（*The World*）記者Nellie Bly就曾僞裝成精神病患，進入紐約的瘋人院做調查，而揭發了那裡的惡劣情況。1900年期間，調查性新聞報導也多次揭發美國工廠、機構的各種弊端。

調查性新聞報導的聲望在1974年時的「水門案」，達到最高峰。《華盛頓郵報》（*The Washington Post*）的記者Bob Woodward和Carl Bernstein對當時的美國總統R. M. Nixon在競選時的醜聞，透過深喉嚨（deep throat），以調查方式進行報導，最後迫使R. M. Nixon提早下台。

而Woodward和Bernstein雖然從此成爲風雲人物，但是他們仍是保護消息來源，對於「深喉嚨」的身分絕口不提，直到2005年6月，前美國聯邦調查局副局長W. Mark Felt向媒體爆料，證實自己就是「深喉嚨」，消息來源的身分才曝光。

調查性新聞報導基本上是針對客觀報導的缺失，在寫作時，保留重視客觀事實的傳統，但是它以客觀新聞爲線索，對新聞報導不足的地方，或新聞來源企圖掩飾之處，加以調查和揭發。以政治新聞爲例，如果說客觀新聞報導是在報導官員的談話或公開的行爲，那麼調查性新聞報導就是在檢視官員的私下談話和舉止，是在追查新聞而非坐等新聞（李茂政，2005：243）。

從事調查性新聞報導的記者，通常要具有十分敏銳的「新聞鼻」，能夠從尋常的生活事件與一般機構的業務運作中，嗅出不尋常的味道，然後透過各種可運用的方式蒐集資料，反覆偵查，找尋證據，最後整理資料，將事件完整的報導出來。此類新聞性質大都屬於能引起大衆關心的題材，希望透過報導引起有關單位重視，進而加以改善，像是環保污染、環境衛生、貧民窟、色情場所、醫療設施、健保措施、交通問題、消費問題、同性戀、官員貪瀆……等議題（王天濱，2000：304）。

要做此種新聞報導的基本技巧是，首先對某一件事起疑心，經過深思熟慮，並提報上級，與長官交換意見，覺得可以做進一步報導之後，再尋找基本的背景資料，理出一般頭緒，做可行性的規劃。例如，事件可能會是怎麼回事、哪些參與人可能出問題、事件可從何種角度去探討、對社會具有何種意義等。接著直接或間接觀察相關事件的現場，可以到資料室尋找統計資料、傳記、指南、索引、簡報、圖表等，也可以到現場蒐集相關物證、訪問有關人士、訪問相關學者，等各種資料與訪問都完成之後，即可開始寫作（彭家發，1986）。

一個成功的調查性報導很容易讓記者一炮而紅，對記者具有相當的吸引力；因此，記者在做調查性報導時，必須心態健全，不能只爲了追求名利而做報導，而是應該以伸張正義、爲民喉舌自居，眞心努力探討社會缺失，謀求改善。另外，也不能對事件有先入爲主的觀念，否則「爲反對而反對」的立場，容易在蒐集資料與報導過程中形成偏見，讓報導失眞（王天濱，2000：305）。

雖然調查性新聞報導在監督政府部門的弊病及維護社會公義方面，已經獲得若干成就，但其報導方式和技巧，也因一些錯誤報導而廣受批評。例如，美國著名的媒介批評家Epstein（1975）就認爲，調查性新聞報導只是在政府部門或是在反政府人士中擴展新聞來源而已，並不足以挖掘出「隱藏的事實」（the hidden truth）。

其他學者則批評，調查性新聞報導容易使記者有強烈的預存立場，對政府充滿敵意與不信任，記者會依賴消息來源所提供的機密文件，但卻無法分辨資料的眞僞，使記者受到消息來源的利用。

Epstein以水門案爲例指出，新聞界在水門案中扮演的角色，只是把案件的眞相提早幾天公之於世。他強調，新聞記者如果想要成爲眞實的挖掘者，必須用一種系統性或科學性的方法來查證事實，甚至自己用科學方法來蒐集資料，作爲新聞的素材（Epstein, 1975）。

記者在進行調查性新聞報導時，有以下幾個原則可供參考（鄭貞銘，2002：122）：

1.精選新聞題材。調查報導的篇幅較長，因此爲了獲得良好的傳播效果，記者必須精心選取較重大的、讀者十分關心的議題，或是現實生活中亟待解決的問題，作爲研究對象。
2.實地調查。記者應深入到新聞發生現場做深入細微的調查研究工作，了解與報導內容相關聯的各種情況。
3.深入分析。分析的過程，就是要抓住新聞事件的本質和特徵，深化報導讀者關心的問題。
4.突出觀點，適當地選用資料。調查性新聞報導需要有充分的事實佐證，才有說服力，記者要在一大堆的資料中，提出自己的觀點，讓讀者明白問題所在；同時，觀點必須站得住腳，適當地選用觀點與資料，讓兩者密切地結合起來。

另外，在調查報導中，如要選用數據，務必要精確，以免浮誇失眞，不要把「估計」和「打算」當作統計資料。

隨著社會的轉型和思想的發展，今日流行的「調查報導」所引起的種種影響，使人們不由得關懷起是否侵犯了國家安全？記者應審度國情與時勢，樹立新聞事業的正確立場與觀念，在新聞自由合理發展中，爲建設健全的自由而負責的新聞事業來共同努力（鄭貞銘，2002：122）。

第六節　精確新聞報導

把社會科學研究方法與傳統新聞報導技巧融爲一體的新報導方式，稱爲「精確新聞報導」（precision journalism）。它利用民意調查、內容分析、實地實驗等社會科學研究方法來報導新聞，讓新聞內容能更正確的反映與解釋各種社會現象（羅文輝，1991：1）；其最大特色是在新聞報導中有具體數據，所以比其他新聞報導更科學。

精確新聞在1960年代末期，由美國北卡羅萊納大學新聞系教授Philip Meyer的推動，逐漸受到新聞界的重視，而精確新聞報導的歷史更是悠久。早在1810年，美國《北卡羅萊納州明星報》（*Raleigh N. C. Star*），就曾經進行全州郵寄問卷調查，探詢農產品以至民生福祉的情形；1824年，《哈里斯賓州人報》（*Harrisburg Pennsylvanian*）更以這種報導方式預測總統選舉。

精確新聞報導能在1970年代後廣受新聞界重視，Meyer的影響功不可沒。他除了在1960年代末期及1970年代初期進行多項精確新聞報

導研究，帶動風氣外，更在1973年出版《精確新聞報導》（*Precision Journalism*）一書，後來成爲全美各大學新聞學院採用的教科書（羅文輝，1991：35）。

科學抽樣方式的問世、選舉的研究、新聞教育的變革以及電腦技術的創新，更是促成了精確新聞報導的成長，使其得以成爲記者的報導利器，在台灣方面，第一次進行的精確新聞報導，應該是《台灣新生報》在1952年2月進行的對日和約民意調查；此後，《聯合報》在1954年做過一次簡體字民意調查；1956年6月1日，《台灣新生報》成立「民意測驗部」，是台灣第一個正式的民意調查機構，但該機構在1962年6月結束，期間共進行將近百次的民意調查，不過，調查結果公布在報紙與雜誌的，只有三十六次（鄭行泉，1984：88；轉引自王天濱，2000：306）。

事實上，台灣新聞機構所執行的民意調查，符合社會科學研究方法要求的，應是1983年8月，由《聯合報》成立的「海內外新聞供應中心」，從1984年開始，該中心每遇到重大新聞事件，便立即進行民調，並將結果寫成新聞刊登。

1990年9月《聯合報》成立「聯合報系民意調查中心」，專責策劃與執行民調。《中國時報》則於1987年，在專欄組內正式成立民意調查小組，屬於特案新聞中心（羅文輝，1991：41）。

記者運用民調技巧報導新聞，使得一向以民意發言人自居的新聞界，總算有了眞正反映民意的機會。但是，新聞界在運用民意調查的技巧報導新聞時，也遭受不少批評。例如西德學者Noelle-Neumann即指出，新聞記者缺乏完整的社會科學訓練，可能會對「測量理念」模糊不清、無法了解「預測」在社會科學研究中的意義、對「訪問」這種蒐集資料的方法有所誤解、不習慣經由「系統性比較」以獲得知識、對「關聯」和「因果」的分別認識不清（羅文輝，1991：322）。

而羅伯調查中心（The Roper Center）的負責人Roper（1980）也認爲，「媒介的記者，如果只受過短期有關測驗技巧的訓練，就想成爲調查專家，未免太過樂觀。由於記者經驗不夠，媒介過分強調抽樣誤差，卻忽略了更重要和更多的誤差來源。」（羅文輝，1991：323）

爲了強化精確新聞報導的水準和提高可信度，美聯社執行編輯協會（The Associated Press Managing Editors Association），曾建議新聞界及記者在報導中，應列出下面八項資訊，以提供讀者參考（APME, 1975）：

1.指出誰支持及執行這項研究。
2.訪問時間。
3.訪問方式。
4.寫出問卷中所有的問題。
5.抽樣母體爲何。
6.樣本數及完成率。
7.抽樣誤差。
8.新聞報導是依據民調的全部或部分結果。

記者在進行精確新聞報導及寫作時，對於一些機構所公布的民調數字和資料，有以下幾項原則可以參考（方怡文、周慶祥，1999：382）：

1. 了解負責民調單位的公正性。檢視該份民調的執行單位爲何？其是否具有代表性與公正性？以免報導被他人利用，成爲其宣傳的工具。
2. 了解其樣本選擇是否合乎標準。民調的可信度誤差應不超過5%，樣本抽樣最少則要達到一千份以上，如果樣本太少，調查結果將會有很大的誤差。
3. 了解問卷的設計是否有偏差。例如檢驗問卷中是否有誘導性問題、

問題的設計是否有邏輯性等。

4.報導時須說明其樣本結構。如抽樣的母體爲何，樣本數和回覆率等。

習題

在閱讀完本章後，試回答下列的問題：

1.請問新聞稿可分為哪幾種類型？試比較其差異？

2.承上題，其寫作重點及原則分別為何？

3.美聯社曾建議在精確新聞報導中，應列出哪八項資訊，以強化報導水準及可信度？

8 文稿的結構與寫作形式

第一節　文稿的結構

寫新聞稿與寫文章有很大的不同。要完成一篇新聞報導，除了要了解前述的報導類型外，更要知道其文稿的結構與寫作形式，文章才不會漫無重點。一般而言，新聞稿在文章結構上包含導言及本文兩大部分，寫作形式上則有倒金字塔式、正金字塔式、折衷式、平鋪直敘式及鑽石型等幾項可依循的形式。

一篇新聞報導的結構，主要由「導言」和「本文」兩大部分組成，「導言」是指新聞的開頭部分，「本文」則是導言後一直到結束的新聞內容。而其性質與重要性有極大的不同，以重要性來說，導言通常比本文重要得多，因爲，本文是由導言引出，沒有導言就沒有本文，導言有時候就可代表一則新聞。

一、導言

「導言」（lead）是指一則新聞中開頭的部分，旨在表達整個新聞事件的重點，讀者看過導言後，大致就可以知道此則新聞要講什麼、新聞內容爲何；簡單來說，導言就是新聞報導的開頭段落中，以最少的字數，顯示新聞事件的精華或內容大綱者（王天濱，2000：264）。

新聞的第一段不一定是導言，必須視新聞事件性質與新聞寫作的表達而定，有些新聞事件性質很複雜，無法在第一段中將內容全部交代清楚，因此可以將導言分成兩、三段來寫。導言的寫作具有相當彈性，記者在寫稿時要予以活用，才能發揮最大功效（王天濱，2000：265）。

美國新聞學者Pitts認爲，讀者接觸導言的主要焦點是興趣，當讀者再往下讀新聞時，導言也應該發揮實際的功能，對整則新聞要能夠提出中心思想。因此，導言可視爲一則新聞的指標，好的導言才能夠吸引讀者繼續讀下去。以下我們將說明，導言在寫作上應該要注意的原則及類型。

(一)導言寫作原則（方怡文、周慶祥，2003：173；王天濱，2000：267）

1.凸顯特色：傳統新聞稿的導言寫作方式，要求導言要包含"5W1H"，亦即Who（何人）、What（何事）、When（何時）、Where（何處）、Why（爲何）、How（如何）等「六何」要素。然而，隨著報業競爭愈來愈激烈，使得新聞寫作發展出「語不驚人誓不休」的趨勢，因此，現在記者要依據新聞事件的性質，找出其最大特點來作爲導言內容。

2.精簡扼要：導言寫作最忌拖泥帶水，含糊不清，因此導言的字數要愈短愈好，理論上最好在一百到一百五十字之間。但仍得視新聞特性與事件的複雜程度取捨，切勿爲了精簡，而使得導言令人感到不知所云。

3.深具吸引力：一個好的導言，首要條件是能抓住讀者。因此導言不可枯燥乏味，而是要生動有趣，使讀者的目光能夠被吸引，願意繼續往下讀其他新聞內容，以完成傳達訊息的目的。

(二)導言寫作類型（鄭貞銘，2002：131；李茂政，2005：228-230；方怡文、周慶祥，2003：175）

1.提要式導言（the summary lead）：其特色是採敘述方式，把新聞中最重要的事實概略交代，或摘要全文的要點，在導言中表達出來，是最常見的一種導言形式。

實例

大法官會議昨以釋字六一三號解釋，宣告國家通訊傳播委員會（NCC）組織法第四條關於NCC委員依政黨比例任命的規定違憲，並訂出落日條款，在2008年12月31日之前，NCC仍爲合憲機關，運作不受影響，NCC的委員任命及所做處分均屬有效。

2.直接訴說式導言（the direct appeal lead）：直接向讀者說話，以引起讀者的切身感受，屬於比較感性的導言形式，但仍不違背正確的新聞原則。

實例

職業醫學科醫師表示，癌症的職業病認定相當困難，因爲癌症的成因複雜，要先排除其他可能病因，加上國內勞工處於弱勢，一旦罹癌，未必拿得到暴露物質、暴露量等相關資料。

3.理解式導言（the comprehensive lead）：記者把採訪到的全部事實加以理解後，爲結論式的導言。

實例

這幾年生物科技、生命科學領域很紅，生科領域也成了不少考生心儀志願，但行政院科技顧問組最新公布的「新興生技產業科技人才供需調查」報告顯示，國內大學近五年來新增生技相關系所高達六十七個，只有約10.5%畢業後進入生技產業工作，「學以致用」比例明顯偏低。

4.背景說明式導言（the circumstantial lead）：將一個事件發生時的背景情況，特別強調寫在導言中，再引出新聞的重點。

實例

今年適逢農曆「閏雙七」，向來扮演景氣指標的汽車銷售業，普遍預估業績將呈現衰退。由於預期心理及利潤空間有限，業者幾乎沒有特別促銷案，甚至還減產或安排業務員休假等措施度小月。

5.驚駭式導言（the astonished lead）：記者把新聞事件中最驚人的部分或以一句大家熟悉的警語，作爲導言。

實例

北市警方上周於士林社子，發現一名年約四十歲、疑似從事特種行業的無名女性浮屍。由於死者身上未帶證件，身分遲遲無法確認，警方特地公布死者特徵，希望民眾協助指認。

6.引證式導言（the statement lead）：將新聞中最動人或最重要的詞句，在導言中直接引用出來的寫法。

實例

創黨二十年來面臨士氣最低迷時刻的民進黨，昨日召開全國黨代表大會，在這場以「勇敢承擔」爲主軸的會上，聚焦檢討與自省。黨主席游錫堃明確宣示，民進黨必須擺脫一人領導模式，重回集體領導的透明執政機制。

7.提問式導言（the question lead）：導言以問句方式提出，以引起讀者注意，再說出答案。

實例

申辦助學貸款的學生一畢業就成爲還不出錢的「學貸族」？部分有經驗的「還款達人」表示：「不必擔心」，前提是要做好還款計畫，才不至於像卡債族，爲債所苦。

8.掌故式導言（the anecdote lead）：在導言中，先講一個類似或相關的小故事的寫法。

實例

在全球國民信託的歷史上，近幾年最爲人津津樂道的例子，就是發生在日本的龍貓國民公益信託（Totoro National Trust）。別驚訝，是「龍貓」沒錯，就是日本卡通大師宮崎駿創造出的那隻可愛的虛構「動物」。

9.懸疑式導言（the suspended lead）：導言採用懸疑興趣的寫法，提出問題，但不馬上說出答案，吊讀者的胃口，讀者必須繼續閱讀本文內容，才會進一步知道答案。這種導言適合用在內容不尋常的軟性新聞中，透露一點端倪，讓讀者不得不繼續探尋下去。

實例

誰說魔術方塊一定就是方形的！台灣首屆魔術方塊冠軍賽23日登場，場上六十多名好手熱戰超過六小時，甚至有人可不看解題。而場邊最受矚目的是一個個稀奇古怪、非制式印象的魔術方塊。

10.對比式導言（the contrast lead）：將兩種極端情況並列凸顯新聞，如：大與小、好與壞、美與醜、黑與白、貧與富……等強烈的對比，在導言中表達出來，讓讀者感受這則新聞的巨大衝突性，藉以出現戲劇性效果。

實例

台塑集團創辦人王永慶與王永在昆仲以二十六億股票市值公益信託，引起社會關注；而在鎂光燈背後，一股小市民公益信託救古蹟的風潮，也正在興起。

二、本文

本文（body）是一則新聞的「軀幹」，內容比導言既多且雜。本文的功能主要有兩個，一是「敘述」，本文要補充導言，將導言中蜻蜓點水式的重點，或未曾提到的內容加以補述，讓新聞事件更完整；二是「說明」，本文要解釋導言，將導言所表達的內容，再做進一步說明，讓所報導的新聞事件更詳細（王天濱，2000：265；鄭貞銘，2002，132）。

如何將一個內容複雜的新聞事件，讓導言和本文各取所需，並不容易，有些記者會認爲新聞事件中的很多部分都很重要，因此將一大堆內容全部「擠」進導言中，不但使導言臃腫不堪，新聞頭重腳輕，既無法表現導言特色，也讓後面的本文內容與導言重複，讓讀者看得頭昏腦脹。

所以，記者要懂得充分利用本文，以彌補導言的不足之處。有了本文，記者可以讓一則新聞報導層次分明，讓新聞更加詳細、清晰，讀者看新聞時，可以清楚而完整的了解整個新聞事件（王天濱，2000：266）。

本文的排列順序，可以「倒金字塔」寫作形式爲參考原則，重要的在前，次要的在後。本文的分段，不僅是爲了寫作的方便，更重要的是把握讀者的興趣，許多讀者在選擇新聞時，常以選擇文章的眼光來做判斷。因此，本文的寫作應比導言的寫作更精彩更講究；本文應以簡短的段落、長短相間的句法，間或引用導言，使文章顯得更醒目，並且要盡量刪去一切不必要的解釋與使人厭倦的描寫等，以保持每一段落鏗然有利的吸引力（鄭貞銘，2002：132）。

至於本文的內容與一般新聞寫作差不多，但有幾個原則需要注意（李茂政，2005：230；鄭貞銘，2002：133）：

1.敘述必須是導言的「延續」，它的內容要和導言一致。

2.敘述要層次分明，或可運用正敘述法，以免混亂了所敘述的事實。

3.敘述可以採用描寫的方法，但文體必須簡潔而生動。

4.寫作時多使用簡短的句子及淺顯的字詞，並且要段落分明。

5.句子要平實，多用主動以代替被動式。

6.力求寫作的具體化，盡量避免抽象的形容。

7.寫到統計數字時，要清晰明白。

第二節　新聞寫作形式

新聞寫作有其標準形式，如正金字塔式、倒金字塔式、折衷式、平鋪直敘式、多項式敘述、鑽石型寫作……等，有時候記者也可超越這些標準形式，加以發揮，但通常記者在進行新聞寫作時，大都離不開這幾種寫作形式。

這些新聞寫作形式是經過長久演變而來，它們的功能，一方面便於編輯作業，另一方面，這些寫作型式能夠表達新聞事件本質，讓讀者在最短時間內知道新聞事件內容（王天濱，2000：283）。

一、正金字塔式

傳統英國式報紙的新聞寫作，記者都會以時間順序的結構來寫新聞，美國報紙在南北戰爭之前，也都沿用這一種新聞寫作方式，不但導言、內文、甚至段落都沒有明顯的劃分，連標題也只有籠統的說明消息的性質，如「災難新聞」、「經濟新聞」等（方怡文、周慶祥，2003：159）。

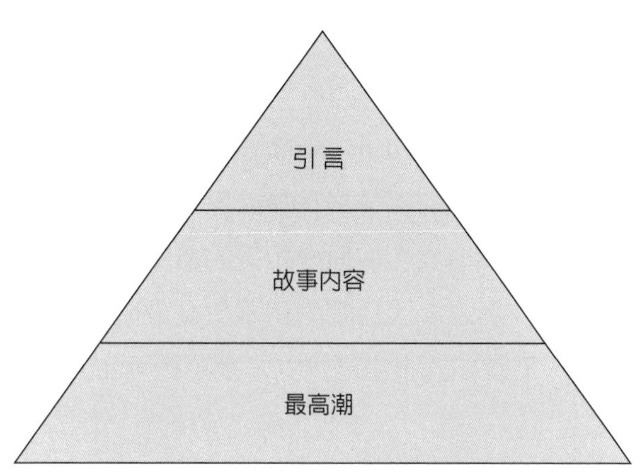

圖8-1　正金字塔寫作形式

正金字塔式（the upright pyramid pattern）新聞寫作，也稱爲「懸冗式（suspended）新聞寫作」，記者將新聞最重要、最有趣的部分寫在最後面，目的是想吸引讀者把全文讀完，才能了解新聞全部的情況。

這種寫法在雜誌、小說、電影寫作時常見，在一般新聞報導中，較少被使用，通常只有在寫一篇特寫時，記者才會以正金字塔的方式，以懸疑式的寫法爲文章開頭，吸引讀者注意，然後將結果寫在文章最後面作爲結尾。

正金字塔式新聞寫作形式，隨著工商社會發達，讀者時間緊湊，愈來愈沒有時間看新聞，加上編輯作業的需求而逐漸沒落。因爲資訊氾濫，讀者時間有限，無法從頭到尾把新聞看完，必須在最短時間內知道新聞的最後結果；對報社編輯部門來說，也要很快在導言中了解新聞事件結果，才能下標題；當版面有限，編輯要刪除新聞稿時，如果記者以正金字塔式寫新聞，將難以下手，也較花費時間（王天濱，2000：288）。

二、倒金字塔式

倒金字塔式（the inverted pyramid pattern）是最常見的新聞寫作形式，它是指將新聞最重要的部分寫在最前面，而次要的放在第二段，依此順序而寫的文字組織形式。前面介紹過的新聞「導言」和「本文」結構，即是指這種寫作形式。因爲它的精華放在最前面，依序遞減，形成一種倒述的結構，形狀如同金字塔倒立（李茂政，2005：231；王天濱，2000：283）。

此種寫作方式起源於美國南北戰爭期間。1861年美國南北戰爭爆發，各主要的報紙均指派特派員前往採訪，當時的新聞報導仍沿用傳統的時間順序寫稿，而戰爭新聞最重要的部分常在最後一段，當時戰爭常使得電線遭到破壞或截斷，新聞的傳送常受阻，甚至有所遺漏，使得編輯頭痛萬分，因此，紐約的一些報紙要求記者寫稿時，要將新聞重點寫在第一段，或寫出數行的「新聞提要」，排在新聞的最前端（方怡文、周慶祥，2003：157）。

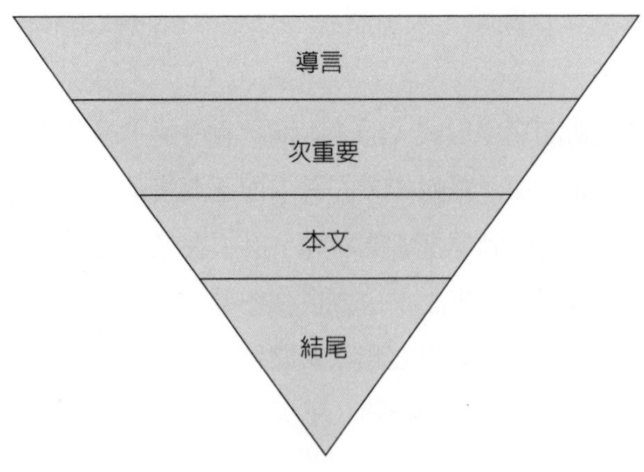

圖8-2　倒金字塔寫作形式

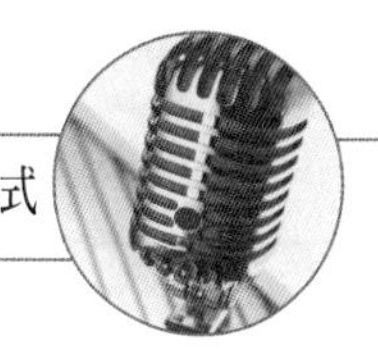

戰爭結束後，這種「提綱挈領」的新聞報導方式應用在非軍事新聞報導寫作上，美聯社更是大力提倡（方怡文、周慶祥，2003：158）。1865年4月14日，一位美聯社駐華盛頓記者，在報導A. Lincoln總統被刺的第一條新聞寫下「總統今晚在戲院遭槍擊，可能傷勢嚴重」，而開導言寫作之先河，奠定倒金字塔寫作形式的基礎（李茂政，2005：231）。

倒金字塔寫作形式將新聞最重要的部分，在開頭的第一段導言就交代，有助於編輯抓住新聞重點下標題，同時有助於沒有時間的閱聽人，能從導言中就很清楚獲知新聞的大概內容（方怡文、周慶祥，2003：158）。

新聞寫作使用倒金字塔式，成爲一股流行趨勢，它受歡迎的原因以及它的優點，主要有以下幾個：

(一)滿足讀者好奇心

讀者會去閱讀一則新聞，通常是來自於他對這則新聞的好奇心；倒金字塔寫作形式，將新聞事件最重要的部分放在導言，讓讀者可以讀完導言後，很快的就知道事情原委，不必將新聞全部讀完，快速滿足讀者的好奇心。

(二)方便讀者閱讀

在現今忙碌的社會中，讀者沒有太多時間可以看完所有新聞內容，而且也非每則新聞都與每一位讀者相關，因此，倒金字塔式新聞寫作，方便了讀者閱讀，讀者看過新聞的前幾段，就知道重點，此外，也節省了讀者的閱報時間。

(三)方便編輯下標題

倒金字塔式新聞寫作，最大的功能就是方便編輯下標題。在截稿的壓力下，編輯往往沒有時間看完新聞的全部內容再下標題，而倒金字塔寫作形式，把新聞的重點寫在第一段中，編輯只需要看完導言，再隨意瀏覽一下後面段落，就可以下標題。

(四)方便編輯刪稿

有些新聞受限於版面，無法讓記者所寫的每一個字都能編排到版面上，而編輯為了安排版面，必須刪除新聞稿長度，如果採用倒金字塔式新聞寫作，編輯可以直接從後面不重要的段落刪起，而不會將新聞重點刪掉，十分方便。

由於傳統倒金字塔式新聞寫作，導言和本文的內容有時候會重複，造成讀者厭煩，因此，有些記者將它加以改良，它的寫作方法是，導言中仍然交代最重要的部分，後面的段落依新聞重要性逐一鋪陳，不再重複導言所說的部分，一直寫到全文結束為止；換言之，新聞愈前面愈重要，愈後面愈無新聞價值，一口氣從頭說到尾，絕不重複導言內容，使報導更精簡（王天濱，2000：285）。

倒金字塔的寫作形式，大抵上適用於正寫新聞（直述新聞）的寫作，對於特寫新聞及廣播新聞，則不完全適合。這種寫作方式在新聞學理上及實際工作中，已被引用有一個世紀，近年來，新聞媒體雖然在寫作上有了新的突破，但也僅僅是把"5W1H"換了一種方式安排，使讀者讀來趣味盎然，而不感到呆板而已，並無人絕對否認它的存在價值，尤其初學新聞寫作者，更必須先把握住這基本的寫作形式（鄭貞銘，2002：125）。

三、倒、正金字塔折衷式

此種新聞寫作方式是正金字塔和倒金字塔兩種方式的折衷方式（inverted and pyramid pattern），即在新聞第一段導言中就明白指出新聞的重點，第二段以後不依重要性排列，而是依新聞的時間性，或是邏輯性的先後爲順序來排列，讓閱聽人在導言中就清楚了解事情的重點，並在時間順序或邏輯排列下了解事情的整個詳細經過。

四、平鋪直敘式

當一個新聞事件的內容中有各種事實，而各種事實的重要性又不相上下，或者新聞的事實本身就沒有高潮，很難在導言中突出某個特點時，就可以採用這種平鋪直敘的方式。

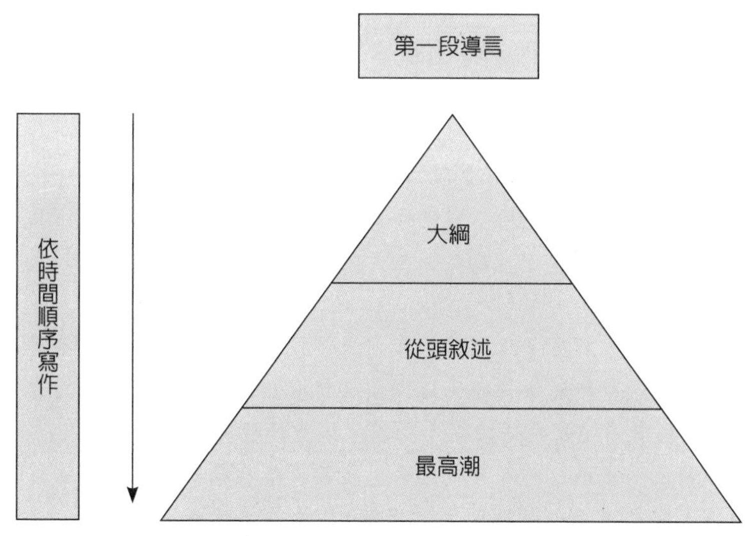

圖8-3　倒、正金字塔折衷式寫作形式

實例

現在的竊賊想要發橫財，除了闖空門的基本功夫之外，還得要學會刻印章？

北市中山區最近先後有兩家公司行號遭竊，歹徒拿著偷來的存摺，竟然連夜以雷射掃描的技術，複製出與存摺上維妙維肖的印章，並騙過了銀行行員的法眼，順利盜領了上百萬的存款，手法之快之精，讓被害人及警方都瞠目結舌。

今年1月18日凌晨，位於中山北路二段的一家會計師事務所遭到竊賊破壞門鎖進入行竊，當事人到了早上上班時發現立刻報警，警方趕到時，才得知同棟樓十二樓的公司也被侵入，兩名被害人清點損失後，發現一本存摺及一張信用卡被取走，隨即趕往銀行止付，但沒想到竊賊手腳更快，不僅早已盜領走近百萬元存款，更拿著信用卡盜刷了上萬元。

警方向銀行調閱歹徒盜領時的提款單，發現上面刻有被害人的印章，但被害人堅稱印章在身上並未被竊，再經過仔細比對後，才發現歹徒竟然盜刻了與存摺上幾乎一模一樣的印章，騙過了行員的眼睛，也讓警方留下深刻印象。

到6月19日，松江路一間公司同樣凌晨遭竊，歹徒也順手帶走了兩本存摺，這次警方學乖了，要求被害人一早就到銀行掛失止付，只是被害人十時到銀行，還是比歹徒慢了一步。

據警方調查，該間公司遭竊的存摺，分別是在土銀長安分行及安泰松江分行開戶，開戶人也用不同的印章，但歹徒就是有辦法在短短幾小時內，刻出兩個精細的印章，趕在上午九時銀行一開門之際，就進入先後盜領走二十八萬元存款。

據銀行向警方解釋，銀行對於客户上門提款，都只是核對提款單上印章是否與存摺原留印鑑章符合，比對無誤就撥款，再加上兩本存摺都是原分行發出，提款時不用填寫密碼，所以才讓歹徒輕易得逞。

警方調出兩家銀行的錄影帶，發現盜領歹徒長相斯文，又穿著整齊的襯衫西褲，完全不像一個竊賊，再過濾1月的該起竊盜案錄影帶，證實前後兩案是同一名歹徒出面領款。

警方研判，歹徒要在極短時間內，刻出兩個連銀行行員都分辨不出的假印章，應是運用了雷射掃描技巧複印出原尺寸的存摺印鑑，再以極高明的刻印手法製作出假印章，目前已公布影像，希望民眾能夠提供破案線索。

這種寫稿方式就是把事實的經過，依照時間的順序，平鋪直敘的寫下去，一直把事實寫完為止，但新聞在寫作過程中，要隨時插入小高潮，免得文章變得枯燥無味。

平鋪直敘並沒有什麼不好，重要的是要每則新聞都有特色，亦即，如果每一個記者都能用心找出新聞的特質，並細心安排新聞事件的起、承、轉、合，自然就能引人入勝，具有可讀性（方怡文、周慶祥，2003：163）。

這裡所謂的平鋪直敘指的是很中性的依照事情的因、果，或發生的先、後描寫新聞，跟有的人批評新聞缺乏創意是完全不同的兩碼子事。而此種寫作方式則多半出現在較不重要的小新聞，以及資料性較多的新聞報導中。

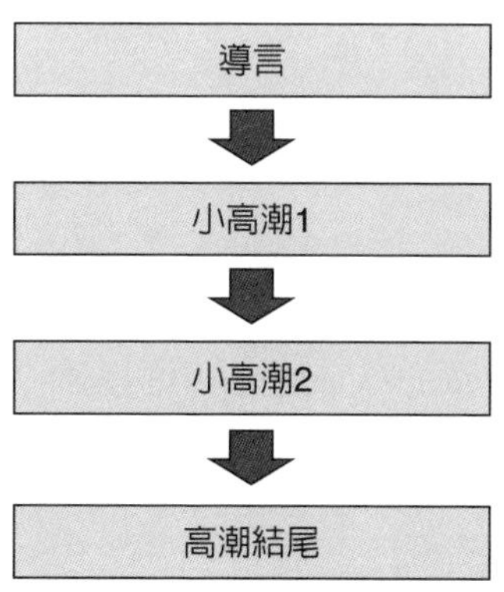

圖8-4　平鋪直敘寫作形式

五、多項式敘述

一項新聞報導，若牽涉多項主題需要說明、解釋，而導言部分又只能概括地點出全篇新聞的主要內容時，就必須在往後的本文中，依次交代各類事實。這種寫作形式，除了導言部分外，其他各段內容基本上是同樣重要的。

另外，在時間上來看也幾乎是同時發生的。多項式敘述新聞寫作，大都用在政府機關宣布政策措施的報導上。

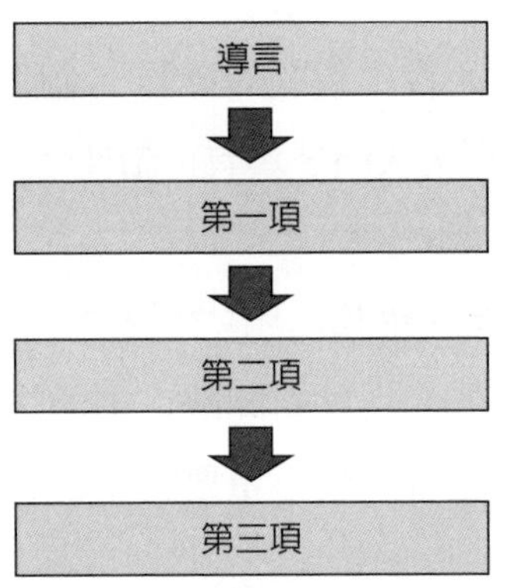

圖8-5　多項式敘述寫作形式

六、鑽石型寫作

鑽石型寫作（diamond）又稱「焦點寫作法」，是美國《華爾街日報》（*The Woll Street Journal*）記者採用的寫作方式，它是透過「由小見大、由個體呈現整體」的寫作方式，報導一件複雜的新聞（方怡文、周慶祥，2003：164-165）。

鑽石型寫作的好處是客觀、較具說服力，而且背景資料豐富；缺點則是較無時效性且不容易找到特定的代表對象。而鑽石型新聞寫作和倒金字塔式新聞寫作的差異，可以**表8-1**表示：

表8-1　鑽石型與倒金字塔式新聞寫作比較表

	鑽石型寫作	倒金字塔式寫作
時效性	較不具時效性	較具時效性
新聞題材	適合特寫、深度報導	適合純淨新聞寫作
媒體	常見於雜誌	常見於報紙、電視
篇幅	多	少
重點	重點在第二段	重點在導言

在全球報紙中，將鑽石型寫作形式應用得最為成功的是《華爾街日報》，《華爾街日報》在報導上，更是逐漸建立了獨特的風格，因此美國部分學者將鑽石型寫作稱為「華爾街日報公式」（The Wall Street Journal Formula）（Brooks et al., 1980）。

「華爾街日報公式」這種寫作模式的基本論點是：「一千萬人死亡只是一項統計數字，但一個人死亡卻是一場悲劇。」它希望記者能以個人的角度出發，描述或解釋一些對個人會產生影響的問題，並將複雜的問題變得簡單易懂，引起讀者共鳴，激發欲罷不能的閱讀慾望。

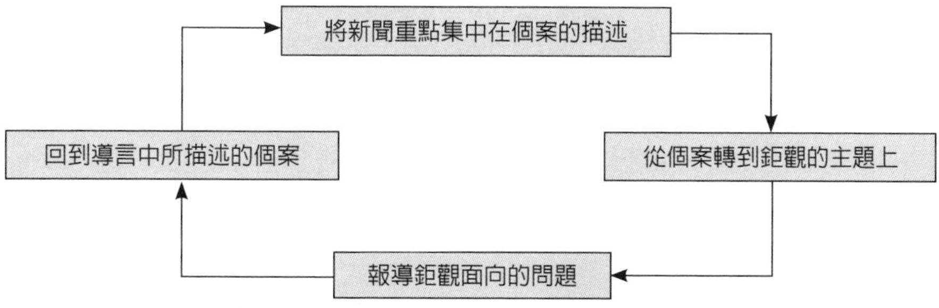

圖8-6　鑽石型新聞寫作形式（華爾街日報公式）

一般而言，鑽石型寫作形式的步驟為：

1.先將寫作焦點集中在個人的眞實案例中。
2.設法在個人與鉅觀的問題之間建立關聯，使新聞能流暢地從個人的問題轉接到大的問題。
3.進一步報導內容更複雜、更鉅觀的問題。
4.須回到新聞一開始所討論的個案情境上，採用一個感人或強而有力的總結收尾。

美國德州大學教授Fensch（1988）認為，鑽石型寫作形式，至少應包括導言、主題、軀幹及結尾四個要件。鑽石型寫作形式的導言，呈現的是人物或事件的現狀，所描述的可能是一段感人的情節，也可能是個人的獨白，甚至可能只是簡短的引據（quotation），它的任務是在提出生動的例子，藉以引發讀者的閱讀興趣（羅文輝，1991：299）。

主題的作用在提醒讀者全文的主旨，並在導言與軀幹中扮演承先啓後的橋梁角色，使導言中所描述的情境，能流暢地與軀幹的內容銜接；軀幹則表現人物或事件的歷史背景，寫作時應從遙遠的過去，逐步發展到現在的情況，這樣才能使全文在結尾時，轉回導言的描述；而結尾則是鑽石型新聞寫作的重點，結尾應和開頭用同一人物收尾，以表示始終如一、頭尾連貫（羅文輝，1991：299）。

鑽石型寫作形式特別重視頭尾連貫，結尾不僅需要和導言緊密結合，也應該是全文最精彩的部分。因此，編輯在安排版面上，遇到版面不足，需要刪稿時，對採用鑽石型寫作形式的報導，必須設法在軀幹部分加以刪減，以不至於對新聞的完整性產生太大的影響（羅文輝，1991：299）。

第三節　新聞專題製作

新聞專題是一種較深入、完整的報導方式，媒體藉由專題報導方式，採用較大的版面、篇幅及時間，採訪多元的意見，以及探討議題的各種角度和問題，讓大衆可以更清楚的了解事件的全貌。而製作一篇好的專題報導，不僅可表現出媒體的用心程度和記者的採訪、報導功力，更可彰顯議題的背後意涵，並尋求解決之道。

一篇好的專題，必須仰賴一個成功的專題企劃，當訂定專題企劃時，編輯和記者所須抱持的態度，是時時刻刻惦記著讀者的想法，並主動發掘讀者未曾想到的問題，以喚起讀者的興趣而加以閱讀。因此，專題企劃，除了將構思具體化成種種步驟外，更有提升內容深度，與切合讀者需要，引起讀者興趣，並塑造刊物風格的用處。

要製作新聞專題報導，記者必須花費很多的工夫和心力，以下提出幾點製作專題的方式供讀者們參考：

一、選擇題材

1.新聞專題必須具有新聞性，及影響範圍廣泛深刻的特性，並且是讀者關心的或應該關心的議題。

2.主題具有發展性，例如中部某家飯店失火，由於消防設備不足，逃生管道缺乏，加上食客缺乏逃難常識，以致遇難者甚多，此一火災事件就比一間空屋發生火災來得有發展性，如：消防法規健全與否、執行公權力是否不彰、民衆火災避難常識是否足夠、如何消弭此類悲劇再度發生……等，都可以是此主題的撰稿重點。

3.專題製作的主題並不局限於事件，發掘新問題和提出問題核心也是重要的一環。而這有賴於編輯和記者發現問題的敏感度，使表面看似不大具有新聞性的問題，可隨著個人見解、探討方向和處理方法不同而變成優秀的主題。至於新聞敏感度的培養法，在於多閱讀、多思考，時時懷疑，一有靈感想法，即使是片段的，也應馬上筆記，養成習慣。

4.展開主題。由於是專題報導，因此主題必須詳盡、明確，須具有足夠說明該報導的資料，以便於讀者明白，記者要先廣泛的蒐集相關資料，加強對事件的訴求力和說服力。

二、專題報導企劃書

爲了讓專題報導能夠順利進行，並且不會輕易失敗，記者應在事前做好詳細的規劃，擬定一份專題企劃書，安排專題製作的進度。企劃書的內容應包含：報導主題、報導動機和目的、採訪對象、採訪問題和大綱、切入角度、採訪進度……等。記者應按照專題企劃書的內容，循序漸進地完成採訪和報導工作。

三、進行方式

1.舉行座談會：決定主題後，媒體或記者可邀請學者、專家，或不同身分、立場的人選，就主題加以分析、研討及評估，以做周詳的規劃，聽取他們的意見，將他們的意見納入報導中，避免浮光掠影的報導。

2.解剖探討：將主題分作連續小單元，從不同角度、立場去探訪、調查、分析、探討問題，造成連續系列的效果。

新聞專題報導範例

生育率直直落 幅度不斷擴大 民國100年台灣將成一胎化社會

【陳一姍／專題報導】經建會發布人口最新推估，如果台灣生育率照目前速度繼續下降，民國100年台灣總生育率將降爲〇．九九四人，成爲「一胎化」社會。

總生育率是指，平均每位育齡婦女一生所生的嬰兒數，育齡指十五到四十九歲。

經建會7月底公布最新人口推估，先前官方說明均以總生育率維持在一．一人推算，如果採低推估，再過五年台灣就要進入一胎化社會。

過去五年 降幅創歷史次高

過去五年台灣生育率下降速度是歷史次高。內政部人口統計，1970、1980年，政府大力推動家庭計畫，加上工業化伴隨都市化，帶來家庭結構轉變，五年內總生育率下降幅度分別爲30%與37%。1990年總生育率跌破二人後，下降幅度趨緩。但2000年以來，再度大幅滑落，由原先還有一．六八人降到去年只剩一．一人，降幅是歷史次高。

大陸的一胎化是政府只准生一個小孩，台灣的一胎化主要原因來自不婚、晚婚、不育與遲育，並非結了婚只生一個小孩。根據主計處最近一次婦女調查，十五歲以上婦女理想子女數爲二．二九人，已婚婦女的理想數較高爲二．五三人，其實只比二十年前少〇．五人。換言之，台灣的一胎化現象與不婚、遲婚造成少子化的現象，有極大關聯。

不婚遲婚不育 都是少子原因

衛生署7月底公布「國人對婚姻與生育態度」最新電話民調，不願結婚的主因第一就是「經濟條件不佳」。國民健康局另一份調查也顯示，小孩教育、養育與經濟負擔，是台灣人不願生小孩的三大主因。以此推估，近五年來台灣生育率急遽下滑原因，也可能與近來台灣經濟表現不佳有關。「經濟看不到前景，會擔心小孩的未來比自己還差，乾脆不生。」許多中產階級如是說。

「要鼓勵生育，一胎補助三萬元有什麼用，官員根本不了解職業婦女

的壓力。」一位在保險公司任職的女主管認為，台灣少子化問題的關鍵在於教養成本太高，如果這個環節不解決，職業婦女根本不敢多生小孩，否則每個月薪水就全拿去貢獻給保母與安親班了。

法國例子：育兒環境很重要

法國的例子更可證明少子化問題的根源在育兒環境。經建會人力規劃處處長陳世璋說，過去人人都說法國人浪漫，所以不生小孩，但現在法國總生育率回升到一．八人，比台灣還高，法國的做法就是大量投資兒童托育環境。

「問題是台灣納稅人願意付這麼多稅嗎？」他質疑。陳世璋指出，去年不含社會安全捐，台灣租稅負擔率好不容易恢復到14%，但法國高達27%；加入社會安全捐，台灣稅收負擔率17%，法國高達43%。

新加坡經驗：補助效果短暫

他說，根據新加坡經驗，政府也知道光靠給錢鼓勵生育，效果短暫，所以不會採取那樣的方式。但稅收不充裕的情況下，現階段政府能做的事也有限，只能從鼓吹家庭價值下手。

在家庭價值與現實生活的拔河裡，想扭轉少子化現象，政府的贏面顯然不高。

習題

閱讀完本章後，試回答下列的問題：

1.請問新聞稿的結構包含哪些部分？

2.試說明導言的寫作形式與原則為何？

3.新聞寫作有哪些形式？你認為哪一種新聞寫作形式最符合讀者需求？

4.假設你是一位新聞記者，你要如何進行新聞專題製作與報導？

第四篇

新聞查證與避免錯誤

9 新聞來源的查證與保護

第一節　新聞來源與查證方式

第二節　新聞來源之保密

身爲新聞從業人員，除了要具備前面所提到的採訪及報導的能力外，對於新聞來源的查證及保護更爲重要。新聞的正確與否，代表著記者查證工作的謹愼程度，不正確的新聞，將賠上媒體的公信力和形象，甚至傷及無辜；而保護新聞來源，則是記者必須負起的權利和義務，是記者的職業操守。

第一節　新聞來源與查證方式

一、新聞來源與線索

線索是事物發展的脈絡或探求問題的途徑。關於新聞線索，許多新聞學者都提出各自不同的看法。以下是較有代表性的幾種說法（林如鵬，2000：228）：

1.新聞線索是新近發生的事實的簡短訊息。新聞線索一般比較簡單、粗略，有的則比較完整，甚至還有細節。它們可觸發記者的新聞敏感，記者由此而追蹤，進行採訪。

2.新聞線索是新聞事實的簡單訊息，它告訴記者發生了某件事、某種新情況，但新聞要素不完整。記者投入採訪之前，首先要發現新聞線索，並憑藉本身的新聞敏感，就這些線索進行追蹤採訪。

3.新聞線索是新聞事實發生的訊息或信號，是新聞敏感的捕捉對象，也是新聞記者進行採訪活動的出發點。這種線索一般比較簡略，但有經驗的記者往往由小見大，追根尋源，發掘出更重要、更完整的新聞事實。

以上幾種說法大同小異，我們認爲，新聞線索是指已經發生、正在發生或即將發生的新聞事實的一種信號或簡要的訊息，它的表現形式多種多樣，大都是零碎的、不完整的，需要記者做進一步的證實和了解。

新聞線索只是新聞的一種訊號，它的表現形式千姿百態，可能是一句話、一個片斷、一種傳說、一種景象，也可能是一個完整的故事。其特點具體表現如下幾個方面（林如鵬，2000：229）：

1.新聞線索以某種客觀事實爲基礎。新聞線索不能憑空想像、主觀捏造出來，而必須以某種事實爲基礎。記者採訪的線索大都是以最近發生的事實爲依據，這種線索存在客觀現實之中，記者只要注意留心生活，往往能抓住這些線索。
2.新聞線索的表現往往是簡單的、零碎的、不完整的。有些新聞線索的內容很詳細、具體，不僅有時間、地點、人物、事情經過、原因等完整的新聞要素，而且有生動的細節、情節，記者採訪、查證之後所獲得的材料，並沒有超出線索所提供的情況。由於新聞線索經常不完整，新聞價值得不到凸顯，因而記者必須依靠高度的新聞敏感能力，根據新聞價值的判斷標準，妥善地對新聞線索進行鑑別。
3.新聞線索具有突發性，稍縱即逝，新聞線索的出現往往如電光石火，一閃而過，記者若沒有高度的新聞警覺能力，便把握不住。相反的，記者如果隨時保持高度警覺的狀態，就可以捕捉到許多人抓不住的線索。
4.新聞線索的可信度小，變動性大。不管新聞線索的表現型態是完整的還是片斷的，是具體的還是模糊的，它們往往只是事物的某些表象，還不能反映事物的本質，需要記者經過一番調查研究之後，上升到理性的高度來認識。在新聞記者深入調查之前，新聞線索存在著各種各樣的可能性，記者對它們須加以仔細的查證。

5.新聞線索不是新聞事實的本身，二者不能簡單等同。新聞線索雖然要求有一定的事實做基礎和根據，但不等於說新聞線索就是新聞事實本身。記者對於道聽塗說得來的新聞線索，一定要爭取到現場去查證，倘若已事過境遷，也應設法找到多名目擊者和知情人士進行調查，以互相參照印證，力求新聞報導的準確眞實。

新聞線索雖然只是一些片斷，甚或一句不著邊際的話，但是它對記者的採訪起著重大的作用，記者最苦惱的就是手邊沒有線索，不知道要寫什麼，工作起來沒有目標和方向。有人用「窮記者」、「富記者」來形容記者對新聞線索占有量的多少。因此，新聞線索對於記者及採訪活動主要有以下幾個作用（林如鵬，2000：238）：

1.新聞線索能觸發記者的新聞敏感。新聞線索儘管不完整、不具體，但它畢竟也是一種訊息，是新聞敏感的捕捉目標。新聞敏感是一種看不見、摸不著的東西，是記者的一種職業敏感，它的產生具有突現性。新聞線索是觸發記者新聞敏感的動因，沒有線索的存在，記者的新聞敏感也不會無緣無故地產生。

2.新聞線索向記者指示新聞的所在。不管新聞線索的表現型態是完整的還是零碎的，它們都具有相同的特點：提供一定量的訊息，撥動記者的新聞敏感，指示新聞的所在，爲記者的採訪指出一個比較具體的方向。

3.線索的獲得是新聞採訪的一個重要關鍵。確定新聞線索是處於明確報導思想和進行採訪準備之間的一個重要環節。線索不明，記者採訪就如同大海撈針，四處亂碰，事倍功半。線索明確之後，記者的採訪活動便有了具體的目標和方向，工作效率也會大大提升。

由上述可知，記者要得知新聞，並著手進行採訪和報導，必須先取得新聞線索，而要取得新聞線索，則必須靠記者敏銳的新聞鼻和觀察能力，以及新聞來源的提供。一般而言，記者的新聞來源大致上有以下幾種消息管道（方怡文、周慶祥，2003：61）：

(一)政府機構、社會團體

這是占最大多數的新聞來源，也是新聞媒體在分配記者路線時的參考依據，例如：總統府、行政院、立法院、各政黨、消基會……等機構，以及其所屬之各單位、中心。記者除了等待這些機構和團體發布新聞稿，再進行採訪報導外，也會藉由常駐在該機構，培養人脈、建立人際關係的方式，取得較爲機密的消息。

(二)公關新聞

公關新聞是每一個記者都會碰到的情況。記者不可因爲新聞線索來自公關部門提供，就掉以輕心。記者應仔細閱讀公關新聞稿，努力從中找出新聞點及有用的訊息，再針對相關人士進行採訪報導。

(三)民眾提供、投訴

有些重大的新聞，記者通常會很快知道，主要原因是發生新聞的現場，會有目擊者或是熱心民眾主動向媒體提供訊息。此外，目前各個媒體幾乎也都設立了「投訴專線」或「爆料專線」，以供讀者或民眾可以直接向媒體申訴及提供訊息。

(四)參考相關媒體的訊息

記者會主動了解新聞同業的新聞內容，作爲追蹤新聞的參考，通常日報記者會參考晚報的新聞，晚報記者對於重大新聞也會參考日報新聞。另外，國內新聞媒體也會參考中央通訊社的稿件，其新聞通常是每小時更新一次。

(五)電腦網路所提供的訊息

隨著資訊的發達，電腦網路也逐漸形成，新聞媒體不僅進行電腦化革新，記者也開始藉由網路，尋找國內外相關的資訊，例如到電子布告欄、部落格、搜尋引擎……等找尋新聞線索。

二、新聞來源之查證方式

「正確」（accuracy）是新聞報導極重要的原則，新聞報導不正確，不僅會影響新聞媒介的公信力，更會影響新聞媒介傳遞資訊及監督、整合的社會功能（羅文輝、蘇蘅、林元輝，1998）。

因此，新聞採訪時最重要的事就是「新聞查證工作」，尤其對於有糾紛、可能會引起法律訴訟的新聞，不僅要有雙方的說法進行「平衡報導」，對於說詞不同的內容更要小心查證，善盡守門人的社會責任，千萬不能聽信片面之詞，以免報導錯誤，賠上媒體的形象與公信力，記者和編輯甚至會惹上官司（方怡文、周慶祥，2003：65）。

我國新聞查證最基本的原則，首指2000年大法官會議第509條釋憲文，其被視為保證言論及新聞自由最具體的釋憲文，509號釋憲文強調：「行為人（新聞工作者）雖不能證明言論為眞實，但依其所提證據資料，認為行為人有相當理由確信其為眞實者，即不能以誹謗之責相繩。」用新聞實務的話來說，即使新聞報導不實，未經由合理查證，讓記者或編輯人員信以為眞，新聞從業員亦得免受法律制裁。相對於我國法律對於新聞自由的如此保證，記者理應切實查證，直至信以為真，方適合報導（盧世祥，2005a）。

要提高新聞的正確性，除了採行嚴格的編採程序外，還必須改變消息來源對新聞的主觀認知。有鑑於此，美國新聞界開始實施「正確性查證」（accuracy checks），希望藉「正確性查證」改變消息來源對新聞的主觀認知，並促使記者寫新聞時更為小心謹慎（羅文輝、蘇蘅、林元輝，1998）。

目前美國新聞機構實施的正確性查證方法有兩種，最普遍的一種是新聞刊登後的正確性查證方法。這種查證方法和消息來源取向的正確性研究實施步驟類似，由新聞機構在新聞刊登後，把新聞剪下來，寄給新聞中的消息來源，請消息來源指出新聞中的錯誤（Meyer, 1988）。

另外一種正確性查證方法，是密蘇里大學新聞學院發行的《哥倫比亞密蘇里人報》（*The Columbia Missourian*），從1975年開始實施的新聞刊登前查證方法。《哥倫比亞密蘇里人報》要求記者在新聞刊登前，向消息來源查證相關事實及直接引述（direct quotes）是否正確（羅文輝、蘇蘅、林元輝，1998）。

通常，該報會要求記者在新聞刊登前，把部分新聞念給消息來源聽，讓消息來源了解新聞事實的脈絡後，再請他們評估新聞是否公正、正確。如果消息來源指出新聞中有某些錯誤，而撰稿記者同意，該報會要求記者立刻更正；如果記者不同意消息來源指出的錯誤，該報會要求記者提出證據，並向消息來源解釋。如果查證時發現因編輯改稿等處理過程發生錯誤，則由編輯再進行查證，刊登前查證工作以電話進行，刊登後查證則寄剪報給受訪者，請他們指出錯誤（羅文輝、蘇蘅、林元輝，1998）。

該報的調查還發現，這種查證過程對於敏感複雜新聞的處理特別有用，但一般也公認，如果記者在訪問階段及在寫作省略某些段落字句時再三查證，事前防錯效果會更好（羅文輝、蘇蘅、林元輝，1998）。。

密蘇里大學這項正確性新聞查證政策別具創意，而且把查證責任放在負責採訪的記者和新聞編輯等守門人本身，比過去的研究或查證制度更能提高參與感，也更能獲得消息來源的信賴；刊登前查證可以防錯於未然；刊登後查證更可鼓勵負責編採的守門人持續注意正確性的問題，這似乎是一項值得仿效嘗試的制度（羅文輝、蘇蘅、林元輝，1998）。

Singletary（1980）回顧新聞正確性研究時發現，大約半數的純新聞多少包含某些類型的錯誤。如果太多新聞發生錯誤，不但會使讀者懷疑新聞的眞實性，更造成消息來源或新聞當事人對報紙的不信任。當然，部分報紙發生錯誤後，會設法更正，但更正只是亡羊補牢（Baker, 1975）；如果能在新聞刊登前盡可能做交叉查證，防錯於未然，不僅可提高新聞可信度，更可提高報紙的專業水準。因此，媒介應該透過內部機制，在新聞刊登前先行評估內容的正確性（羅文輝、蘇蘅、林元輝，1998）。

台灣電視新聞雜誌性節目從早期中視的「九十分鐘」、「華視新聞雜誌」到「民視異言堂」，內容都仍兼具知性且秉持新聞專業，而後演進的「社會追緝令」算是較爲特別的一型。不過，發揮電視新聞娛樂化與戲劇化極致的，應該是有線電視二十四小時的新聞頻道。台灣有線電視新聞頻道由於面臨更激烈的收視競爭，所以不斷製造出羶色腥與勁爆議題；且因二十四小時不中斷地播出，SNG即時新聞連線使得守門的時間受到壓縮，思考問題變得膚淺（褚瑞婷，2005）。

實例一

近年來國內最大的新聞烏龍事件，便是2002年的「舔耳案」事件，國內多家媒體聽信消息來源片面之詞，報導衛生署長涂醒哲涉及對於男性舔耳朵的性騷擾事件，在這次事件中，媒體未審先判、不經查證的報導，大剌剌地點名涂醒哲，暗諷涂醒哲不敢承認、批評游揆護短，以討論涂醒哲是否爲雙性戀、在辦公室內對女性同事性騷擾「前科」爲報導方向，刻意誤導讀者判定涂醒哲就是舔耳案男主角，在眞相未明前，涂醒哲已經被媒體完全判刑確定。

新聞的查證工作是一個新聞工作者最基本的訓練，可是媒體在這次事件中，根本都已經把基本的新聞查證忘得一乾二淨，處處都可見未審先判的粗糙新聞報導及評論。事後查證竟然是被害人認錯人，把「屠主任」誤認爲涂醒哲，社會各界因而對媒體大加批評，媒體公信力再次受到嚴重打擊（方怡文、周慶祥，2003：66）。

實例二

2005年的「腳尾飯」事件中，媒體將台北市市議員王育誠提供的「錄影帶」，在未經查證的情況下播出，事後證明該影帶爲王育誠助理杜撰的「模擬劇」，但其已對影帶中影射的商家造成莫大的傷害（褚瑞婷，2005）。

回顧該事件，2005年6月2日，由TVBS-N首先報導腳尾飯外流的消息，「腳尾飯」事件始正式曝光。新聞指出，奉祀死者的「腳尾飯」在祭拜之後，部分流入台大附近公館商圈的自助餐店，造成許多學生的恐慌，而部分成爲醃製醬菜的原料。但6月3日殯葬業者就表示絕無此事，指索取腳尾飯的義工媽媽，都只將其作爲牲畜飼料，絕無醃製醬菜一說（褚瑞婷，2005）。

6月3日下午，台北市長馬英九也表示腳尾飯都只作爲雞、鵝的飼料。爆料議員王育誠在質詢時表示，台北市有十一家小吃店販售腳尾飯，建議政府應該編列預算處理腳尾飯，並且訂定管理辦法，馬英九允諾一個月內

盡速改善。官員4日表示，只要確定餐飲業者「購買且轉售這些祭品，就可祭出食品衛生管理法處罰！」（褚瑞婷，2005）

不過，在6月4日當天，整起事件出現了重大轉折，記者根據王育誠提供的影帶實際尋找販賣腳尾飯的店家，結果卻是「查無此店」，或是早已歇業，王育誠以「助理蒐證已久」作爲查不到提供店家的理由，但已造成公館商圈的恐慌，並影響商家生意，王育誠親自至店家道歉，同時也強調「祭品蟑螂的確存在」（褚瑞婷，2005）。

6月7日，王育誠承認其所公布之錄影帶是「內幕模擬」所致，但強調自己並不知情。但法律界人士針對此事件表示，由於層面涉及過廣，可能有違法之嫌，包括僞造文書、妨害名譽、侮辱公署罪、贓物罪、社會秩序維護法等（褚瑞婷，2005）。

政大廣電系助理教授曾國峰認爲，「腳尾飯」事件引起了社會大眾關注媒體以模擬畫面作爲調查工具，欠缺誠信之問題，不過，閱聽人每天所觀看的電視新聞早就多以「戲劇」的方式來呈現，見怪不怪（褚瑞婷，2005）。

第二節　新聞來源之保密

新聞工作者的職業秘密的權利，雖然在法律上沒有普遍而明確的承認，但與新聞自由的原則有密切關係。記者是以採訪新聞、發布新聞爲職業，而新聞來源則是記者職業秘密的主要關鍵，在自由民主的社會中，在自由競爭的制度下，各種行業都允許有限度的職業秘密（鄭貞銘，2002：157）。

保密消息來源，是記者要竭力堅守的權利及義務；這種新聞來源的保密權利，構成爭取採訪自由的一個重要環節；不透露新聞來源的保密義務，始終是記者所負的雙重責任之一（鄭貞銘，2002：157）。

由於調查採訪與深入報導的新新聞學興起，「新聞來源的保密」更形必要；當公私事務中涉及貪污、舞弊、營私、無能等醜聞時，消息封鎖與拒絕透露往往造成記者採訪與報導上的阻礙，因為在採訪新聞時遇有阻礙，所以記者被迫從正常管道之外另謀新路去找新聞，這種情報的性質和涉及的範圍太廣，為了保護提供消息者，記者必須對新聞來源保守秘密（鄭貞銘，2002：159）。

消息來源因為相信媒體或對記者信賴，所以，將消息告訴記者或接受記者的拍攝採訪。記者無論跟消息來源或受訪對象有無口頭協議，在任何情況下，都必須要盡全力維護消息來源或受訪者的利益與人身安全（方怡文、周慶祥，2003：464）。

一、使用匿名消息來源的時機

一位負責任的記者在撰寫新聞時，必須清楚的交代新聞來源，但有些情況並不適宜標明新聞來源時，就可採用匿名性的消息報導。例如一些涉及政府重大弊案的事件，消息來源可能來自某位政府官員，他向記者透露政府的不法事實，要記者進行查證，若記者在報導中將消息來源公開，這位官員就有可能遭到高層的壓力，甚至整肅、迫害，因此，為了保護消息來源，記者必須負起責任（方怡文、周慶祥，2003：463）。

基於保護消息來源的立場，大部分媒體都允許記者使用匿名消息來源，不過為了避免記者假借保護消息來源之名，而捏造假新聞，媒體對於記者使用匿名消息的時機，均有嚴格規定，分敘如下：

1.匿名消息來源之使用，是最後之無奈手段，必須等待其他獲得消息的方法及管道失敗後，才能使用。

2.記者應有心理準備將匿名消息來源的名字，向主管報告。
3.得自匿名消息來源的消息一定要有高度可信度。
4.記者引用匿名消息來源的同時，異見者的意見也應同時引用。
5.記者應將匿名消息來源描述得愈詳細愈好，但不能扭曲此一來源，或此一消息來源與記者之間的關係。
6.當記者對匿名消息來源的動機有所懷疑時，則所獲得的消息一定要經過查證及證實。

美國有些媒體在採行匿名新聞時，會主動要求記者在新聞中交代使用匿名消息的原因，並向主管說明消息來源，以表示對社會大眾負責的態度，同時也防止記者捏造新聞（方怡文、周慶祥，2003：464）。

當新聞報導涉及敏感問題而產生法律訴訟，記者在面對訴訟程序時，如何善盡保護消息來源，或在新聞高度競爭中，媒體如何約束記者不會捏造新聞，而以不負責任的「據了解」、「據知情人士表示」來搪塞，這些都需要新聞工作者以道德高標準來克服困難（方怡文、周慶祥，2003：466）。

二、各國對消息來源保密之規定

新聞界普遍認為，如果記者不保護消息來源，將來會沒有人敢提供消息給記者，這對揭發事實、保障新聞自由是不利的；但司法界人士則表示，司法獨立審判是受到了憲法的保障，為了了解事實，記者必須說明消息來源，拒絕透露便是妨害了司法權（方怡文、周慶祥，2003：466）。

世界各國對於保守職業秘密都有法律明文規定，並給予充分的保障，但是對於新聞記者是否擁有保守職業秘密的權利，全世界只有少數國家有法律規定及給予明文保障，多數國家並不承認新聞事業是屬於專門職業，記者也不需要考執照，所以不需要給予保守職業秘密的保障（方怡文、周慶祥，2003：465）。

1972年6月29日，美國最高法院以五票對四票，裁定美國憲法第一修正案並不能使新聞工作者在刑事案件的調查上，免除回答大陪審團問話的義務。最高法院的裁定採取「政府在執法時得進行充分調查的權利」之立場（李茂政，2005：395）。

美國很多州的法院，在以前對記者拒絕透露消息來源時往往判處「藐視法庭罪」（contempt of court），但現在已經約有十九個州通過「盾牌法案」（Shield Law），允許記者可以拒絕向法庭、大陪審團或其他調查機構透露新聞來源，保障記者對消息來源之保密權。

德國在刑事訴訟法中規定：「凡因他人投稿而涉入法律問題者，新聞記者及發行人得以拒絕陳述新聞來源。」我國雖無新聞來源保密之明確條文，但在民事訴訟法上似乎可引用民事訴訟法第307條第4項的一般規定：「證人就其職務上或業務上有秘密義務之事項受訊問者，得拒絕證言」。但同法第310條卻規定：「拒絕證言之當否，由受訊法院於訊問到場之當事人後裁定之。」第311條規定：「證人不陳明拒絕之原因、事實，而拒絕證言，或以拒絕爲不當之裁定，已確定而仍拒絕證言者，法院得以裁定三萬元以下之罰鍰。前項裁定得爲抗告，抗告中應停止執行。」（轉引自李茂政，2005：396）

由此可見，我國在立法精神上，仍然對於新聞來源之保密多所限制。尤其在刑事訴訟法上，記者對於新聞來源保密之權利，卻沒有辦法與其他專業享受同等待遇，如刑事訴訟法第169條規定：「證人爲醫師、藥劑師、藥商、助產士、宗教師、律師、辯護人、公證人、會計師或其他業務上佐理人，或曾任此等職務之人，就其業務所知悉有關他人秘密

之事項受訊問者，除經本人允許者外，得拒絕證言。」就該法律上，新聞記者並沒有包括在內，所以我國新聞界尚待努力爭取享有對消息來源保密的充分自由（李瞻，1985；轉引自李茂政，2005：396）。

實例

2006年，《聯合報》記者高年億因拒絕透露「股市勁永禿鷹案」消息來源，在現行刑事訴訟法第182條並無例外免責規定下，台北地方法院裁罰高年億罰鍰三萬元，首開記者拒絕證言被罰的先例，也引發了維護新聞自由與發現實體主義取捨及憲法比例原則適用問題之爭議。

《聯合報》記者高年億被檢方認爲從前金管會檢察局長李進誠手中，得到金檢局調查勁永的機密資料，並且在2005年3月間報導出來，造成勁永股價下跌，讓林明達等人回補勁永股票獲利，檢方因此向台北地方法院聲請傳喚高年億出庭作證（陳鳳如，2006）。

由於高年億在2006年4月24日以不方便透露消息來源爲由，被檢方聲請裁罰，法院審酌後，認爲記者是否享有拒絕證言權，在我國現行法律沒有明訂的情況下，須視作證內容是否爲公共利益所必要以及是否與案件有密切關係而定，由於合議庭認爲，涉嫌洩漏消息給高年億的人，是企圖利用新聞媒體犯罪，所以，認定高年億沒有拒絕證言的權利，科處高年億罰鍰新台幣3萬元。接著，台北地院又在25日、26日就同一事由，再度傳喚高年億出庭，並且繼續對他做出裁罰，引起媒體強烈抗議，認爲站在捍衛新聞自由的立場上，絕對不能妥協（陳鳳如，2006）。

針對此案，《聯合報》發表聲明，指台北地院這項裁罰嚴重侵害新聞自由，決定提起抗告。《聯合報》聲明表示，媒體負有監督公權力及守望社會的責任，而保護消息來源，使不致產生寒蟬效應，誠爲履行此一責任之重要基礎；司法不宜破壞此基礎，媒體更不可自毀此基礎（《聯合報》編輯部，2006）。

《聯合報》指出，法院裁定之理由亦指出，記者與醫師、律師、宗教師等特定人士，在保護消息來源、與消息來源之高度信賴關係均類似，理應在刑事訴訟法明確規定記者亦得拒絕證言，唯現行法律未做規定，實爲法律之疏漏。既然如此，可見法院亦知記者與其消息來源之關係應受保障，如今竟以記者拒絕透露消息來源爲由裁罰，顯然自相矛盾（《聯合報》編輯部，2006）。

此外，《聯合報》認爲，報導勁永作假帳確屬事實，而勁永爲上市公司，投資大眾當有知之權利，故揭露此一事實，顯然符合公眾利益；至於法院裁定文中稱「有人利用此一新聞犯罪」云云，但是否有人利用新聞犯罪，與記者報導此新聞之動機完全無關，因在記者認知中是基於公共利益而報導。況且本案尚在審理，根本未確定「有人利用新聞犯罪」，則法院以此爲由裁罰，豈非未審先判，違反無罪推定原則（《聯合報》編輯部，2006）。

台北司法記者聯誼會也發表以下聲明，表達抗議：

1. 基於憲法保障言論自由，本會堅持記者應有拒絕證言權，對台北地院以比例原則，限制記者拒絕證言，表達嚴正抗議。
2. 本會認此案無關國家安全，記者證言非本案發現眞相唯一方法，檢察機關捨龐大行政資源不用，台北地方法院亦採連續裁罰方式，硬逼記者揭露消息來源，皆有違比例原則。
3. 摘奸發伏是檢察機關職責，記者採訪撰稿動輒被認定是協助犯罪，將損及民眾知的權利，喪失媒體監督功能。
4. 保護消息來源是記者天職，強迫記者洩漏，實際上無助於發現事實眞相，徒增司法機關與媒體間的緊張關係。

無國界記者組織則指責台灣的法院因爲記者拒絕透露消息來源而處罰記者。該組織指出，台灣應該明定法令，讓記者像醫生、律師得以保護訊息來源。

該組織在聲明中指出，「譴責台灣法院此一裁決」，「司法體系必須確保記者有權保護其新聞來源，使他們能夠自由工作」，並表示，台灣方面「必須把記者列入專業名單中，使他們有權依法保守專業上的機密」。

此案在台灣高等法院撤銷發回重新裁定後，台北地方法院合議庭在2006年8月10日還是做成連續裁罰各三萬元、合計九萬元的裁定結果。本案還可抗告（王己由，2006）。

原承審禿鷹案的台北地院合議庭，裁罰高年億的理由，除了之前認爲高年億的證詞，攸關前金檢局長李進誠是否成立洩密罪，具有直接關聯性，和證明犯罪事實所必要外，這次則以兩大理由「回應」上級審定，認爲還是該連續裁罰，及裁處最高額罰鍰（王己由，2006）。

合議庭裁定理由，則是參考美國大法官Stewart在Branzburg一案所主張的三項權衡標準，並且針對憲法上比例原則權衡的方式，提出與案情有直接密切關聯性（適當性）、無法採取其他證據的方式（必要性）、獲取消息來源有迫切壓倒性的公共利益（狹義比例原則）等三個判斷標準（王己由，2006）。

合議庭認爲，高年億的消息來源證詞，和禿鷹案有直接密切關聯性，而偵查中已極盡調查能事，且是證明李進誠犯罪事實所必要。無論高年億消息來源爲何，洩漏者都是利用新聞媒體犯罪，調查洩漏公務機密的公共利益，明顯高於賦予記者拒絕證言權的利益。因此，以保護消息來源拒絕作證的新聞記者，不能因受有一次拒絕作證科處罰鍰，就能免除其後具結作證的義務；假使記者可以受一次裁罰，即可達到規避具結作證義務的目的，就無法確保實現實體正義、公正執法的公共利益（王己由，2006）。

習題

閱讀完本章後，試回答下列的問題：

1.記者獲得新聞來源的消息管道有哪些？新聞線索對於記者而言有哪些作用？

2.如果你是一位記者，你要如何進行新聞查證工作？

3.你認為記者應該要保密消息來源嗎？

4.承上題，當新聞報導與國家利益衝突或與法律規定牴觸時，記者應該要公開消息來源嗎？

10 電腦輔助新聞報導的功能與效益

新聞媒介消息來源的偏向性，使得媒介長期被少數特定的社會階層所操縱，造成社會資源與權力分配不均，難以發揮新聞媒介監督政府與守望環境的功能（羅文輝，1995：17）。因此，新聞媒介有必要拓展更多元的消息來源管道，而網際網路正好提供記者作爲尋找消息來源的另一途徑。

國外學者認爲，透過網際網路尋找消息，記者可以很快報導具權威性的新聞，從網際網路上的各種資料庫、數字和圖表，可加強精確新聞報導的正確性和深度。換言之，記者可提供讀者更有深度、更有可讀性的新聞（Reddick & King, 1997: 5）。

根據Garrison的研究發現，1995年的美國報社已比一年前更願意花錢在較貴的付費搜尋網站上，但同時要求記者接受上網的訓練，以降低成本（Garrison, 1997: 91；轉引自王毓莉，1990：17）。他也推測，廣電、雜誌等媒體，也將趨向把電腦科技納入採訪新聞的管道之一。

第一節　什麼是電腦輔助新聞報導

一、何謂電腦輔助新聞報導

「電腦輔助新聞報導」（Computer-Assisted Reporting，以下簡稱CAR），是指採訪記者可運用電腦連結網際網路，使用其他網路的線上資料庫（online database），尋找更多或者更深入的新聞消息來源。

學者Garrison（1995a）認爲，CAR是使用電腦向外連結到其他電腦或資料庫，找到消息並且加以利用，或分析原始的資料庫資料。換言之，新聞記者之所以使用電腦輔助新聞報導的內涵主要有二：一爲與其

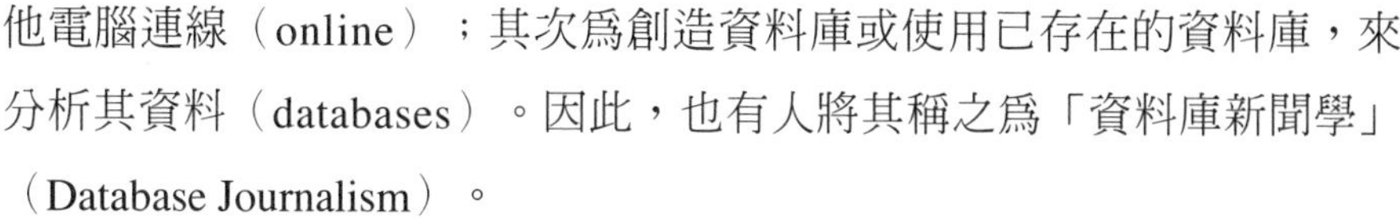

他電腦連線（online）；其次為創造資料庫或使用已存在的資料庫，來分析其資料（databases）。因此，也有人將其稱之為「資料庫新聞學」（Database Journalism）。

報業使用線上資料庫，最早出現在1980年代末期的美國，該時期僅處於嘗試階段，準備進入採用線上檢索時期。1991年，學者Ward與Hansen提出「電腦輔助新聞報導」。DeFleur與Davenport（1993）進一步為CAR提出以下三個的定義（DeFleur & Davenport, 1993: 26-36; Ward & Hansen, 1991: 491-498）：

1.在電子布告欄或報社電子資料庫中，提供給公眾查詢的「線上資料庫」（online databases）。
2.分析公立機構的「電子記錄」（electronic records）。
3.建立其慣用的主題式資料庫——「資料庫新聞學」（Databases Journalism）。

二、何謂電腦輔助調查報導

電腦輔助調查報導（Computer-Assisted Investigative Reporting，以下簡稱CAIR），是電腦輔助報導方式之一，它係以不同方式操縱及重組資料，發掘不為人知的現象。DeFleur將CAIR描述為新聞處理過程中，應用電腦作為輔助的現象，並與傳統的消息來源管道做區分（DeFleur, 1989; Friend, 1994）。

CAIR一般而言，可分為下列三個層次：

1.從政府和私營的網上資料庫、電子布告欄，找到採訪人物、主題的資料來源、背景資料。

2.建立報館內部資料庫。

3.利用電腦軟體分析資料檔案，找出具新聞價值的數據。

三、使用電腦輔助新聞報導之好處

在前段釐清何謂電腦輔助報導及電腦輔助調查報導後，我們不禁想問，究竟它有何功能？又可為記者和報社帶來什麼好處呢？一般認為，對於記者而言，可以有下列的好處：(1)讓消息來源更多元化；(2)增加記者生產力；(3)增加對資訊的接近性；(4)增加新聞精確度與深度；(5)減少依賴消息來源解釋訊息，加強記者對訊息意義的分析；(6)可輕易存取先前記者所儲存的資料檔案；(7)消息來源更快、更有效率。而對於報社而言，其優點在於：(1)節省記者採訪的費用；(2)增加競爭力；(3)增加本地新聞報導的品質（Garrison, 1995a: 16-18）。

綜合上述可知，「電腦輔助新聞報導」的完整意涵，在於記者使用電腦作為輔助新聞報導的工具；其次，記者可以運用電腦連結而成的網際網路，使用既有的線上資料庫，尋找新聞線索；甚至更進一步將找到的訊息，再以電腦軟體，如SPSS1 EXCEL等，加以處理成為深度的報導資料；最後，再將所有採訪報導的資料，以電腦加以整理、儲存、管理。

第二節　網際網路作為消息來源

報業使用線上資料庫作為消息來源的相關研究，最早出現在1980年代末期的美國，該時期的報社處於嘗試階段，準備進入採用線上檢索時期。1990年初期，研究著重在記者與新聞圖書館員（news librarian）報導新聞時，對線上資料庫的接近與使用狀況，此時期研究顯示，報社有必要訓練記者或新聞圖書館員，使他們學會線上檢索的技術（Ward & Hansen, 1991: 491-498; Riemer, 1992: 960-970）。

研究顯示，有些記者會故意忽略以電腦來搜尋資料，他們認爲太麻煩、也不願意花時間去學習，而且在線上搜尋會減少本地新聞的觀點，同時也意味著不鼓勵原創性報導；再者，他們也認爲上網檢索還會增加犯錯機會。因此，有些記者表示，若非使用不可，他們希望有人可代替他們在線上找資料（Garrison, 1995b: 76; Williams, 1990: 4, 10）。

過去的新聞報導主要依賴例行性的訊息管道與官方消息來源，這也暗示著，如此對例行性訊息管道與官方消息來源的依賴，對新聞品質會產生若干影響，使得媒體在多元社會中，未盡到提供多元消息來源及觀點的責任（Ward & Hansen, 1991: 474）。

然而，來源的多元化，有賴於多種不同消息來源類型的投入，以增加資訊的多樣化。Hansen指出，爲達到意見市場的多元化，新聞內容的消息來源應多使用非傳統的（non-conventional）和非官方的（non-official）消息來源。不過由實務工作可看出，日報要排除對傳統新聞來源的依賴是困難的（Ward & Hansen, 1991: 475）。不過，隨著記者增加與各種消息來源的接觸，將會逐漸減少對特定消息來源的依賴，使其更獨立和客觀，以至於較不會被少數政治力量和權力操控議題。

由線上檢索到的資料，具有如下特性：其資訊的數量、種類與品質均大量增加，此種資料的檢索可以使記者擺脫傳統來自訪問、專家、分析、評論的消息來源，可以使新聞單位直接接觸到第一手文件與報告，而非經由第三者詮釋後的資料（Garrison, 1997: 80-81）。

一般而言，記者運用線上檢索，主要用來：(1)查證事實；(2)尋找報導的線索；(3)查詢報導的背景；(4)找更具深度的報導資訊；(5)爲了長期報導找線索；(6)搜尋突發新聞（Garrison, 1995b: 83-84）。

綜合上述，愈來愈多的報社除了傳統消息來源之外，更採用多元消息來源，其中包括：商業線上資料庫、電子布告欄、網際網路、電腦光碟、電子資料室、報社電子資料庫和電子公共記錄。主要功能用來作爲：尋找消息來源、原始資料、統計、背景資料、文本消息、特定人的消息及事實查證等。

Rogers（1962）和Schweitzer（1991）同時提出，社會各地的菁英（elites）是網路消息的提供者。但在Jones（1997）的研究中，網路上發送訊息的人（poster）除了網路社區的領導人（community leader）外，尙有「路客社區的成員」（lurkers community members），指的是在網路上只讀新聞、不自行寄送新聞的人所組成。但「路客族」由於加入資訊流通（information flow）沒有障礙，因此，「路客族」隨時有可能搖身一變爲發送者（poster）（Jones, 1997）。這使得網路上的消息來源更爲多元與複雜。

線上查詢對於記者的另一大優點，在於電子資料庫從不打烊，記者不必再受限於一般消息來源的上班時間才能採訪（Garrison, 1995: 76）。

以美國的新聞記者爲例，時效性和消息的精確性是衡量記者的標準。近年來，能否接近消息來源成爲記者重要的工作，而自從1990年代，Bush總統開始以固定召開記者會的方式發布消息，使得菲律賓、芝加哥和洛杉磯等地的記者，因地處遙遠，而不能獲得白宮的即時消息。這樣的情形隨著網際網路的發展而改變，從商業資料庫、電子布告欄和網際網路發展之後，新聞記者不管在世界各地，都可有相同的機會接近消息來源（Reddick & King, 1997: 3-4）。

相同的，跑財經線的記者可以獲得證券交易中心的電子檔；科技線的記者可以了解國家健康機構的資料庫、國家科學基金會和國家醫藥圖

書館的資料；主跑司法的記者可獲得法案的相關檔案和判例。透過這些網路與資料庫，新聞記者可提高接近所需消息的機會。這些線上資訊，讓世界各地的記者把新聞工作做得更好（Reddick & King, 1997: 4）。

毫無疑問地，線上檢索資料會比傳統採訪採集資料的速度更快。但從許多過去的研究顯示，線上檢索資料要比使用傳統印刷品作爲消息來源，要花更多時間，特別是對於缺乏線上查詢經驗的人而言（Neuzil, 1994: 44-54; Garrison, 1997: 81）。這也造成許多新聞組織內的記者或編輯，在未經訓練之下，報社不允許其使用太昂貴的上網查詢設備；甚至有許多新聞組織會找專人設立新聞圖書館員，負責線上查詢，以服務編輯部門工作人員之需求（Garrison, 1997: 81）。

在採訪新聞與製作新聞過程中，使用電腦輔助科技（computer-assisted technology），及新聞產製過程中，報社電子圖書館（electronic library）扮演角色等問題，均被討論過。但是，電腦資料庫的正確性，卻很少在大眾傳播領域研究的文獻中被提及（Neuzil, 1994: 45）。

Neuzil針對傳統印刷品作爲消息來源及電子搜尋作爲消息來源加以比較，提出在電腦中做資料搜尋時，不宜抱持盲目信仰尋找資料。他認爲，記者在從事傳統新聞報導，以人爲消息來源時，所抱持的懷疑態度（skeptical），正是從事電腦搜尋資料時，應抱持的重要態度（Neuzil, 1994: 50）。

儘管傳統的傳播過程中，傳播者與收訊者都是人，容易有直接的接觸、溝通，但Reddick和King指出，新聞記者將網際網路的資訊作爲消息來源，仍有四個管道可以接近消息來源（Reddick & King, 1997: 32-33）：

1.透過電子郵件（e-mail）：部分不願接受電話訪問的消息來源，願意以電子傳送的方式提供訊息，電子郵件或許是一個比較方便和有效的傳送訊息方式。

2.新聞討論區（news groups and discussion lists）：在特殊議題或訊息上，新聞討論區是獲取消息的方便方式。

3.網路討論區（chat）：許多的電子布告欄、資料庫內都有討論區，可提供即時的一對一或多人的討論，也可提供消息。

4.個人網頁（home pages）：在全球資訊網上，個人網頁常有私人所搜尋的固定資料可供檢索。

國內學者彭芸曾於1999年針對台灣八家電視台記者，進行使用網路調查，其結果發現，電視台記者的網路資訊主要來源是：國內電子資料庫、國外電子資料庫、國外新聞媒體網路、國內其他新聞媒體網路；而最常使用的網路功能爲：國內電子資料庫、國內其他新聞媒體、電子郵件；至於電視台記者主要上網目的則爲：休閒娛樂、尋找新聞相關的資料以及新聞線索（彭芸，2000）。

第三節　如何在採訪上運用電腦輔助新聞報導

新傳播科技的出現，往往對媒體產業、傳播環境造成衝擊。例如在過去，記者必須要回到報社上班、寫稿、找資料。但在電腦化後，記者所需要的新聞背景資料已經可以利用手提電腦透過網路的連線，直接進入報社的資料中心，或國內外線上圖書館找資料，數位化與衛星傳送系統，可以讓聲音、文字、影像穩定的傳送，不論在山區或高速移動時，都能清晰的傳送高品質的訊號，面對未來的新聞競爭，新聞工作者面臨的不再是傳播的新聞戰，而是高科技的新聞戰（方怡文、周慶祥，2000：113）。

實例一

利用電腦報導最容易出車禍的地點

明尼阿波里斯一家電視台一位記者看到一則報導說，亞特蘭大的美國疾病防治中心認爲青少年喝酒很容易失去控制，因此反對發給十六、十七歲青少年駕照。

此則新聞給了這位記者靈感，他立刻利用電腦查詢人口調查局的光碟片資料，找出九年來明尼蘇達州十多歲青少年交通事故的資料，根據這些資料，他計算出交通事故的比例，並將各郡的資料編成圖表，只用了幾小時的時間，他已經找到了可以深入報導的新聞資料，例如在明尼蘇達州青少年最容易酒醉駕車的失事地點是一個偏遠的農村，而最嚴重的時間是高中舉行畢業典禮的期間，他將這些資料整理成當天的頭條新聞。

實例二

利用電腦將專有名詞轉換成簡單文字

南卡羅萊納州的史巴坦堡《前鋒新聞報》發展了一套度量衡轉化軟體，可以把古代的「腕尺」，甚至是太空學家的「光年」，轉化成通俗的用語，這些可以幫助記者清楚的向讀者報導一些專有名詞，《前鋒新聞報》還設計數字和百分比換算的軟體，這對記者處理各種統計數字來說非常方便。

實例三

利用電腦分析最受考生歡迎的學校

美國一位記者爲了報導高中學生上大學的情形，向四十四所高中傳眞，詢問各樣應屆畢業生被大學接納入學的情形，以及學生選擇哪所學校入學。

四十四所學校最後傳眞回覆後，這名記者將這些資料用電腦加以分析，製成圖表，再配上對大學入學顧問的訪問，就成了一篇非常精彩的報導，其內容包括「哪幾所學校最受高中生歡迎？」「各學校高中生的升學情形？」等寶貴資訊。

美國的新聞媒體工作者在新科技的衝擊與訓練下，每個人都知道，只要在電腦鍵盤前動動腦筋，就可以將一篇普通的文章寫成一篇深度報導，這對台灣的媒體新聞工作者也是如此的，成爲一位傑出的記者，必須要有決心，付出心血來學習電腦的一些新技巧，並藉著電腦的長處與靈活的思考方式，才能達成「不可能」的任務（方怡文、周慶祥，2000：115）。

一、運用實例

在電腦輔助下，記者可以提出比較有深度的問題，並作出有深度的報導，在美國就有許多運用電腦輔助新聞報導的例子（汪萬里，〈資訊科技與大衆傳播〉；轉引自方怡文、周慶祥，2000：113）

二、不當使用電腦輔助新聞報導的後果

我們在前面說明電腦輔助新聞報導，對於記者和媒體在產製新聞、報導上的種種優點，但實際上，記者若在使用電腦輔助新聞報導時，沒有經謹慎、仔細、小心的查證，對於網路消息一味的依賴、有聞必錄，將有可能會造成嚴重的後果，輕者將貽笑大方，重者甚至會損及該媒體的公信力，閱聽人也將對該媒體失去信心。

以下我們舉出幾個曾在台灣發生，引用網路新聞卻未加查證的錯誤案例：

周星馳要以中華職棒為藍本拍「少林棒球」？

2001年 12 月，一位署名「小彬彬」的男性網友，在世棒賽官方網站討論區中，以「小雅」的名字發表了一篇標題爲「香港蘋果日報：周星馳要拍少林棒球」的文章，表示隨著電影「少林足球」的熱賣，搭上台灣與亞洲近來瘋狂的棒球熱，周星馳決定與中國體育部門以合資的方式，集合成龍、李連杰、劉德華、金城武等近二十位香港天王級與一線演員共同拍攝電影「少林棒球」（王大中，2001）。

文章刊出後，許多網友紛紛對於夢幻般的演員陣容，以及大陸願意投資中華棒球隊的故事感到懷疑，卻也同時表示對影片的期待，甚至表示「票價漲到五百元都願意去看」。這篇文章同時吸引了國內某晚報記者的注意，在隔日上午即刊登類似報導，並隨即引發了國內主要的無線及有線電視媒體一陣跟風，紛紛在新聞媒體上大作文章。

眼見玩笑文章成爲各大電視媒體報導對象，「小雅」立刻在世棒賽官方網站上刊載道歉啓事，表示他隨手掰了一個「周星馳拍少林棒球」的消息，網友都不相信，卻沒想到時報和電視新聞竟信以爲眞，他也相當質疑記者的求證工作，表示：「一看就知道是好玩的東西，記者爲何不求證呢？」

原來，這是一則網路上的虛構消息。我們可以從第一位報導這則消息的記者事後的自白中，觀察出現今台灣媒體記者的盲點。

他說：「網路有點像媒體人的『鴉片』，這種感覺很難說得上。若是一般網友看到少林棒球，信或不信都無傷大雅，但試想晚報記者在截稿前讀到這則訊息，實在很難不動容。查證無結果，又擔心是眞的，萬一對手報大做，後悔之後同樣得承擔後果。當時是經過一番掙扎的。當然這屬於非常『不合邏輯』的一面，您或許難以置信。但就像網站上的告白，錯誤過程就是這樣『既複雜又簡單』。至於電子媒體狂跟，我也嚇一跳：『當天下午怎不查證呢？』有位同業說，他查了，發現港報沒這則新聞，但還是做，爲什麼？因爲別台有。擔心競爭對手報導，承擔不起漏新聞的責任；或者搶快、搶獨家，正是許多記者犯錯的根本原因。」（蕭慧芬，2002）

實例二

挖到同盟會金條？

2002 年4月，國內某家報紙頭版獨家報導「華工捐助革命，三箱市值七千萬金條，流落南非一百年」。報導內容表示，南非戴比爾斯礦業公司兩名礦場工人在金伯利礦脈豎坑發現一個世紀前華工留下資助同盟會革命活動的三箱金條，重達兩百公斤，市值約兩百萬美金；據悉，中國大使館和我方代表處都出面希望爭取這批金條的歸屬權。文中甚至刊出一幅國民黨黨中央現存的照片：前革命先烈楊衢雲在南非約翰尼斯堡成立興中會南非分會，與各同志合影，「由此可證明」當時在外的華僑資助經費幫助國父革命。（蕭慧芬，2002）

這則消息經查證後，原來是南非當地報紙《華僑新聞報》在愚人節博讀者一粲的假新聞：該報社在當天頭版已刊出報社啓事，說明當天會有數則新聞爲假新聞，只爲在愚人節「以饗讀者」；至於答案會在下次出刊時揭曉，以考驗讀者能否辨別眞假新聞的能力。沒想到，通不過辨別眞假新聞能力的，竟然是新聞記者本身。

刊出報導的國內該報社在4月3日刊登「啓事說明」加以解釋：該報是在香港媒體發現這則新聞，認爲極有可讀性，因此在新聞源頭《華僑新聞報》網站下載改寫。惜因時差關係（南非爲深夜），未能進一步查證……。

由上述兩個案例我們可知道，雖然電腦輔助新聞報導對於記者在新聞工作上助益不少，但如果記者過度依賴網路上的消息，而不加以仔細、小心的查證，那麼將會刊出令人跌破眼鏡的新聞，甚至讓閱聽人對於該媒體的公信力感到質疑，媒體也終將流失閱聽眾，甚至是不可預期之後果，因此記者在享受電腦輔助新聞報導所帶來的便利之餘，也必須要付出謹愼、查證的專業能力，而媒體主管更應擔負守門人之責，嚴格把關！

第四節　如何維護網路新聞之眞實性

「水能載舟亦能覆舟」，網路新聞一方面具備著與眾不同的優勢，同時也有許多亟待解決的問題，這些問題如果處理不好，原本的優勢，不但無法發揮應有的功能，反而會成爲使其缺陷和弊端更加彰顯的擴散器。作爲新聞傳播中的核心問題——如何維護新聞眞實性，也就在網路傳播中顯得格外重要了。

前述提到幾個不當使用網路消息來源作爲新聞報導的案例，因此，我們在下列提供一查證案例，供新聞工作者參考，《東森新聞報》2006）：

實例

員工死在座位上五天　沒人發現

摘錄自《紐約時報》：

一家出版社的老闆正設法了解，爲什麼一個員工死在座位上五天了，卻沒有人發現。George Turklebaum，五十一歲，在一間位於紐約的公司做了三十年的文稿校對工作，在與其他二十三人一起工作的開放辦公室內心臟病發作。

沒人注意到，他在星期一靜靜地死亡，直到星期六早上，清潔人員問他，爲什麼周末還要來上班。

他的老闆Elliot Wachiaski說：「George每天總是最早到，也是最晚下班，所以沒人覺得他在座位上不動，又沒講話，有什麼奇怪。他總是專注於工作上。」

驗屍的結果顯示，George死於動脈阻塞已經五天了。當他死時，正在校對醫學教科書的手稿。

這則消息是眞的嗎？員工死了五天，應該都有屍水了吧？怎麼可能沒人知道？

在信的開頭指出，此消息摘錄自《紐約時報》報導，但未清楚指出是哪一天的報導。信中有「死者」George Turklebaum及「老闆」的名字Elliot Wachiaski，因此將Turklebaum當關鍵字，到《紐約時報》的資料庫查詢，就會發現，這個故事早在2001年9月前，就已經在網路上流傳，根據《紐約時報》的online diary上的記錄，故事的流傳也許還要更早（連結：http://tech2.nytimes.com/mem/technology/techreview.html?_r=2&res=9905E0D61539F935A3575AC0A9679C8B63&oref=slogin&oref=login）。

至少有三個以上的闢謠網站記錄此故事爲假（其中一個是巴西的網站）：

http://www.snopes.com/horrors/gruesome/fivedays.htm

http://urbanlegends.about.com/library/bl_george_turklebaum.htm

http://www.quatrocantos.com/LENDAS/49_george_turklebaum.htm

綜合國外闢謠站的查證說明，這實在是一個精彩的謠言與澄清的故事。

首先，根據snopes上的報告，這個訊息之所以廣爲流傳，和英國的小報《周日水星報》（*Sunday Mercury*）於2000年12月17日，發布於瘋狂世界版（CRAZY WORLD）的報導有關，有趣的是在這前後，英國廣播公司《衛報》這些媒體的奇聞軼事版上也有登載，根據about.com上urban legends的說法，還有《倫敦時報》（*Times of London*）及《每日郵報》（*Daily Mail*）都有刊登相關（連結：http://news.bbc.co.uk/1/hi/uk/1113955.stm及http://www.guardian.co.uk/Archive/Article/0,4273,4105840,00.html）。

但報紙有登就是眞的嗎？這樣的懷疑到處都有。

於是《周日水星報》出來說明了，不過他們堅稱他們的報導是眞的。他們在2001年1月發出聲明說，這是眞的！這個消息是他們的記者在某美國紐約廣播節目中「聽」到的，然後他們曾問「某紐約警方」，對方說，這很常見！

這就是全部的「查證」？一般人看了都會不以爲然了，何況專門在闢謠的網站裡，果然，有趣的來了，snopes找到了整個故事的源頭：《世界周報》（*World Weekly News*）在2000年12月5日的報導。在比對後發現，《周日水星報》的報導，連澄清都跟《世界周報》的文章一模一樣！

《世界周報》是什麼玩意兒？不熟的朋友可以看這篇「木乃伊生小孩」的報告（http://www.ettoday.com/2002/11/06/521-1371996.htm）回味一下他們的「傑作」。

總而言之，除非《世界周報》的訊息可以被認爲是可靠的，否則這則訊息並沒有確實可靠的證據。

「眞實性」是新聞的生命，這是由新聞所報導的對象——事實所決定的。事實的第一性、客觀性決定著新聞存在的基礎，它是新聞的本源，新聞報導必須眞實地反映客觀事物的本來面貌，這些都是新聞工作者或新聞傳播者們耳熟能詳的原則，並沒有多少艱澀的成分在其中，作爲網路新聞的散布者也應該明白這個道理，堅持並維護新聞眞實性，對於網路新聞，對於網路媒體本身的發展，都有著積極的意義。

網路假新聞的存在，宛如新聞事業的毒瘤和腐肉，嚴重影響了新聞媒體在公衆中的形象，削弱了新聞的公信力，我們應該採取積極有效的措施，防止它對社會造成更大危害。

第一，我們需要加強對網站的管理，建立一套健全的網路資訊守門制度，汲取傳統媒體的新聞專業精神，以確保新聞運作的流暢，至於違反制度的新聞從業人員，則視情況予以懲處。

第二，我們要嚴厲譴責利用網路製造和傳播不實謠言的行爲。在技術層面上，要能夠準確知道資訊發布地址和人員的問題，使傳播有害資訊者無所遁形。在法律層面上，也應建立有效的法規，追究散布虛假資訊的網站和個人之法律責任，保護國家、社會和公民的資訊安全。

第三，網站應增強社會道德感及責任感，網路從業人員須提高素質，以及對資訊的辨別力，絕不能信奉「拿來主義」；同時，也要培養閱聽人的媒介素養，使他們不輕信、傳遞未經證實的資訊。

最後，政府機構應提高資訊之透明度，對於機密消息不應過度保護及浮濫定義，而主流媒體也要有精準的新聞發布機制，在重大突發性新聞中，向公衆、向其他媒體即時通報新聞資訊，盡可能做到公開、透明的報導，使「流言止於公開，謠言止於透明」！

習題

閱讀完本章後，試回答下列的問題：

1.你知道什麼是「電腦輔助新聞報導」嗎？

2.「電腦輔助新聞報導」為記者帶來了哪些好處與壞處？

3.你認為網路記者面對網路上龐大的資訊及消息，應如何維護新聞的真實性？

4.舉出一個你所知道或聽過的「網路謠言」，並且假設你是一名網路記者，你能分析其中有哪些疑點嗎？你將如何進行查證工作？

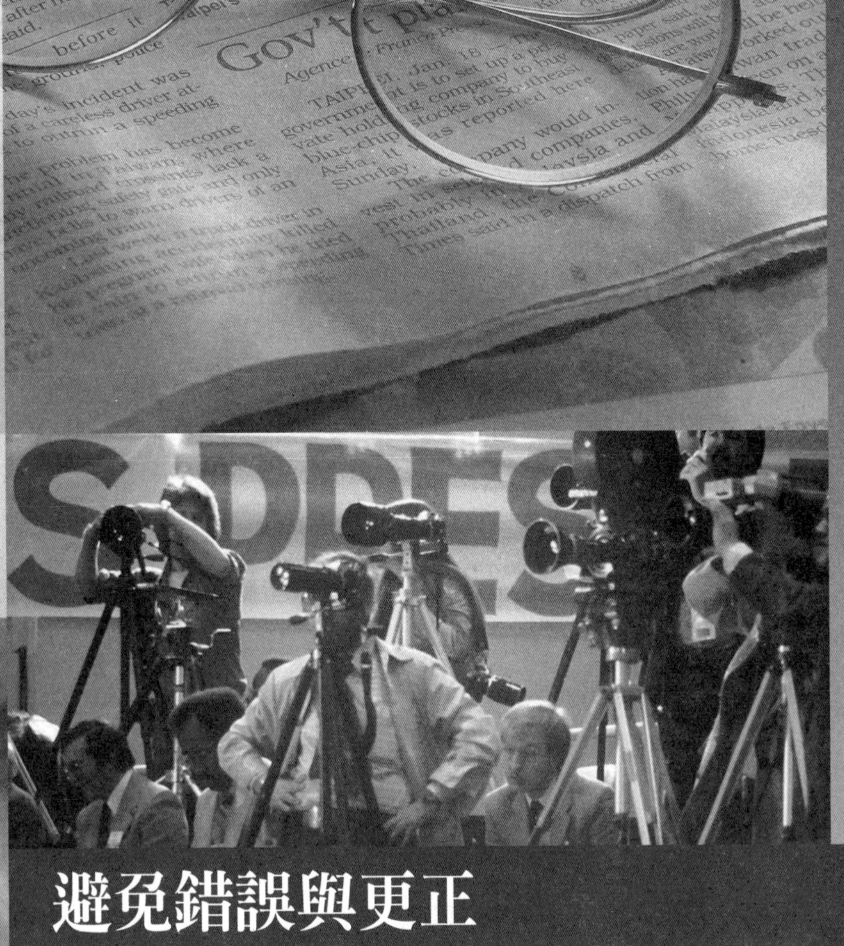

11 避免錯誤與更正

第一節　新聞錯誤的發生
第二節　新聞錯誤的彌補——建立更正與答辯制度
第三節　如何避免錯誤發生

新聞最重要的就是「眞實」與「正確」。因爲新聞的正確與否，將影響媒體的公信力及形象，一個新聞媒體的錯誤報導愈多，代表其記者查證不實，守門制度不夠周延，久而久之，讀者也會愈來愈不相信其報導內容，媒體因而流失更多讀者。

在現今媒體高度競爭下，媒體爲了搶快、搶獨家新聞，而忽略了新聞的正確性，記者和編輯沒有足夠的時間在報導刊出前，仔細的檢查新聞內容是否有錯誤的地方。錯誤的報導刊出後，更造成報導對象的困擾，相對的也彰顯了新聞媒體專業性的不足之處。

因此，新聞媒體與記者要如何避免錯誤新聞的發生，以及在發現錯誤新聞後，所做的新聞更正補救措施，是現今媒體必須學習的一道重要課題。

第一節　新聞錯誤的發生

一、新聞常見錯誤

學者和新聞界把新聞報導的錯誤大致分爲兩種類型，一種是客觀錯誤，另一種是主觀錯誤。這兩種錯誤類型包含的概念如下（Charnley, 1936; Berry, 1967; Lawrence & Grey, 1969; Blankenburg, 1970）：

1.客觀錯誤：指的是報導中的人名、職稱、年齡、數字、地址、地點、時間、日期、引述、文法及拼字等有違反事實的錯誤。
2.主觀錯誤：主要指的是意義上的錯誤，並加上誤解新聞主題、增加或刪減新聞主題、不正確的標題、對新聞事件或新聞議題的部分內容太過強調、強調不足，及遺漏相關訊息等錯誤項目。

此外，在新聞報導中常見的錯誤還有以下幾種（方怡文、周慶祥，2000：395）：

(一)姓名寫錯

記者在採訪時，常常會面對一大堆不認識的人，無法在短時間內記清楚每一個人的姓名，因而容易將報導對象記錯，將他們的姓名寫錯。

(二)報導內容與事實有所出入

這種錯誤通常是無意的，有時候一些新聞受到了時間限制而來不及查證，因此會產生報導內容與事實有所出入，但有時候這樣的錯誤，卻是出於記者故意捏造新聞，這種錯誤對於新聞從業人員而言是不可原諒的。

(三)時間與日期寫錯

追溯過去新聞背景或預告新聞時，記者最容易將日期與時間寫錯。

(四)用語上的錯誤

此種錯誤是指記者在報導新聞時，由於用語不當，使得新聞事實產生扭曲的現象，例如稱謂、關係的用詞錯誤，常造成新聞內容的描述和原來事實不同。

(五)引用上的錯誤

引用上的錯誤指的是記者在報導中引用他人的話，但是引用的部分不完全，記者斷章取義，使新聞的原意受到扭曲變質。記者有時爲了凸顯新聞的重點，或吸引讀者注意，而截取受訪者較情緒化、激烈的言詞。

(六)數字上的錯誤

記者在進行精確新聞報導，或採寫經濟新聞的統計數字，及體育新聞的比數時，由於一時的疏忽，沒有將資料看清楚，而將數據寫錯。

爲了解新聞性質與新聞正確性的關聯，我國學者鄭瑞城（1983）的研究發現，「遺漏重要事實」是所有錯誤中最嚴重也最常犯的錯誤。鄭瑞城認爲，這與記者及消息來源對新聞事件重要事實的認知不同有關。此外，鄭瑞城也發現，非官方新聞的正確性低於官方新聞，而新聞當事人的社經地位愈低，有關該新聞當事人的新聞正確性愈低（羅文輝、蘇蘅、林元輝，1998）。

在他研究中，社會新聞犯錯率最高，可能是因爲社會新聞事件多屬突發性質，在時間匆促的壓力下易於犯錯。此外，社會新聞事件中消息來源的社經地位多屬低下階層，記者在處理新聞時易因疏忽而犯錯。至於記者個人因素，則與新聞報導的正確性沒有顯著關聯（羅文輝、蘇蘅、林元輝，1998）。

二、新聞錯誤發生的原因

Lawrence和Grey（1969）在1968年調查加州紅木市地方報紙的正確性時，曾分別訪問消息來源與記者，探討新聞報導發生錯誤的原因。消息來源認爲，記者對新聞事件的背景知識不足、報紙的編輯政策壓力、記者的擅色腥作風，以及記者親自採訪消息來源的頻率不夠是主要因素。但記者不完全同意消息來源的看法，記者認爲採訪寫作時間不足所造成的壓力，才是新聞發生錯誤的主因（羅文輝、蘇蘅、林元輝，1998）。

一般而言，新聞發生錯誤的原因，常見的有以下幾種（方怡文、周慶祥，2000：396）：

(一)記者不夠謹慎

記者在採訪前沒有做好準備，採訪時不夠周詳，寫作時又不謹慎細心地檢查新聞內容，自然就很容易發生錯誤。最佳的避免方式就是記者在寫作完畢之後，能夠再仔細的閱讀一遍，這樣的做法雖然看起來有些笨拙，但卻是品質保證的不二法門。

(二)趕時間造成錯誤

正所謂「欲速則不達」。新聞爲了求快、趕時間，就會產生忙中有錯的情形。記者沒有足夠時間了解新聞事件或新聞人物的背景，以及沒有時間蒐集相關的資料，以至於新聞發生錯誤。

(三)搶發新聞所造成

新聞正在發展中，或事態尚未成熟時，記者爲了搶先發新聞、搶獨家，不論在新聞內容的眞實性或是文詞的正確性上，都可能因爲倉卒而產生報導錯誤。

(四)記者專業知識不足

新聞類別有些是屬於相當專業的科目，例如法律、醫藥、財經等路線的新聞，記者如果缺乏專業素養和知識，寫出來的新聞自然會造成錯誤而不自知。

(五)記者判斷力失誤

對於新聞的評論或深入報導，由於記者對事情缺乏認識，對新聞事件不清楚，很容易產生判斷錯誤。

(六)記者蓄意犯錯

新聞報導有時候會因爲記者本身的主觀意識，或道德的偏差，故意要修理某人，而蓄意捏造新聞，這是最不可原諒的行爲。

我國學者徐佳士（1974）是國內首位調查報紙新聞正確性的學者，根據徐佳士的研究，意義錯誤、過分強調、強調不足和遺漏等主觀錯誤，在新聞報導中最爲常見。消息來源造成主觀錯誤的原因是，處理新聞時間短促、記者與消息來源的親身接觸不夠、報社主持人作風與政策的影響、記者背景知識不足、記者懶惰和黃色新聞報導的作風（徐佳士，1974：32）。

第二節　新聞錯誤的彌補——建立更正與答辯制度

一、更正與答辯制度之起源

美國最受信賴的前哥倫比亞廣播電視主播Walter Cronkite曾強調：「凡是固定刊登更正新聞欄的報紙，便是最負責任之報紙。」

更正與答辯制度是國外媒體針對新聞錯誤通用的糾正制度。「更正」指的是新聞媒體和記者對於所報導的新聞，不準確乃至完全錯誤的內容，在原載媒體上進行改正的方式。「答辯」則是指新聞當事人認爲新聞內容侵害自己的名譽或其他權益，在原載媒體上，發表針對該新聞報導的公開說明和異議，以澄清事實或爲自己辯解（尙永海，2005）。

不論「更正」或「來函」（即答辯），本質上都是媒體於報導之後，對於不實或有爭議部分的回應。「更正」通常顯示新聞報導有誤；「來函」則反映媒體並未認爲報導出錯，但因查證不周延、未讓當事人講話，或者只是媒體不願認錯，把當事人或有異議者的來函照登（盧世祥，2005b）。

更正與答辯制度在國外是非常普遍的，尤其以美國媒體中地位最高的《紐約時報》最爲突出。作爲一家以錯誤率低而獲得權威聲譽的優質報紙，《紐約時報》每天都會在第二版的顯要位置上開闢專欄，將該報前一天所有的新聞錯誤和更正，集中刊出（尚永海，2005）。

《紐約時報》早期也將新聞更正散落於各版面的不起眼角落，使讀者不容易發現。1970年，《紐約時報》總編輯Abe Rosenthal認爲，這種刊登更正的做法太吝嗇，一來讀者很難發現，二來很多更正不及時（尚永海，2005）。

因此，他建議確定一種方式使讀者容易找到所有更正。到1972年6月2日，《紐約時報》終於在第二版開闢「更正專欄」，並延續至今。當然，這種做法一開始也使得記者和編輯們感到難堪，一位資深記者Richard在其回憶文章中認爲，這種方法雖然可以吸引讀者興趣，但是卻是對記者錯誤的張揚。但後來Richard和其他記者一樣擁護這項制度，「這種勇於認錯的原則應當成爲我們的一般性原則」（尚永海，2005）。

之後，《紐約時報》對更正文字不斷規範，使之更加清晰準確。直到1993年7月《紐約時報》的一位副總編還修訂以前更正稿件的寫作模式，他指出，爲了幫助讀者了解更正項目的錯失，應在此項目中扼要地先寫出錯誤部分，接著說明正確事實。只有這樣，才能達到其更正意義。因爲《紐約時報》的良好示範，一些嚴肅的大報開始仿效該報，每天在固定位置刊登更正記錄，方便讀者尋找（尚永海，2005）。

《紐約時報》不但每天固定刊登更正欄，訂正事實錯誤，必要時還有「編者的話」（editor's note），爲事實錯誤以外的錯失更正，包括偏執遺漏的重要部分，或新聞標題未充分反映內容的實質；2004年該報共刊出二千二百則更正，這種主動爲新聞錯誤疏失尋求補救之道，是出自新聞人的良知，且無辜負於讀者的信賴及信心，也向公衆宣示了其新聞最爲可信。不但如此，如果出錯嚴重，新聞部的負責人還會下台鞠躬，以示負責。2004年，全美最大報《今日美國》（*USA Today*）記者假造新聞，其前一年《紐約時報》亦傳出杜撰新聞事件，總編輯均遭撤換（盧世祥，2005a）。

更正與答辯制度對於新聞媒體有很重要的意義。首先，新聞媒體每日要篩選的訊息量十分龐大，相對的，新聞審查工作很難面面俱到，難免百密一疏，因此新聞出現錯誤是必然的。針對新聞錯誤產生的不良社會影響，新聞媒體的補救主要方式就是更正與答辯。只要新聞媒介在發現錯誤後能在短時間內進行更正與答辯，就可以將損害影響減少，甚至消除。

再者，更正與答辯是新聞媒體和記者減輕責任、防止法律訴訟的重要手段。在新聞內容失實，或造成當事人損害時，新聞媒體和記者最明智的做法，就是主動予以更正或刊登當事人的答辯聲明。在實務上，只要新聞媒體採取了這樣的措施，大多數當事人都會諒解，避免發生法律訴訟問題。而在新聞媒體履行更正和答辯義務後，即使報導對象仍然提告，通常法院也會考慮減免其法律責任（尙永海，2005）。

最後，新聞媒體是否履行更正和答辯義務，有時候會成爲衡量新聞媒體是否構成侵害報導對象權利的標準。例如：針對虛構情節的文學作品，新聞媒體一般來說，不會承擔審查核實的責任，但當媒體得知作品中有侵權內容時，應盡快採取更正、答辯措施，以防止影響擴大。如未能採取上述措施，則構成侵權，媒體應承擔法律上的責任（尚永海，2005）。

新聞單位定期處理大量資訊，且須於一定時限內完成，人皆有錯，媒體出錯在所難免。從而，新聞媒體報導前應盡力防錯，其後有錯則迅速更正，以使事實浮現（盧世祥，2005a）。

二、國外媒體更正與答辯之情形

世界上有許多國家透過立法，在有關法律中直接規定更正和答辯的義務，其主要內容要求媒體不得拒絕公民、法人及組織正當的更正或答辯的要求，並應及時刊載。對於更正和答辯刊登的具體形式和要求，不同的國家和地區具有不同程度的相應規定。

(一)法國

法國在1881年的「新聞自由法」第13條（於1919年修訂）明確規定，出版物負責人有義務在一定時間內，刊登出版品上提到的任何人之答覆信。就日報而言，必須在接到答覆信後的三天內刊登，而答覆信的刊登位置和長度，須與原報導的文章相同，可超過五十行，但不能超過兩百行，且媒體不得收取任何費用。

若媒體拒絕刊載答覆信，當事人可提出法律訴訟，法院須在十日內裁決。法院可下令該出版物刊登此一答覆信，若媒體仍拒絕刊登，則構成刑事罪，出版物負責人將被監禁六日至三個月，或易科罰金五千至六千法郎。

(二)德國

德國在「聯邦德國—維斯特法利亞州新聞法」規定了「答辯權」

（the right to reply）義務，「定期出版物在登載對某一事實之肯定陳述後，則該刊物或報紙的責任記者或編輯以及發行人，須承擔受到該事實發表影響的個人或受影響一方所提出的反駁或答辯的責任」，「答辯須與有關的原文相同的印刷字體、版面，不增不減地在接到該答辯的下一期免費發表」（尚永海，2005）。

(三)美國

美國佛州州法規定，任何報紙在公職競選期間，在報紙上攻擊候選人之人格，或報導指責該候選人在擔任公職時，有不適任或怠忽職守之情事，或批評其政績者，或提供報紙版面給一般大衆對該候選人從事上述之攻擊或批評時，媒體在接到被攻擊候選人之請求後，應立即免費在報紙顯著之版面，以相同的印刷，在不超過原先文章版面的空間範圍內，刊登該候選人的答辯內容。

在廣播電視方面，美國聯邦傳播委員會（FCC）依「公平原則」，規定施以人身攻擊或反對某一公職候選人的電台，應在二十四小時內，通知被攻擊者或被反對者，並提供時間，供他們更正或辯駁。不過，只有評論和紀錄片性質的節目才涉及更正的問題，純新聞報導、新聞訪問則不在規定之中。

1948年，聯合國新聞自由會議草擬了兩個文件草案，一爲「新聞自由公約」，二爲「國際更正權」。後來這兩個文件合併，稱爲「國際更正權公約」（詳見**附錄二**），於1952年由聯合國大會通過，於1962年生效。更正與答辯權的概念，被提升到與新聞自由的概念幾乎同等重要的地位，進一步得到國際社會的確認。

綜合國外相關立法與公約，其對於更正與答辯權規定，基本上包括如下數端：

1.刊登更正和答辯的請求須由新聞報導對象本人或其近親屬提出。
2.更正與答辯都必須針對有錯誤的原文。答辯還須有違反法律和侵犯他人合法權益的內容。
3.新聞當事人提出更正與答辯請求須有一定期限，逾期可不予以接受。新聞單位對答辯必須在一定期限內刊登。
4.更正與答辯應當刊登在與有錯誤的原文相同的版面位置上，並使用同類字體。更正必須有誠意並對受害者表示歉意，答辯則一般應原文刊登。
5.刊登答辯應該是免費的，一般應有字數的限制，超過的部分按最低廣告費標準計收。
6.新聞單位如不同意更正或刊登答辯，必須在一定期限內通知請求人。

更正與答辯權的提出，並非某個人的發明，而是在長期的新聞實務中逐漸形成，它們可視爲是人權的延伸。就媒體與閱聽人的關係而言，媒體負有向閱聽人提供眞實新聞的責任，既然新聞報導常會出現難以避免的錯誤，新聞當事人向媒體提出更正與答辯的要求，便成爲一種自然的權利。媒體主動更正和讓報導對象答辯，亦成爲傳媒的職業道德規範之一（陳力丹，2003）。

三、國內媒體更正與答辯之情形

更正或答辯通常會以讀者投書的方式爲之。我國廣播電視法不僅規定了投書更正權（the right of rectification），而且規定了利害關係人之權益如果受到損害時，電台及負責人還必須負民事或刑事責任。這項規定十分嚴格，與國外若干國家規定請求更正時須附帶聲明放棄司法追溯權

有所不同。

我國廣播電視法第23條規定：「對於電台之報導，利害關係人認爲錯誤，於播送之日起，十五日內要求更正時，電台應於接到要求後七日內，在原節目或原節目同一時間之節目中，加以更正；或將其認爲報導並無錯誤之理由 ，以書面答覆請求人」、「前項錯誤報導，致利害關係人之權益受有實際損害時，電台及其負責人與有關人員應依法負民事或刑事責任。」

同法第24條規定：「廣播、電視評論涉及他人或機關、團體，致損害其權益時，被評論者，如要求給予相等之答辯機會，不得拒絕。」

但我國媒體對於錯誤報導，至今仍然很少主動更正，自大及好面子是主要原因。台灣自1999年廢止出版法之後，平面媒體除非有挨告之虞，對於來自當事人的更正請求通常不加理睬。其等而下之者，猶常爲拒不更正提出各種理由爲辯。例如：2002年的舔耳烏龍案，許多媒體未經查證就傳布謠言，傷害當事人涂醒哲名譽，事後卻有平面媒體宣稱「已就案情逐日報導」、「最後亦交代完整事實」，也有電子媒體以「新聞每小時播出，隨時可以平衡」爲由，搪塞其拒不更正的惡形惡狀（盧世祥，2005b）。

台灣現在唯有來自香港的《蘋果日報》每日刊出「錯誤與批評」的新聞更正欄，絕大部分媒體仍以類似「動態平衡更正」理由，拒絕處理錯誤報導應有的更正或道歉。其結果是，記者查證不實而涉嫌損人利益猶被視爲對抗「大鯨魚」的「小蝦米」，一版頭條經常擺烏龍的總編輯猶安坐其位，還有平面媒體毀人名節，雖經三審定讞卻無絲毫歉意仍要求重審；至於祭出新聞自由嚇唬公衆，以掩飾自己專業水準之缺失者，更比比皆是（盧世祥，2005b）。

主動更正，有如報導之前的查證，是媒體把眞相告訴公衆的方式，雖有事後與事前之分，其追求眞相的目標則一。台灣媒體絕少主動更正，被動更正者鳳毛麟角，心不甘情不願的來函照登亦不多見，這些主要都是面子主義形成的心理及實務障礙。新聞界誰能主動破除這種心態，必可在當前媒體亂象中贏得公衆最大的信賴（盧世祥，2005b）。

第三節　如何避免錯誤發生

新聞的眞實性不能靠新聞更正來維護，新聞更正愈多，並非表示媒體處理錯誤新聞愈有成績，相反地，新聞更正愈多代表著新聞媒體的問題愈多。雖然知錯能改是個好現象，但是新聞更正的情況愈多，媒體的公信力和形象必定會受到影響，而錯誤新聞所造成的社會影響更是難以想像（李鐵牛，2006）。

具體言之，揭發或指控的新聞，記者和媒體不能只是「寧信其有」，偏信揭發者，必須讓被控方有答辯或否認的機會，而且應該在首次報導時，即得以表示意見或回答指控，否則即使事後補救，亦難謂公平。更重要的是，揭發或指控的新聞及爭議話題，兩造並陳，形式上平衡亦非善盡媒體之責；負責任的新聞工作者還須做專業判斷，爲公衆提供平實而完整的資訊（盧世祥，2005b）。

因此，避免新聞錯誤的發生，是相當重要的。要避免新聞錯誤的發生，有以下幾個做法，可供新聞媒體和記者們參考（方怡文、周慶祥，2000：397；李鐵牛，2006）：

一、積極查證

查證，是記者採訪中最重要的工作，對於有疑問的新聞內容，記者和編輯應該要積極的再三查證，避免被消息來源利用。記者查證時，可以請教專家學者、尋找相關資料或訪問相關人士，以了解消息的正確性。

二、平衡報導

遇到有可能發生糾紛或法律責任及爭議性的新聞時，記者除了要積極查證外，更應該採訪多位立場不同的消息來源，依據平衡報導的原則，在新聞中公平呈現不同消息來源的觀點。

三、新聞刊出前仔細檢查

記者在寫完新聞稿時，應養成再仔細看一遍的習慣，使人爲的疏失減到最低程度。而編輯也要在新聞刊出前，再三檢查新聞內容是否有錯誤的地方，並及時改正。

四、加強記者專業訓練

爲了避免記者的專業素養不足，產生新聞報導上的錯誤，記者應加強專業素養的訓練，才能避免錯誤的發生。媒體應對記者定期進行職業訓練，補充記者的知識和常識，並避免與社會脫節。

五、恪守新聞道德

媒體和記者應恪守新聞道德，對於刻意捏造新聞的行爲，或因爲記者個人主觀上的偏差而產生的新聞報導錯誤，應從加強記者的道德素養上加以訓練。

六、加強對新聞來源的掌握

在新聞報導中，常會看到「據可靠消息指出」、「知情人士透露」、「據了解」……等。新聞來源的不確定性，是造成新聞誤發或者假新聞的隱憂。因此，加強對新聞來源的核實，首先應當降低這些不確定詞語的使用頻率，記者不要把傳聞當作新聞。

以美國爲例，《新聞周刊》（*News week*）因爲錯誤報導美國方面褻瀆回教聖典《可蘭經》，事後不但道歉，撤回報導，亦引起美國新聞界就匿名消息來源的新聞處理進行檢討。《新聞周刊》因而規定，今後報導若未明示消息來源，須經總編輯同意。《今日美國》2004年發生記者杜撰新聞而總編輯換人之後，現在對於未明示消息來源報導也嚴加把關，使此類新聞大量減少。全國電視網（NBC）同樣的加強類似內規，強調不願受不具名來源利用而攻訐他人。

七、建立新聞專業團隊

新聞錯誤的產生，不僅來自於記者本身的疏忽，有時也來自於相關守門過程是否嚴謹。因此，建立一支既有專業知識、新聞責任感和工作熱情的新聞工作團隊，共同負起新聞產製的責任，降低新聞發生錯誤的次數。

美國密蘇里大學的Kennedy（1994）認爲，記者報導新聞時要「公平、不偏、正確、完整、事實、專業、進取和富於同情」，才能提升新聞的正確性。正確的消息才是有價值的訊息，有價值的訊息對閱聽人才有幫助。在百花齊放的媒體時代中，可信度或公信力高的媒體工作者，才能享受到誰與爭鋒的榮耀（方怡文、周慶祥，2000：395）。

眞實是閱聽人對新聞的最基本要求。對於媒體出現新聞錯誤，新聞媒體不應該只是停留在要求更正和澄清的階段，更應該追究責任，並建立相關的規章制度。否則，下一個錯誤新聞和新聞更正將持續的產生。

習題

閱讀完本章後，試回答下列的問題：

1.新聞中常見的錯誤有哪些？新聞錯誤發生的原因為何？

2.回憶一下，舉出你看過最誇張的新聞錯誤是什麼？

3.承上述問題，你認為應如何避免新聞錯誤的發生？

4.你認為新聞錯誤發生後，應如何進行補救工作？

第五篇

編輯實務與發展

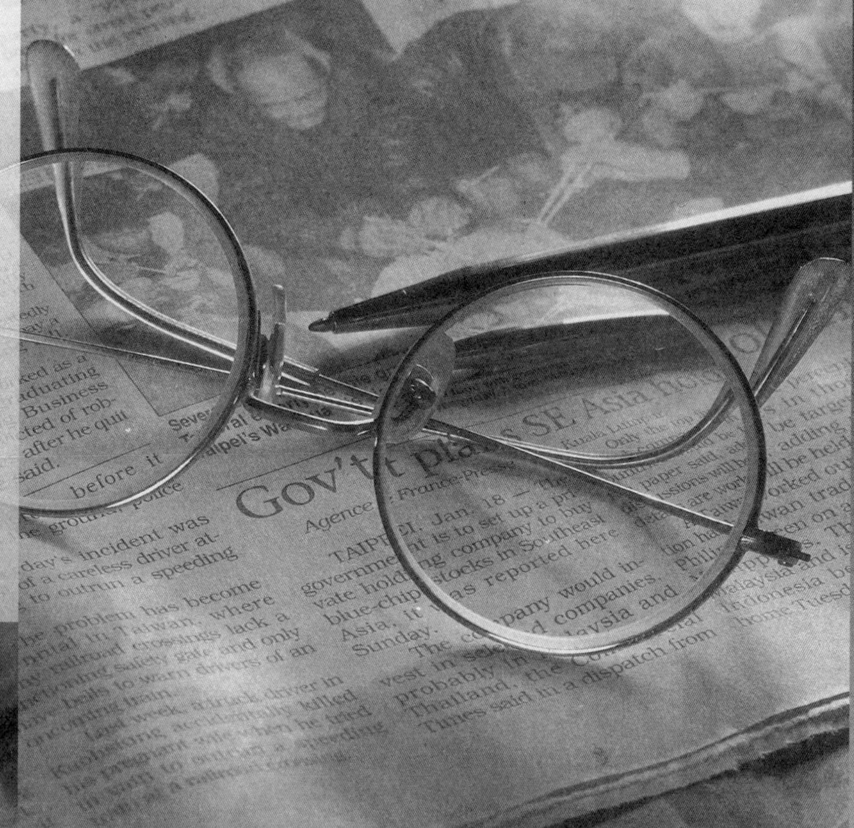

12 編輯的角色與分工

第一節　編輯的定義

第二節　編輯的任務

第三節　編輯的工作內容概述

第四節　編輯的條件與特質

在我們的生活中，各式各樣的消息、報導、資訊、新聞等，正透過報紙、廣播、無線或有線電視等新聞媒體的各種頻道、時段、版面，不斷地充塞在我們的生活四周，而我們──也就是一般大衆，也正消費或者消化著這些巨量的資訊。無庸置疑，這些我們所看到的資訊，都是由「新聞記者」這一類職業的人所採集來的，所以新聞記者也被稱爲採訪記者，但是經過記者採訪、記錄的「消息」，卻不一定都是「新聞」，充其量只能說這些消息是「準新聞」──經由記者採訪而具備成爲新聞的條件，但卻不一定成爲我們所看到的「新聞」。

一件眞實發生的事情，被記者採訪而撰寫成新聞稿，到成爲平面、廣電媒體上的新聞，其間的過程猶如「黑箱作業」，平常人只看到新聞記者這個角色，卻無從知道消息變成新聞的過程，也未必知道在這個堪稱黑箱的新聞產製過程中，正存在著一個「新聞編輯」的角色。

有人把新聞的產製過程比喻成「菜」轉變成「菜肴」的過程：新聞記者就像是採買做菜材料的人，他們必須到市場上採買各式青蔬、果、肉，就其所能，在衆多的素材中精挑細選，再把採買的菜帶回交給新聞編輯；而編輯此時就好像廚師的角色，就記者所採集的材料做出一道道的菜肴，除了記者取回的素材之外，編輯也必須就菜肴的特性，添加蔥蒜調味，或加上紅椒配色等。普通的編輯只能把菜做成一道可以食用的菜肴，而高明的編輯卻能製作出色香味俱全的菜肴，但是巧婦難爲無米之炊，沒有記者採買多樣的素材，也是做不出好料理的。而這裡所比喻的添加物，並非對新聞素材本身加油添醋，而是經過編輯專業的處理，使新聞能完整呈現，版面搭配合宜，讓大衆視讀新聞不會覺得索然無味，毫無特色，甚至不解其意。

因此以採買與製作的角色來看記者與編輯，只有記者與編輯搭配得宜，合作無間，才能呈現新聞。當然，新聞再好，誤了時效，猶如過了

吃飯時間，也是不宜。所以記者與編輯必須在一定時間內，迅速把新發生的消息製作成新聞，才是最佳組合。

而如果把新聞的產製看成一條工廠的生產線，新聞記者備齊生產用的原物料，這些原物料進入生產線的輸送帶之後，就開始進入後端的新聞產製流程，而經過一站站的加工與一層層的篩選後，即製作出成品，而編輯就是扮演這些製作流程的各個關卡，類似品質檢查員一般，讓適當的新聞過關，刪除不良品或不適合的新聞。同樣的，這些作業過程都有時效的限制，也還有新聞版面等限制，並非沒有刊登出來的新聞就是屬於不良品，所以新聞編輯篩選的標準就顯得相當複雜了。

一般大眾多由報紙版面上新聞記者的署名、廣播媒體記者的聲音、電視媒體記者的影像，認識新聞記者這項職業，但是新聞背後卻必須有新聞編輯的角色，才能共同完成新聞的編製與呈現。所以，如果將新聞作業過程看成一個看不見的黑箱作業，新聞編輯無疑就是新聞作業中那隻操控但卻無形的手。

第一節　編輯的定義

編輯和記者一樣也是一項職業，但是因為工作特性的關係，一般人比較無法了解編輯都在做些什麼？扮演什麼角色？需要有什麼經驗或背景？其實編輯可算是人類最古老的行業之一，因為古代的「史官」執掌歷史的編纂，做的工作內容很類似現代的編輯工作，所以編輯這項工作給人的感覺，似乎也有文人的味道在裡面。

編輯一詞包括英、美新聞學術語“news editing”與“news gathering”兩項意義，所以就「編輯」這兩個字的字義上來分析，可以分成「輯」和「編」兩方面來闡述。就編輯的工作順序而言，應該是先輯而後編，因爲必須先蒐集資料才能加以編排。以此而言，編輯做的是資料的整理工作，必須先把資料彙集在一起，再加以鑑別、選擇、分類、整理、排列和組織等。

不過將編輯定義在資料的蒐集上，似乎又和記者的採集新聞有所重複，所以編輯一詞在層次和範圍上稍有不同。廣義來說，編輯是包括新聞的蒐集和編排。所以一般報社的編輯部組織分成編輯中心和採訪中心，即依此廣義的定義。而以前的雜誌社編制並沒有「記者」的職稱，而是以「採訪編輯」取代，也是因爲雜誌社的採訪編輯的工作性質是涵蓋了新聞的採訪和編輯兩項範圍。而就狹義的編輯定義而言，就只是指新聞的編排工作，例如編輯部之下的編輯中心的業務，也就是由一群編輯組成的工作團隊，分別擔任各版的編輯工作。

目前一般所稱的編輯，多是指狹義的編輯，與記者的角色分得很清楚，而許多雜誌社也以記者和編輯來指稱兩種不同的工作角色，僅有小型雜誌社是編輯仍須身兼採訪的任務，所以仍維持採訪編輯的職稱。

此外，也因爲新聞媒體的體制不同，而有所謂「編採合一」和「編採分立」的體制，我國報社均採用「編採分立」的制度，記者和編輯有清楚的分工而分別擔任不同的任務，而例如《今日美國》的編輯部就是採用「編採合一」的體制，此兩種體制各有不同的優缺點與適用性，此部分留待後續章節討論。

第二節　編輯的任務

編輯和記者的工作分工可以視爲上游和下游的作業關係，各地的記者將採訪的新聞稿傳進報社編輯部，後續的作業即由編輯接手，所以編輯的工作任務就是把新聞稿彙整之後到印製完成的這一連續過程。因此編輯的任務是透過層層的新聞程序，經由選擇、綜合、整理和剪裁新聞的過程，將各種新聞編成一張報紙，使讀者能夠更容易的了解和掌握最新發生的新聞事件。如**圖12-1**，這一個連續的新聞製作過程，必須憑藉編輯的各項專業和團隊的協同和分工，才能由一個消息或事件而成爲媒體上的新聞。

圖12-1　記者和編輯分屬新聞產製過程的上下游關係

新聞編輯要編製新聞，簡單來說，有以下幾項主要任務：

一、從衆多的新聞來源中做適當的選擇

每天發生的各種消息或事件，經由記者衡量其新聞價值而決定採訪撰寫之後，即將新聞稿傳回報社，而編輯也必須在衆多的新聞當中，衡量新聞價值與專業判斷，再一次篩選出適合讀者閱讀的新聞。所以編輯必須善加利用珍貴的篇幅刊登必要的新聞，以免浪費時間與報紙版面，同時不遺漏掉任何應該刊登的新聞，或無故抹殺新聞。被刊登出來的新聞都必須符合新聞學的新聞報導原則。

二、用適當的方法處理新聞，以適合讀者閱讀

編輯必須從衆多的採訪記者傳回報社的各式各樣的新聞材料中，挑

選出合於刊登的新聞之後，再經過適當的處理與剪裁，提供讀者完整而清楚的新聞資訊，使讀者能容易的找到想要閱讀的新聞，而且能了解新聞內容。

三、用容易被讀者接受的方式報導新聞，使讀者易於接受

有些新聞事件有複雜的背景，或新聞事件牽涉過多專業，雖然新聞事件具有新聞價值，但事件本身卻可能不易被一般大眾理解，編輯必須彙整相關新聞資料，或補充背景說明，或以清晰的方式編排，以增加新聞事件的易讀性，使讀者易於接受，所以編輯必須提供大眾看得懂的新聞。

四、尋求最佳意見，反映社會現象與輿論

有些新聞事件能夠反映大眾民意，或某些新聞輔以專家意見，更能清楚呈現新聞事件的輪廓，並提供大眾意見的參考時，編輯必須彙整資訊，提供能夠反映大眾輿論的新聞。

編輯的工作任務看似簡單，但因新聞事件的變化無常，而新聞事件本身又時常融合許多領域的專業背景，如同一般記者被稱作是「外行中的內行，內行中的外行」，同樣的，編輯也必須具備許多相關的專業知識，時時關心新聞事件的發展，才能製作出具可看性的新聞。

第三節　編輯的工作內容概述

新聞編輯可說是一個與新聞稿為伍的工作，所以工作內容一言以蔽

之就是處理新聞稿，但處理新聞稿的過程卻相當複雜，除具備相關的專業背景與工作技能之外，尤其必須有許多實務經驗的累積，唯有專業、經驗與學養俱足，才能稱得上是一位優秀的編輯人員。

編輯工作過程是實務取向的，學校的教育比較無法有完備的實務訓練，所以有賴於進入媒體實戰，通常編輯的養成過程中，也會有一段「師徒制」的過程，由有經驗的編輯帶領資淺的編輯，藉由實際的學習過程補充學校訓練的不足，師徒制的好處是可以在每天的工作中，作爲帶領者角色的師父可以將自己的實務經驗，透過每天的編輯內容，來加以印證，因爲以編輯工作來說，實在很難以條列式的方式，來告訴後進，什麼新聞要用什麼方式來處理，因爲每一則新聞的時空背景都不一樣，每天的新聞質量也不同，很難用一個同一的標準去加以判斷，所以師徒制的方式，可以使得學生在每天的實戰經驗中去學習如何處理新聞。

以報紙的編輯爲例，簡單來說，如圖12-2的工作步驟，可以大略的分成以下四個部分，而詳細的編輯流程則於後續章節中詳述：

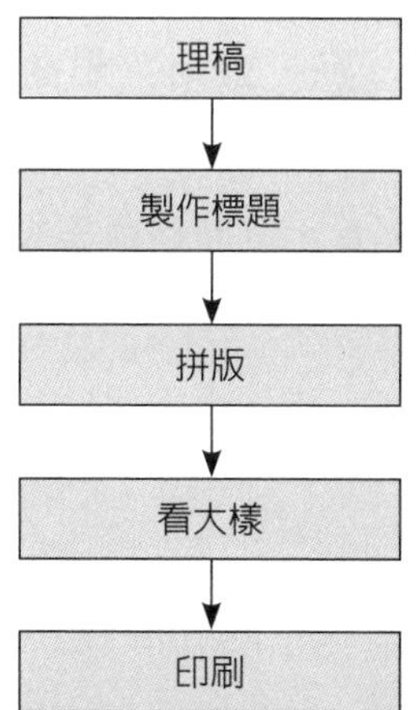

圖12-2 編輯的工作內容

一、理稿

理稿即是審閱及整理文稿。新聞稿必須逐則過目，對沒有新聞價值的稿件、眞實性有待查證的稿件、足以損害讀者利益的稿件等，予以棄置或查證。挑選出可以刊登的稿件後，還必須逐字審閱、修正錯別字、標點符號、潤飾不通順的文句，並刪改不妥當或錯誤的文字，如有疑問，立即找記者查證。理稿可以說是文字編輯上陣會碰到的第一項工作，報紙的編輯每天看到的稿量，遠超過版面上所呈現的數量；換言之，一個文字編輯如果一天見報的稿量是一萬字的話，那他每天所看到的稿量至少會超過兩成，也就是說，至少會有一萬兩千字的新聞稿要經他過目，而文字編輯的首要工作，便是理稿。在理稿的同時，文字編輯必須同時考量新聞的重要性，這則新聞重不重要？重要的話，在版面上要如何處理？如果在當下的比較上新聞性較弱，那麼是不是先放在一邊，等一下視新聞來稿狀況再行處理？由於新聞是比較的，在剛開始發稿的時候，這一則新聞可能是很重要的，也許可以當成頭條，可是隨之而來的新聞，其重要性已經取代了這則新聞，可能這則新聞變成二題，甚至三題，也許時間再晚一點，這則新聞會被編輯扔進垃圾筒也不一定。如同我們前面提到的，新聞是必須經過嚴苛的比較才能脫穎而出，而且，從實務的運作經驗來看，反而是愈後來的新聞，重要性通常更勝於前者。

二、製作標題

編輯必須分析新聞內容、判定新聞價值，並根據一則新聞的內容與特性製作出相稱的新聞標題。在編輯理稿完畢後，對於所有新聞的輕重緩急都已了然於胸，那些絕對會用的新聞便可以先行製作標題。對於會用的新聞，但是在排比上沒有那麼重要的新聞，在製作標題的順序上，就可以暫往後推，不必急著下標，但是在心理層面卻不能沒有準備，對於這則新聞標題要如何下，心中則一定要有譜，所謂的譜就是對新聞的梗概一定要有所掌握，一旦這則新聞要排上版面時，對時間與新聞的處理，不能有半點浪費。或網站新聞編輯每天要做的例行準備工作就是比報，如果白天也參考了各家的晚報的話，相信對於日間所發生的事也有一定程度的了解，同時現在有線電視台的新聞頻道全天都在報導新聞，除非是不用功的編輯，否則對於自己負責版面的新聞都應該已有八成的把握才對。

三、組版

編輯必須指揮美編做組版的工作，也就是新聞稿與標題結合成一則新聞，數則新聞，配合照片、圖表再結合成一個版面。編輯在發稿時，應該對各條新聞的布置已有設計想法，以作爲組版時的依據，有些編輯會在舊報紙上畫出版樣。有些版面會比較需要美術編輯的協助，有些版面甚至由美術編輯來主導，文字編輯只是在旁告訴美術編輯要放什麼新聞，而如何走文或圖片的放置，則交由美術編輯依據設計與美觀的專業判斷來處理，這時文字編輯所要做的，除了要放什麼新聞之外，另一項工作就是幫美術編輯刪文，因爲新聞內容只有文字編輯清楚，所以走文如果有不順或是多餘的時候，就要幫助美術編輯處理。在有些版面則是由文字編輯主控版面，在這種情況下，美術編輯所要做的工作就比較單純，通常是幫文字編輯發圖，做一些需要特殊處理的標題以及在完成組版作業後幫忙修版，使版面的呈現較爲整齊。因爲文字編輯縱有美學觀

念，但究竟不是美術科班出身，尊重彼此的專業，不僅是應有的態度，也是一種美德。

四、看大樣

組版完成之後會先印樣張，交由編輯審閱，排字錯誤另有校對人員負責校正，編輯在看大樣時，應該把每一個標題都讀過一遍，如有差錯或不妥，仍可修改。另外，編輯要注意各欄轉接處是否有錯誤，每一條新聞的導言部分也要閱讀一下，避免文不對題，此一部分完成即可「落版」（下版）付印。一般來說，看大樣是整個編輯過程的最後一步，往往編輯同仁在這個時候，由於經過了一段時間的新聞奮戰多已筋疲力盡，心中的警戒與敏感度也呈現較鬆懈的狀況，或是說得更白一些，也許編輯已經感覺疲憊而早已心不在焉，但是，在此必須提出最嚴重的告誡，在所有編報過程中最容易犯錯誤的就是在此時，原因就是由於鬆懈而導致注意力不集中，於是，讀者常常會在報面上看到錯誤，諸如：圖片的說明和圖片不符合，標題中有錯別字，在組版過程中，有些新聞稿的尾巴沒有刪得乾淨，讀者念到一半新聞就沒頭沒腦的不見了……等，這些可以避免卻沒有避免的錯誤，90%的出錯機會，就是在看大樣的時候，所以說，當編輯在看大樣的時候，他的工作結束了嗎？請記住：「行百里者半九十」這句話。

第四節　編輯的條件與特質

如前所述，編輯是一份與新聞稿爲伍的工作，所以對新聞事件和文字必須比一般人更爲敏銳。如以編輯的工作性質分析其工作條件，可以分爲新聞專業素養和文字素養兩方面；如以編輯人的人格特質，相較於記者，編輯可能有截然不同的特質。

由於編輯在新聞的生產線上，如同新聞的品質檢核員，以新聞學的術語而言，即編輯具有新聞的「守門人」角色，所以必須具備新聞專業，才能勝任新聞編輯的工作。簡單的說，一位新聞編輯必須具備新聞的專業素養、良好的編輯工作能力，以及適合於從事編輯的個人特質，才算是粗具從事新聞編輯工作的條件。

一、新聞專業素養

從事新聞行業，必須具備新聞專業是無庸質疑的，因爲新聞無遠弗屆，影響深遠，所以相較於一般職業，新聞從業人員更被要求具有新聞專業精神，而專業精神必須含括以下四點：

(一)專業智能

即一般性和特殊技能，能勝任編輯工作的能力。例如一位編輯必須具備判斷新聞價值的能力、熟諳版面設計的技能、須了解新聞工作的特性，才能勝任新聞工作的挑戰。

(二)專業道德

由於媒體的影響力不容小覷，所以編輯對新聞的處理必須謹守新聞道德規範與新聞法規，不能侵害個人隱私、立場偏頗、違背事實等。例如我國在1955年由報紙事業協會通過的「新聞記者信條」，以及「中華民國報業道德規範」、「中華民國電視道德規範」、「新聞倫理公約」

等，雖有部分條文規定已經不合時宜，但是道德規範部分仍可作爲新聞從業人員的準繩。

(三)專業義理

編輯必須謹守新聞專業義理，不偏不倚，維持中立客觀的角色，尤其是敏感性較高的新聞事件，不能偏於報社老闆的立場、新聞來源或利益團體等角度，一切尺度以謹守中立的專業義理爲優先。

(四)專業精神

秉持爲公衆服務的精神，能自立自主，嚴守專業分際。

二、編輯專業技能

(一)判斷是非的能力

新聞業是與時間賽跑的行業，必須求快求準，在短時間內迅速做出正確的是非判斷；尤其新聞事業也有教育與教化人心的功能，所以判斷是非的能力更爲重要。

(二)廣博的知識

編輯和記者一樣，都是「外行中的內行，內行中的外行」，因此必須具備廣博的知識，至少也應該對自己編輯的版面具備充分的知識，例如財經版的編輯理解財經領域的專門術語，政治版編輯了解掌握政治現狀，編輯對其所負責版面應有充分的了解。

(三)良好的文字修養

編輯要負責修改來稿或潤飾文稿，並須對新聞製作適當的標題，因此編輯必須有良好的文字素養，才能勝任工作。

(四)掌握熟練的編輯技巧

編輯的技巧包括改稿技巧、稿件配置技巧、製作標題技巧、拼版、版面設計等，即使是同樣的新聞材料，由於技巧不同，新聞呈現的效果也會有所不同。而熟練的編輯技巧，也才能適應變化多端的新聞，在截稿壓力下編出新聞版面。

(五)了解媒體的政策

了解所服務媒體的政策，才能知道哪一類的新聞應該強調、明顯或做多，或者哪一類新聞是簡單、少量，例如一份以財經新聞爲重或以影劇新聞爲主的報紙，兩者所採取與重視的新聞性質與比重必然不同。

雖然新聞編輯是以其專業和能力爲處事標準，但是身處激烈競爭的媒體行業中，編輯仍然免不了受到許多組織內外的限制，例如客觀的時間壓力、版面限制等；此外，還有來自於組織內部的壓力，如媒介的偏見、政治立場、編輯政策等，而組織外部的來源則如新聞來源、廣告主、閱聽人的口味、市場競爭對手的壓力，幾乎所有的新聞消息來源都企圖控制新聞內容的呈現，所以新聞編輯面臨的挑戰，並不只是工作專業上的，還包括環境內外各個層面，所以一位編輯的養成，並非一蹴可幾，其間的壓力，一般人事實上是難以想像的。

三、適於從事編輯的個人特質

如果你告訴別人，你在新聞媒體工作，通常對方直覺的反應多是以爲你是一位記者。由這個反應可以知道，多數人對媒體的印象主要還是從「記者」這個職稱建立起來的，大家都知道新聞媒體一定要有記者的編制，卻未必曉得還有「編輯」這種職位。因爲聚光燈的焦點，是很容易就停留在記者身上，所以享有媒體光環的，主要還是記者。的確，新聞記者因爲採訪需要，時常暴露於鎂光燈之下，或署名披露於報紙版面上，所以新聞記者通常予人光鮮亮麗的面貌，但是和記者比較之下，新聞編輯就只能稱爲「幕後英雄」，隱身於媒體幕後，所以編輯須有願當無名英雄的精神，尤其性質也屬於內勤工作，很少有人知道，不像記者可能有當新聞明星的機會，所以編輯的名利之心應該比較淡薄。

記者和編輯雖然同在編輯部任職，但是除了工作內容、性質不同之外，編輯和記者還有許多方面是不一樣的，兩相比較，仍有以下幾點差異：

(一)工作時間

以早報爲例，編輯是夜間工作，但記者因應採訪需要，通常是在白天跑新聞。不過爲了追蹤新聞，或唯恐漏掉新聞，記者通常是處於隨時待命的狀態，但是這並不表示編輯在白天便完全沒有事情可以做，通常編輯在不上班的時候，也要注意收看電視新聞或收聽廣播，以便掌握每則新聞的來源與動向，不至於到班的時候，對於白天的新聞，完全處於狀況外的窘境，當然，各家早報及晚報都是最好的參考材料，早上先看各家早報，可以了解昨天晚上的新聞處理與別報有何異同，有無缺失，這就是我們所謂的比報，比報的功效是很大的，從比報的過程中，編輯可以很清楚的發現彼此的優勝劣敗，別人對新聞的處理好在哪裡，而我們的處理與別報又有什麼不同，同樣的，別報的標題爲什麼用這個角度切入，道理又在哪裡，我們可以這麼說，比報的目的就是要知己知彼，如此才能百戰百勝，更重要的是，師夷長技以制夷，才是在兩軍對陣時很重要的精神指標。能虛心的比報，能誠實的比報，也才是編輯進步的原動力。

(二)工作關係

記者和編輯是屬於工作的上下游關係，採訪記者是上游，新聞編輯是銜接記者的下一階段作業，兩者必須是合作的關係。但在工作的職場中，記者與編輯的工作常被認爲是對立的，是彼此相互抗衡的，這話說得對但也說得不對，對的部分是由於工作內容與性質的不同，記者與編輯兩者之間本來就是一種既合作又對立的模式，編輯之所以被稱爲新聞的守門人，就是因爲編輯不會與採訪對象接觸，所以可以有較客觀的立場來處理新聞，當然，這樣有時會引來記者的不快或抱怨，認爲編輯沒有重視自己採訪的新聞，可是當你換個角度來看，這何嘗不是替記者提供了一張保護傘，如此可以免除記者在面對採訪對象的壓力，自然，前提必須是編輯要得是用功的編輯才成，如果編輯不用功，認不清好新聞，而失去新聞戰的先機，這個責任可是不小的。所以，我們應該將記者與編輯之間的關係稱爲良性互動，這樣才可創造出新聞與版面的雙贏局面。

(三)工作特性

編輯的工作是屬於比較靜態的內勤工作，是獨立作業的，與文字爲伍的，工作地點必定是在報社內部；而記者採訪新聞必須和採訪對象互動、到新聞地點採訪等，時常接觸人群，採訪和寫稿的地點很不一定，屬於機動性很強的動態工作。和編輯比較起來，記者的工作似乎是多采多姿，變化豐富的。

(四)工作的延續性

編輯編完當日的新聞版面後，大致上一天的工作就可以告一段落，但是記者必須追蹤相關事件的發展，或主跑新聞路線的性質，即使已經超過截稿時間，仍然必須在自己的工作崗位上待命，密切注意相關事件的發展。

編輯與記者的角色看起來似乎是截然不同，不過，記者要採訪、蒐集、查證、撰寫新聞，編輯也不盡然只是編新聞，有時因應工作需要，仍是需要蒐集資料、查證消息、改寫新聞稿，甚至是撰寫評論、製作新聞專題等。而不同的傳播媒體，其新聞編輯所扮演的角色、工作的時間、性質也都略有差異，但是對新聞的專業精神、編輯的專業技能都是大同小異的。

綜合言之，編輯的條件除了在知識領域上能夠獨立判斷、獨立作業、平時要多看、多聽，隨時學習與自我訓練，具備新聞的專業素養與技能之外，另一項不可或缺的是對新聞的熱誠，這種熱誠可以視爲一種對新聞編輯工作的態度，因爲編輯工作是一種榮譽取向，理想上必須達到零缺點的境界，尤其新聞編輯的工作有時難免是寂寞與孤獨的，所以唯有對新聞編輯維持工作的熱誠，才能對新聞編務、對己身的職業認同，對新聞抱持著熱情與信念，才能堅信自己手中送出的作品都是傑作，也是對讀者的尊重。

習題

閱讀完本章後，試回答下列的問題：

1. 你認為新聞科系的學生在學校必須接受哪些編輯的專業訓練？這些專業訓練是否足夠讓你成為一名新聞編輯？
2. 你認為國內的報紙編輯所編出來的新聞版面已經夠好了嗎？是否仍然有待改進的地方？
3. 試著分析自己的個性，就你對編輯和記者工作的認識而言，你覺得自己比較適合擔任哪一個角色？

13 稿件來源與稿件處理

第一節　稿件來源
第二節　新聞稿的旅行
第三節　新聞稿的整理
第四節　新聞錯誤的避免

報紙媒體最直接與主要的產出就是新聞內容。報社的競爭也是新聞內容的競爭，新聞內容的質量攸關報社的信譽，也間接影響報紙的發行量與營運收入，所以如何製作出質量均佳的新聞內容以吸引讀者，是報社編輯部責無旁貸的重責大任。

一般讀者看到的只是已經在報紙上刊出的新聞，但是報社如何在一天之內將發生的新聞事件在隔日一早就變成報紙送到讀者手上，這個過程猶如黑箱作業，著實無從想像。而由此也可得知，新聞媒體所承受的截稿壓力，以及編輯部因應時間壓力，必須在極短時間內製作完成，必然有一套適應新聞環境的專業而公式化的標準作業過程。

新聞媒體內部的標準作業過程，會因媒體性質的不同而有些許差異，但所遵循的專業是相同的。要了解媒體內部的作業流程，從了解一條新聞進入編輯部的流向，即可窺知編輯部的作業概況。如以報社的稿件流程爲例，首先是將由報社內外湧至編輯部的稿件，經過編輯台的層層篩選、修改、裁併等加工過程後，再加上新聞標題或圖片，並由衆多新聞內容組成一頁頁新聞版面，再經過印刷製作，即完成一份報紙。這個看起來很簡單的流程，每一個作業環節其實隱藏著許多的決策過程與專業，所以了解一篇稿件從傳入報社到成爲新聞見諸報端的複雜過程，可以了解編輯部的運作方式。

第一節　稿件來源

報社編輯部簡單的說，是一群編輯和記者的集合，而在作業流程上記者和編輯則屬於上下游關係。報社記者負責採集新聞，回到報社交給新聞編輯處理後，一則合格的採訪稿即成爲新聞稿。但是報紙內容並不

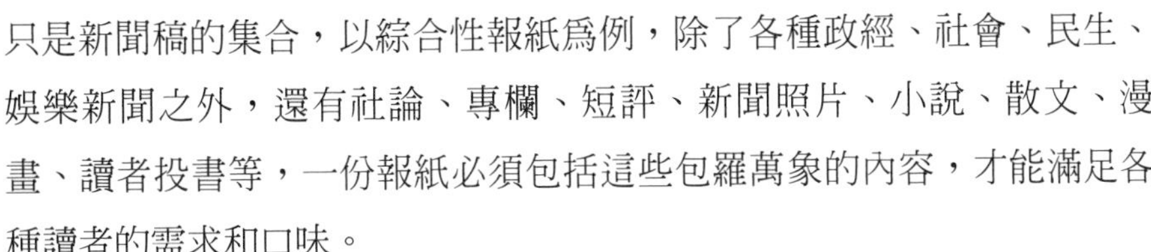

只是新聞稿的集合，以綜合性報紙爲例，除了各種政經、社會、民生、娛樂新聞之外，還有社論、專欄、短評、新聞照片、小說、散文、漫畫、讀者投書等，一份報紙必須包括這些包羅萬象的內容，才能滿足各種讀者的需求和口味。

而這些呈現在報紙上五花八門的內容，如果都需要報社的人員自行製作產出，可以想見報社勢必需要付出龐大的成本因應，而且不但阻絕讀者接近和使用媒體的權利，也無法網羅各類專業人員加入報紙內容的生產行列，所以報紙的內容可說是來自四面八方。

報紙的內容來源如果以稿件是否由報社的編制內人員負責來分類，可以簡單分成社內來源和社外來源兩大類。社內來源是指稿件的產出來自報社的內部資源，包括報社記者的採訪、評論稿等，皆屬於內部來源之一。外部來源指稿件非由報社內部產生的稿件，例如社外的讀者投書、國內外各大通訊社的稿件等。**圖13-1**即爲報社的稿件來源圖。

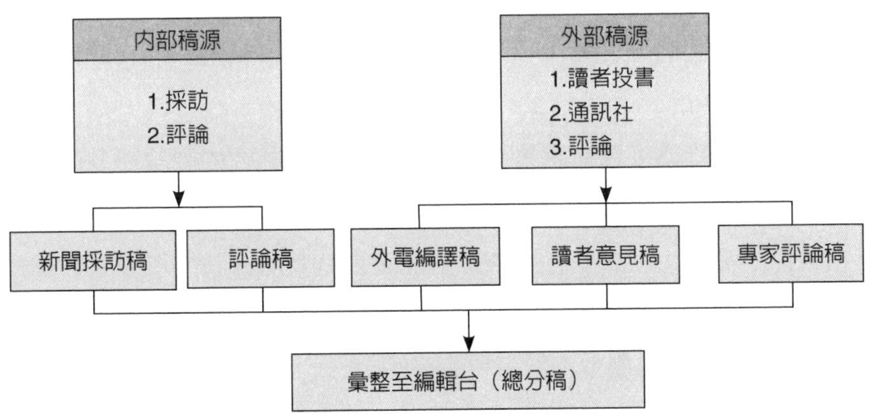

圖13-1　稿件來源圖

一、內部來源

報紙是以新聞和評論服務讀者的，所以報社編輯部人員主要的任務，就是採訪和報導新聞，並以評論代表報社的立場或呼籲、引導大衆輿論。報社的內部來源稿件以新聞記者的採訪稿，以及社論和評論稿爲主。

(一)採訪記者的新聞稿

報紙的首要任務是報導新聞，以新聞屬性而言，報紙分別有政治、社會、經濟、體育、娛樂等種類的新聞，這些新聞是由任職於報社的新聞記者採訪撰寫的。這些線上記者必須根據分配的採訪路線採訪新聞，這些採訪稿都必須經過編輯部的層層篩選，才能刊登在報紙版面。

(二)社論及評論稿

報紙的評論主要分爲社論和短評兩種。社論代表報社的言論立場，所以通常不會署名。社論主要是由主筆室的主筆群執筆，而且經過總主筆看過才能發布。

除了社論之外，還有時事評論稿也很常見，社內的評論稿多由較資深的記者撰寫，有些報社有撰述委員負責撰寫新聞評論，這些撰述委員均由資深的編採人員擔任，亦有線上記者會就其所採訪的新聞事件撰寫新聞分析或評論稿，這些評論一般都會署名。所以只要是報社內的人員撰寫的評論稿，都是屬於內部來源的稿件。

不過評論稿並非均由社內人員撰寫，有些評論會邀請學者、專家、名人等撰寫短評，尤以政治評論最常見，這些一般通稱專欄的稿件是屬於外部來源。

二、外部來源

除由報社內部人員產生的稿件以外，還有社外傳入的稿件，以報紙的版面而言，副刊版和讀者投書版是社外來源稿件的大宗，至於新聞版面，則散見於專欄、漫畫、國內外通訊社的稿件等。

(一)讀者投書

讀者投書是讀者實現「媒體近用權」最直接的方式，而報紙最讓一般讀者分享新聞自由的部分也是讀者投書。報紙讀者又稱爲「閱聽人反應」，是讀者對於報社的新聞內容有意見，或想抒發對新聞時事的看法，會向報社投稿表示意見。

常見的讀者投書類型有以下幾種：

1.新聞更正：指出新聞內容或評論中不符合事實，而要求更正。

2.表達意見：對評論內容表達不同的觀點或意見。

3.反映事項：反對公私機關的建議事項，或反映地方民情。

4.更正答辯：對新聞或評論內容錯誤，可能妨害個人名譽或侵害個人隱私者，要求更正或提出答辯。

5.提供資料：對新聞事件提供新聞線索或個人經驗等供記者參考。

6.查詢資料：要求報社查詢刊載於報紙上的某項資料，例如查詢報紙報導的美食地點。

7.代辦事項：例如請求報社代辦慈善捐款等。

中華民國報業道德規範即指出，報紙應盡量刊登讀者投書，藉以反映公意，健全輿論；同時報紙應提供篇幅，刊登與自己立場不同或相反之意見，藉使報紙眞正成爲大衆意見之論壇。

報社每日接收各種不同的投書可能高達數百則，編輯部必須依據投書的性質、報社的立場、新聞價值等專業判斷，選擇具有代表性意見的投書若干則刊登於版面上。讀者投書版編輯必須公正超然，容忍異見，拿捏的尺度必須比社論、專欄、評論的尺度爲寬，以具體呈現多元化社會的面貌，不應設計議題，因爲版面的主角是讀者。同時注意防止投書部隊，嚴謹的過濾假投書、假民意，以發揮公衆論壇的影響力。

(二)國內外通訊社或資料供應社

由於媒體限於人力、物力、財力等資源限制，不可能囊括所有地區的新聞，仍必須仰賴通訊社或資料供應社提供新聞資料，所以通訊社（news agency, news service）和資料供應社（press syndicate）是因應報紙、雜誌、廣播電視等傳播媒體對內容的需要而產生的。這些機構專門將新聞和圖片、資料等售予傳播媒體。

通訊社有如新聞百貨公司，可說是採集、報導、傳播和供應新聞的事業。國內最早的通訊社是中央通訊社，而國際知名的通訊社如美聯社、路透社、法新社等。

報紙除刊載國內新聞之外，也有國際相關消息報導，有的報紙是單獨一版國際新聞版，有的報紙則篇幅較小。這些國際新聞通常仰賴國外通訊社提供資料，少數較具規模的報社，會有駐外記者或國外特派員採訪重要國際新聞。

(三)專家評論

許多報社的專欄或評論稿件，並非由報社編輯部內部產生的，而是邀請具知名度及相關專業的學者專家具名撰稿。此類評論專欄可能定期或不定期出現，內容多屬政治評論或漫畫等。有的專欄還會註明該言論不代表該報立場的文字。

第二節　新聞稿的旅行

報社編輯部的工作流程實際上即是新聞稿處理的過程，因爲編輯的主要工作是處理新聞稿，所以由稿件在編輯部的流動情況，可以知道新聞稿件被送到什麼地方，做了哪些處理，該注意什麼情況……所以了解新聞稿件的處理，可以一窺編輯部的作業情況。

新聞編輯的工作是先「輯」再「編」，也就是先蒐集所有的新聞稿件之後，再根據其專業做稿件編排的工作。而在新聞稿件傳到編輯台之前，其實已歷經了一層層的關卡（守門）了，這些關卡將決定新聞稿的命運是出現在報紙上，或者是躺在垃圾桶裡，就此不見天日。

一般而言，稿件的處理不外乎「刪改修併」等過程，亦即刪除不合適的稿件、修改稿件的文辭字句、修正稿件內容的錯誤、將同一屬性或相同事件的稿件併稿處理。

因此，以下將藉由新聞稿在編輯台的流動，來說明新聞稿的處理方式。**圖13-2**表示新聞稿的旅行過程。

一、旅行第一站：採訪中心

通常記者的新聞稿必須先傳至報社內，一般而言，是視其稿件的歸屬版面而傳至各個小組。例如由財經記者採訪的一則預測我國經濟成長率的新聞稿是屬於財經新聞，所以採訪記者會將這一則新聞稿傳給財經小組的新聞召集人，所以稿件會進入報社的採訪中心旅行。財經小組的

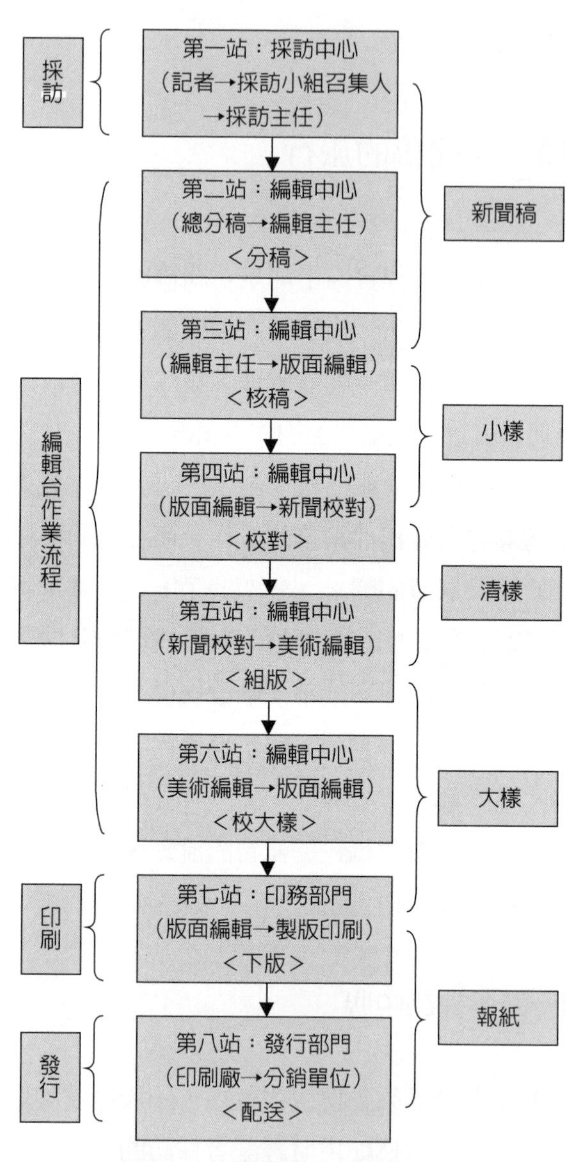

圖13-2　新聞稿的旅行圖

召集人會根據稿件的新聞價值而決定用或不用，此時，召集人會先做第一階段的稿件處理。

二、旅行第二站：編輯主任或總分稿

如果這一則採訪稿有新聞價值，召集人會將稿件傳給編輯中心，此時稿件即開始編輯部的旅行。通常編輯台的總分稿會將這一份稿件轉給財經版面的各個版面編輯，如果是關係重大的要聞，會做「提版」的決定，也就是讓這一則新聞登上報紙第一落的要聞版面。

三、旅行第三站：版面編輯

如果這一則採訪稿留在財經版面，則會由財經版的編輯做第二階段的稿件處理，此角色一般爲編輯主任，類似財經組分核稿的角色。以綜合性報紙爲例，財經版面通常是居於比較前面的頁面，或甚至是獨立的一摞報紙，編輯主任會根據新聞稿量與新聞稿性質決定其歸屬版面，例如財經焦點、理財股市、企業動脈等版面，而交給各版編輯接手處理。

各版編輯根據當日稿單與到稿量，並根據各則新聞的價值判斷與當日的新聞量、與其他則新聞的相對重要性，而決定該則新聞的版面位置而做大或做小處理，擬出新聞標題後發稿，文字交由檢校人員接手。

四、旅行第四站：新聞校對人員

校對人員負責檢驗新聞內容的正確性，包括用字遣詞的正確、新聞邏輯的正確等內容無誤後，校對人員即送出新聞稿。

五、旅行的第五站：美編、排版人員

一則內容無誤的新聞稿和其新聞標題由美編匯集之後，美術編輯會根據文字編輯規劃的版面草樣做圖、文、題的整合，將同一版面的新聞內容排版，並輸出稿件，印出大樣（印樣）交給編輯，此時一個新聞版面雛形誕生。

六、旅行的第六站：版面編輯、校對

版面編輯拿到大樣之後，須做最後一次的檢查。通常編輯會檢視該版面的新聞標題與新聞內容，重要版面還會交由編輯主任或層級更高的主管瀏覽，有的報社還會由校對人員做最後一次的逐條檢視。相關人員經手大樣並簽名負責之後，這個版面經過無數人員的努力後即算大功告成。經過編輯的指示之後，此版面即可「下版」，也就是交到印刷部門了。

以上流程即為財經新聞稿的簡單作業，此一過程可視為編輯部新聞稿處理的縮影。

七、旅行的第七站：印刷

新聞稿件到此部分，即是將新聞版面經過印刷而成報紙的過程，此過程可視為新聞製造程序的最末端，除非臨時發生重大新聞事件，編輯部必須臨時「抽版」（或挖版）改新聞，否則報紙的生產至此告一段落。印成報紙的成品接下來由報社的發行部門接手。透過後端報社的發行部門，將報紙送到訂戶的手中，或是送到銷售的終端，如書報攤、便利商店零售，以供讀者購買。

八、旅行的第八站：發行

此一階段即是報紙的成品階段，報社的發行部門透過發行系統，如零售、經銷通路等，將報紙的成品送到讀者的手上。

新聞稿會因本身的新聞價值、重要性而在編輯台間來來回回，並不一定只是**圖13-2**上的第二至第六站的過程，而且新聞稿的修正校對，也不是一次就完成，有時重要的稿件會來回校對好幾次。即使新聞稿校對無誤到了美編手上拼版，仍然可能有所更動，甚至到了大樣階段，仍會有修正、補充、改題或文的時候。所以看似簡單的過程，卻不只是單純的直線式過程而已。稿件在編輯部的流程有許多重複性的程序，這些程序的目的都是在使稿件經過不止一個編輯的關卡，而能使稿件被反覆檢查，以降低錯誤的機會。編輯對每一個過程都必須堅持新聞守門的角色，只有正確無誤的稿件才能流到下一個工作站去。

從新聞事件的產生，到採訪記者撰寫一篇新聞稿，至進入編輯部處理，最後印成報紙送到讀者的手上，此一過程看似複雜，但卻是在一天二十四小時內完成的。因此可想而知，報社編輯部必須有龐大而有系統的處理模式，才能讓報紙快速的製作完成。

新聞稿在採訪中心、編輯中心各組之間流竄，新聞稿必須經過不斷的匯集、分流的循環過程，其間也因載具而有所差異。採訪記者多利用網路、傳眞、電話、採訪車等載具將新聞稿送達報社；新聞稿一進入報社之後，通常是電子稿型態，所有的電子稿件會進入編輯部當日的龐大新聞檔案資料庫裡，等待被揀選與分發，這是新聞稿的第一階段匯流。接著總分稿會視各則新聞稿的屬性，而從新聞資料庫中分配新聞給各版主編或編輯，此時新聞稿至此成爲分散的狀態，由各版編輯分別處理，新聞稿是以分散的形式流動於新聞網路中。同樣的，各版編輯和美編會接手處理負責的新聞稿件，所以稿件分流至各版編輯處，待美編拼版完成後，新聞稿件會以整版匯集的形式存於電腦網路上，由印務部門的製版人員著手進行電腦分色、製版、印刷等程序。

只要新聞稿件進入報社的資料庫之後，新聞稿的旅行工具主要就是報社的內部新聞網路。雖然許多報社的新聞工作流程皆已電腦化，但是因編輯的工作習性、新聞錯誤的責任歸屬問題，以及長期以電腦檢視新聞內容的職業傷害等因素考量，許多新聞稿還是必須被印出來的，這些印出來的稿件主要是透過人力傳送至各個版面的編輯桌上。但是現在的編輯作業，皆已克服以往紙本閱讀的問題，所有的編採系統都已經進入電腦網路作業。**圖13-3**即是表示新聞稿在報社內部的流動過程。

早期許多報社在尚未電腦化之前，一般都有聘任傳稿人員做稿件的傳遞工作，把稿件由採訪單位傳到編輯單位；由這一版編輯傳到另一版編輯桌上；由文編傳到校對等。現在所有的編輯採訪系統都透過網路來加以處理，所以前述的傳遞稿件的人員現在都已經沒有了。

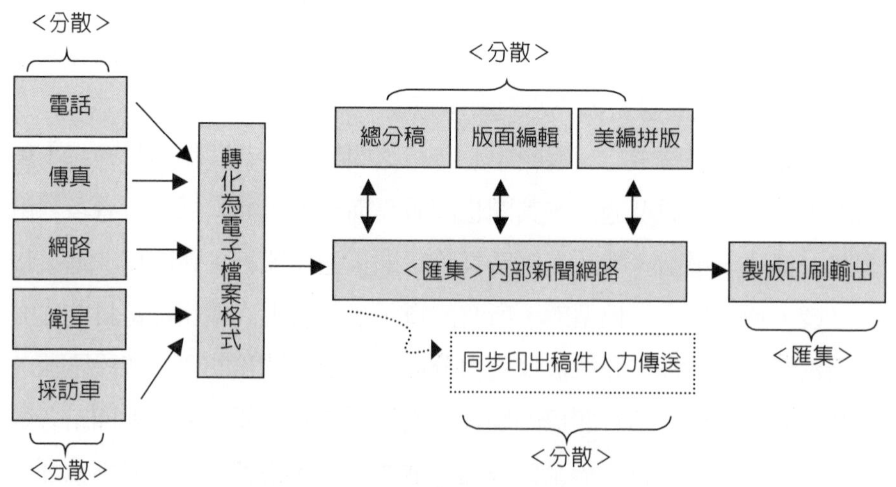

圖13-3　新聞稿傳送過程與載具

傳播科技的發展也改變了傳統的編輯作業模式，早期報社編輯部多配置龐大的打字人員和組版人員，現在這兩種角色均已由電腦取代；而也因爲電腦作業，近年來新聞校對人員的編制也已大幅減少。

第三節　新聞稿的整理

新聞稿在編輯台上的處理可說是一個黑箱作業，外人難窺其間作業情況，尤其新聞編輯對稿件的處理，常涉及個人主觀與客觀的專業規範等考量，更使一般人難以了解新聞稿的處理過程。通常新聞編輯對稿件的處理不外「輯稿」與「理稿」兩大範圍，輯稿是新聞稿的蒐集與歸類，理稿即是新聞稿的裁剪修併等處理過程。如以編輯的工作步驟來分，可以簡單分成新聞稿的取得與歸類、新聞稿的選擇、新聞稿的整理三個步驟，以下分別就此三步驟說明。

一、新聞稿的取得與歸類

輯稿即是新聞稿件的取得與歸類，編輯須對來稿做有系統的處理，以免稿件遺失或積壓。編輯取得的新聞稿通常分成四個部分來處理：

1.參考稿：沒有新聞價值或不適宜對外發布的稿件，均列爲參考稿，不予採用。

2.借用稿：例如通訊社稿件、外稿，如沒有內部記者的採訪稿時，才斟酌採用。

3.必用稿：本報記者採訪，具新聞價值，必定優先採用的稿件。

4.備用稿：例如新聞事件的相關配合稿、補充稿等，或新聞價值次高的稿件，視版面狀況決定是否列爲必用稿，通稱備用稿。

編輯必須注意的是新聞稿並不是一次到齊的，而是在截稿時間內陸續送到，甚至突發新聞會在截稿前後時間突然出現，在此種不斷添加新聞、比較新聞價值以作爲取捨新聞的情況下，對稿件做明確的分門別類及判斷其新聞價值就格外重要了。

通常報社會有編前會議，透過編前會議的討論，編輯多已能掌握當日的新聞事件與稿量，並對新聞事件的配置已有大概了解。編輯必須對自己編的版面非常熟悉，於編前會議後，即能由稿單（**圖13-4**）初步掌握當日發生的大事。稿單通常只條列當日的新聞要點或摘要，以及大約的新聞字數。編輯由稿單內容通常就能判斷出版面的設計，以及以哪一條新聞做頭條處理，並等記者的新聞稿陸續傳回報社再分別處理了。

二、選擇新聞

編輯每天收到的稿件非常多，而且一定會超過自己所負責版面的容量，否則新聞量不足，版面就要開「天窗」了。編輯必須熟悉個人負責的版面新聞性質與所需新聞量，例如負責娛樂新聞版的編輯，必須掌握自己編輯版面的版序、全版或半版等面積、彩色或單色印刷、通常需要幾則新聞、搭配幾張圖片、預估的字數等。而編輯如何從大量的稿件中選擇適合刊登的新聞，就是一項新聞專業了，編輯必須依據新聞價值做出判斷，僅是新聞的選擇就是一門大學問。

同時，編輯也必須了解自己版面的新聞事件與相關發展，以及專業用語等，例如體育版的編輯必須熟悉各項運動的專門術語、影劇版的編輯必須知曉影劇明星的名字，並對隨時發生的娛樂新聞有所掌握。編輯對版性的了解，才能對相關新聞做合宜的處理。

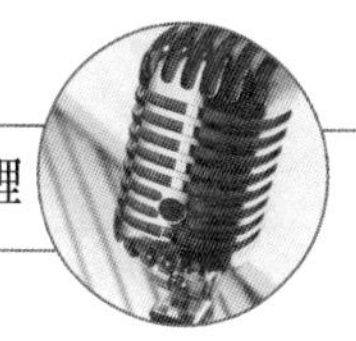

版別	

中國時報編輯部發稿單

年　　月　　日　　　　　　　　　　　　（見報日期）

標準	題長	字數	字數累計	總計字數
				發稿時間
				標準截稿時間
				截稿時間
				貼版時間
				成版時間
				大樣時間
				降版時間

備註：延誤時間原因務須詳作說明：

04771005 100本（1X100）85.1 249X355mm（白報紙）28

總編輯　　　　　　　　　　　　　　　　　　編輯

圖13-4　稿單形式（中國時報編輯部稿單樣式）

面對大量的新聞稿，編輯會有一些標準作業來遴選稿件。通常編輯會依據以下幾個通則選擇新聞：

(一)選擇正確可靠的新聞

對於一面之詞，無平衡報導的新聞，或消息來源不確定、正確性受到質疑的新聞均不宜採用，編輯必須透過查證事實、人事時地物，或熟悉相關新聞事件的發展，並補充資料再行採用。編輯必須以新聞正確性作爲取捨原稿的優先標準，一則高新聞價值的稿件如果正確性有疑義，是不值得採用的。

(二)選擇新聞價值高的新聞

新聞價值愈高，自然是編輯優先選擇的必用稿。新聞價值是當日的新聞彼此互相競爭比較的結果，因此以一天的新聞而言，新聞價值常是一個相對而非絕對的標準。

(三)選擇適合版性的新聞

編輯必須清楚知道閱讀自己所編的版面是怎樣的讀者，如果是台北的地方要聞版，就不可能出現台南北區的停水消息；一個體育版面也不可能出現某作家出版新書的新聞，除非這個作家以前是體育明星。

(四)選擇符合道德規範的新聞

即使新聞價值再高，但內容涉及新聞倫理道德，或毀謗、違反善良風俗、危害國家安全等新聞稿，均不宜採用。

除了上述選擇新聞的通則之外，報社編輯部另有本身的禁忌或規矩，而影響編輯對新聞的取捨，這些禁忌或規矩就必須由編輯透過內部的組織壓力和平日的觀察，才能發現編輯部特有的但不成文的規範了。所以編輯台拿到記者的稿件時，並不是全然都是立即可用的新聞素材，或全盤採用採訪內容，有時新聞的取捨或修整可能是客觀的因素，或者是牽涉到非新聞因素，這些因素可能包括以下幾種情況：

1.客觀的版面因素：新聞版面是一個永遠無法克服的限制，由於牽涉到組織成本的考量，加以新聞版面有時會受到廣告版面的排擠，所以新聞版面是無法無限制的因應新聞量擴張的。因此，編輯只能根據當日的新聞量篩選出最重要的新聞加以刊登。

2.新聞價值的衡量：即使是新聞價值也是牽涉到許多主觀或客觀的標準。客觀的標準有許多學理上的說法，但是編輯是以什麼標準來處置新聞、做淡化或強化處理，這些主觀的標準通常存在於編輯的心中。

3.新聞自律的因素：如偵查期間不公開、綁架案中人質安全的考量、危及國家安全的新聞等，即使新聞性很高，編輯也應有新聞自律，暫時不予刊登。

4.編輯部的新聞政策：新聞媒體通常會有自己的新聞政策或政治立場，例如對政黨的偏好也可能會左右選稿的標準，而媒體也是可能以營利爲目的而拋棄新聞專業道德的。

5.報老闆的箝制：有些新聞即使新聞價值很高但還是不能採用，例如與報老闆交情良好的政治人物的負面新聞，有時可能會淡化處理或直接捨棄的。

6.廣告主的利益考量：廣告的財源是報社的主要收入，因爲廣告主的利益而不得不選用或刪除某些新聞，或者廣告新聞化或新聞廣告化處理等。

7.採訪稿本身的問題：新聞稿本身有錯誤、邏輯性等問題，有待補充或查證等，都可能讓編輯決定暫時擱置。

三、新聞稿的整理

一位稱職的編輯必須詳細的核閱原稿，並對全盤的新聞有概念性了解。除了注意新聞的正確性之外，還必須衡量原稿的重要性，以作為訂定標題的依據，並注意原稿的相似性，以作為歸納併稿處理。當新聞稿經過層層新聞守門人的把關之後，如果能在報端呈現出來，它的面貌通常會和原來記者寫出來的原始採訪稿有所出入，可能字數變少，可能改變了某些形容詞、甚至只是換了幾個標點符號……這些改變是因為在它旅行的過程中，免不了要被刪稿、改稿、修稿、併稿，才能以最佳面貌呈現在讀者面前。以下即針對理稿的相關作業說明：

(一)改稿

記者的稿子送到編輯台後，編輯會根據當日的新聞量、版面、新聞價值等因素而先決定是否採用，如果決定採用，有的新聞稿的內容不盡完善而可能得經過一番修剪，有的稿子也可能一字不修。即使記者所寫的採訪稿可能是一則平衡完整的報導，但卻不一定可以全盤照登，因為編輯可能權衡版面與當日新聞量，而略有修改或刪掉一個段落。

編輯改稿必須非常慎重，通常僅是潤色修飾記者的稿件、改正稿件錯誤，如果不小心讓錯誤見報，署名的記者會非常難堪，所以如何修掉新聞稿使其去蕪存菁，也是一門學問。通常編輯改稿會遵循以下的改稿原則：

1.確保正確：新聞正確是最大的前提，也包括正確的用字、正確的修

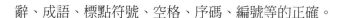

辭、成語、標點符號、空格、序碼、編號等的正確。

2.刪掉冗言贅字：有限的新聞版面相當珍貴，應避免太多冗言贅字占用版面而排擠掉其他新聞。

3.校正不一致的地方：記者的新聞稿內容的人事時地物可能有前後不一致的地方，必須統一說法或再度查證。

4.使稿件適合規格：除了文稿必須符合新聞稿的寫作格式，或者系列報導的特定格式，也包括編輯預定配置的版面大小而必須經過修剪。

5.刪除可能毀謗的資訊：例如人身攻擊的字眼、未經定案而以罪犯稱之。

6.刪除品味不良的文件：稿件內容低俗無品味，則應予以刪除。

編輯必須專注於文稿的修正，對稿件的文字、標題、段落、文意、錯字等須一一改正、刪除或增添，並避免不小心又製造出新的錯誤來。原則上編輯對記者的稿件有刪改權，但編輯應該尊重所有的作品。除非是文句不通、文法錯誤、錯別字或明顯的筆誤、字數長度考量等，都不應該隨便刪改。

(二)校對

除了編輯改稿之外，編輯部也會有校對員的編制，或由記者及編輯自任校對。新聞編輯與新聞校對員對新聞稿都負有校對的責任，但因爲編輯必須針對所有該版面的新聞做綜合的檢視、編排與處理，所以校對員必須擔負逐字檢查新聞稿的責任，因此編輯部多賦予校對員更多的校對責任。

一般的校對通則如下：

1.校對時盡量使用較明顯顏色的紅、藍色筆，少用鉛筆或黑筆。

2.通常一校稿是逐字核對原稿，二校稿只針對錯誤進行改正。

3.改正的字應正楷書寫，筆畫清楚，避免二度錯誤。

4.校對出的錯誤應以引線拉至空白處改正，盡量避免在行間修改而致字跡細小，模糊難辨。

5.全稿校對完畢，校對者應簽名以示負責。

因爲新聞稿必須由編務流程中的許多人經手與加工才能完成，而在加工過程中，免不了要對新聞稿的內容刪減、增加、改寫、換字、修改等，這個過程如果沒有使用共通的符號標示修正之處，很容易產生誤解，尤其早期手工組版時代，新聞稿修正的符號可能必須被打字員、文字編輯、美術編輯、校對員、組版員、印刷製版員所了解，因此報社通常有統一的校對符號表，以避免誤會而致發生錯誤。

一般報社都有統一使用的校對符號表，這些符號表和一般編輯使用的符號大同小異，並不僅限於報社使用，一般文稿修改也是使用這些符號的。**圖13-5**是一般常見的校對符號表。

(三)併稿

編輯除了選擇、改稿、校對新聞稿件外，也必須視新聞稿內容而做併稿處理——把同一新聞事件的稿件或相關配合的稿件合併處理。而對於同類或相似的新聞稿件，也要綜合改寫，盡量不要混合編用原來的稿件，不但浪費版面與讀者的時間，也不易凸顯新聞重點。

總之，編輯必須掌握自己的版面，對自己的版面負責，整個編輯流程中還需要注意以下幾件事：

1.詳細閱讀原稿，親自校對重要新聞，詳細審閱大樣，注意標題用

名稱	記號	範例	校正後
置換		談 座 會　談座會	座 談 會　座談會
刪除		現 現 代　現現代	現 代　現代
插字		輯 編 學　輯 編學	編 輯 學　編輯學
拉開字間行間		編 輯　編現 輯代	編 輯　編 現 輯 代
縮小字間行間		編 輯　編 現 輯 代	編 輯　編現 輯代
換行		輯現 學代 編　現代編 輯學	編現 輯代 學　現代 編輯學
改錯字		編 緝 學 輯　輯 編緝學	編 輯 學　編輯學
保留		編 輯 學　編輯學	編 輯 學　編輯學
齊排		編　新 輯新時 學聞代　編新新 輯聞時 學　代	編新新 輯聞時 學　代　編　新 輯新時 學聞代

圖13-5　校對符號表

字，查對一切數字、地名、人名、時間，盡量減少錯誤。

2.每天閱讀各主要報刊，尤其是與本身相關的新聞或參考資料，不可忽略。

3.一則新聞從發稿到拼版，必須注意版面的美化、使新聞具有吸引力。

4.注意截稿時間，充分運用有限的時間，從發稿、截稿、補稿、拼版，到校閱大樣的時間，都須把握得宜。所以有人說時間是編輯的第二生命。

5.發稿必須控制字數，非必要刊登的稿件不要搶發，而必登的稿件則絕不因字數已經足夠而割愛，對於人情稿、公關稿等應盡量避免採用，以維中立，也避免排擠掉重要的新聞。

6.如非必要，盡量不要改排、不補稿、不改編、不挖新聞、不重新拼版、不在大樣上做過多的修改。

編輯對新聞稿做了改正、校對、併稿等處理之後，就是組版的階段，美編必須依據編輯的版面設計指示整合圖片、文字、標題，將所有的新聞素材拼製成一個新聞版面。

四、校對大樣

當所有的新聞稿件的內容均正確無誤，並加上適當的新聞標題，有些新聞還會加上圖片，這些編輯用到的新聞素材經過美編的拼版之後，會組成一頁完整的新聞版面，這個新聞版面就是大樣。而大樣會用大型影印機影印出來，大小和一頁報紙相仿，看起來就像是影印的報紙版面。爲了確保正確無誤，所以會在付印前印出大樣讓編輯再次檢視一次。

因爲大樣已經是印刷前在編輯部的最後一個階段了，所以大樣的校對特別重要。版面編輯必須詳細檢視大樣，有的報社也會要求校對員負

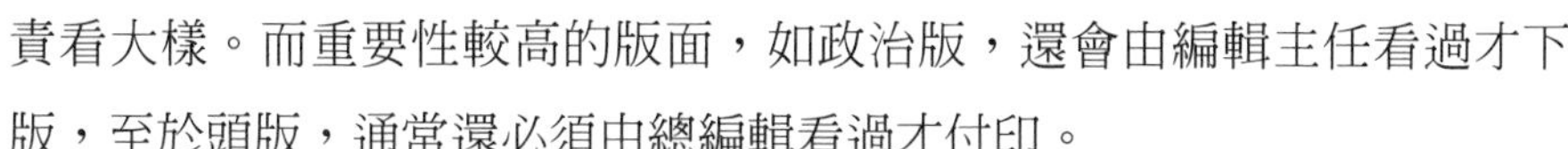

責看大樣。而重要性較高的版面，如政治版，還會由編輯主任看過才下版，至於頭版，通常還必須由總編輯看過才付印。

編輯在校對大樣時，必須注意幾個原則，以避免錯誤：

1.標題：再次檢視標題有無缺字、倒字、歪字、錯字、別字、漏字，並注意標題和內容必須相符。
2.拼版方面：新聞稿的前後段接文有無錯誤、標題是否誤置、有無跳行、錯誤的地方有無補正、同一版面上有無重複的新聞。
3.圖片方面：預留圖片位置是否相符、照片與圖說是否相符、照片是否有誤置。

編輯一定要親閱大樣，並確認完全沒有錯誤之後，必須在大樣簽名以示負責。大樣下版由製版部門接手之後，編輯才算完成一天的工作。

第四節　新聞錯誤的避免

因爲新聞時效和工作流程中的截稿壓力，新聞工作者不可避免的成爲和時間賽跑的人。然而，包括採訪、編輯、校對、組版、印刷，甚至其間的傳送過程等每一個環節都要求快的結果，有時候難免會產生錯誤。這些錯誤輕則錯別字，重則影響報譽，甚至是攸關國家安全。但是報紙有教育讀者及提供正確資訊給讀者的責任，即使只是一個錯字，都不應該出現在報端。

因此，編務流程中的每一個環節都是一層層的守門關卡，必須經過一層層的嚴格篩選，把所有的新聞錯誤過濾掉。一個理論上的說法是：出現在新聞媒體上的新聞都是正確無誤的。不過這種說法似乎只是一種理想，實務上因種種因素並不易達成。或者可以說這種說法充其量僅適用於報紙上的停水停電等公告新聞而已。

一、新聞的正確性

通常一則正確無誤的新聞報導至少應該包括三個方面的正確：

(一)事實的正確

指新聞報導的內容合於事實，新聞內容沒有假造、浮誇、臆測、穿鑿附會等情事，新聞內容應該被忠實的呈現出事實的原貌.。

(二)文章的正確

泛指文字的正確與文法的正確。包括正確的遣詞用字、標點符號、文法，新聞內容易於閱讀與了解。即使是一則文情並茂的新聞報導，如果偏離主題或使用許多晦澀難懂的字眼，也會對新聞報導的內容打了折扣。

(三)新聞價值衡量的正確

指編輯與記者在自由裁量一則新聞時，必須以其專業正確的取捨新聞。根據第一個在新聞組織中研究守門人的學者White在1950年對一家新聞通訊社的研究，每天流到編輯台的稿件中，只有十分之一的電訊稿會被報社選取，也就是說有十分之九的稿子經過新聞價值的衡量之後被丟棄，一則無新聞價值的稿件被刊登出來，不但浪費珍貴的版面，也是新聞媒體不負責任的表現。

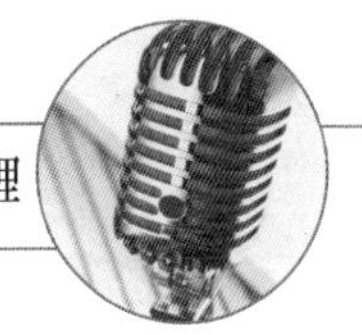

二、常見的新聞錯誤類型

一則發生的消息經過新聞生產線上的製造過程而成爲新聞，但是在這一條新聞生產線上加工的新聞，卻可能產生許多可以預期或者是意料之外的事故，這些事故如果經過層層過濾卻沒有被篩選出來，就會成爲見諸媒體的錯誤。

從新聞的製程來看，新聞錯誤約略有下列幾種類型：

(一)原稿常見的新聞錯誤

1.舉凡字句錯誤、遺漏、顛倒、內文前後段意不合、接段錯誤、關鍵性的標點符號均視同錯誤。

2.重要人名、常識性、關鍵性地名、公司行號、數字、時間。

3.政黨名稱及重要人物職銜錯誤或張冠李戴。

(二)採訪記者端產生的錯誤

不同的新聞有不同的錯誤，例如突發新聞較容易出錯，官方新聞比較不易出錯，事涉敏感的新聞容易有誤。

1.明顯的事實採訪錯誤：如年齡、姓名、時間等的錯誤。

2.消息來源的錯誤：記者慣於接受消息來源的意見，有聞必錄；記者與受訪者認爲的主題不同、強調重點不一，或消息來源的隱瞞或誤導等，均可能造成新聞有誤。

3.記者的專業義理：新聞記者扮演鼓吹者的角色、意識型態或預存立場、涉及人情消息，或者過度的解釋、忽略、強調新聞重點、誇大事實而造成謬誤。

4.記者的專業性不足：錯誤資訊的引用、背景知識的不足、專業訓練不夠，或者記者懶得查證、資訊不完全而捕風捉影等而導致的錯誤。

(三)編輯台的錯誤

新聞編輯除了必須篩選採訪記者端可能產生的錯誤，在編輯端的作業流程也是有可能產生錯誤，包括編輯、校對、美編、組版等過程均可能發生錯誤。

1.刪改稿件錯誤：例如打字錯誤、編輯誤解原意改稿或校對校稿有誤。
2.標題製作錯誤：標題雖僅短短幾個字，但可能因編輯誤解新聞意思或抓不到新聞重點，而下了錯誤的標題，或標題錯別字等。
3.重複新聞內容：重複新聞可能發生在同一版面不同位置，此可能是美編組版抓檔有誤，而文編校大樣時沒注意到。另一種重複新聞可能是出現在不同版面，此種情況最常發生在較重要的地方新聞提版至全國版時，地方版編輯沒注意而重複採用。
4.重複文字段落：同一則新聞內容出現一模一樣的段落。這種情況可能是組版時出現的錯誤。
5.語意不清或未完：此種情況可能是新聞內容過長，編輯刪稿不當而致語意不清或未完。或者編輯刪稿時逕行抽掉中間段落，致語意銜接不清。
6.圖片錯置：編輯部的新聞圖片量亦不少，有時組版時可能抓錯圖片，或同一版面兩張圖片相反。早期手工拼版時也會發生圖片正反面相反的情形。

7.文題不符：文字內容和標題不相符。

8.圖文不符：圖片和圖片說明不相符。

許多錯誤的責任歸屬並不容易釐清，而且新聞錯誤有時是主觀性多於客觀性的。但是有許多的錯誤卻是因爲許多環節的大意而共同造成的，所以編輯對新聞版面必須小心謹慎，處處求證，時時吸收與培養知識與常識，唯有豐富的知識和常識才能發現疑點、判斷內容的正確與否而減少錯誤。同時，應對版面有負責的態度、專業的精神，而且經驗是最好的良師之一，不斷的學習與從做中學，也是增進自己編輯能力的方法。

習題

閱讀完本章後，試回答下列的問題：

1.訪問校內出版刊物的單位或社團，了解其稿件來源與處理流程，試著繪出稿件流程圖，並與商業性報紙比較之。

2.假設你計畫出版一份以校園新聞為主的刊物，請列出這份刊物可能的稿件來源，你預期這些來源能使你的刊物呈現怎樣的內容。

4.從編務流程來看，你覺得哪一個過程最容易產生錯誤？如果發生錯誤，誰應該承擔最大的責任？

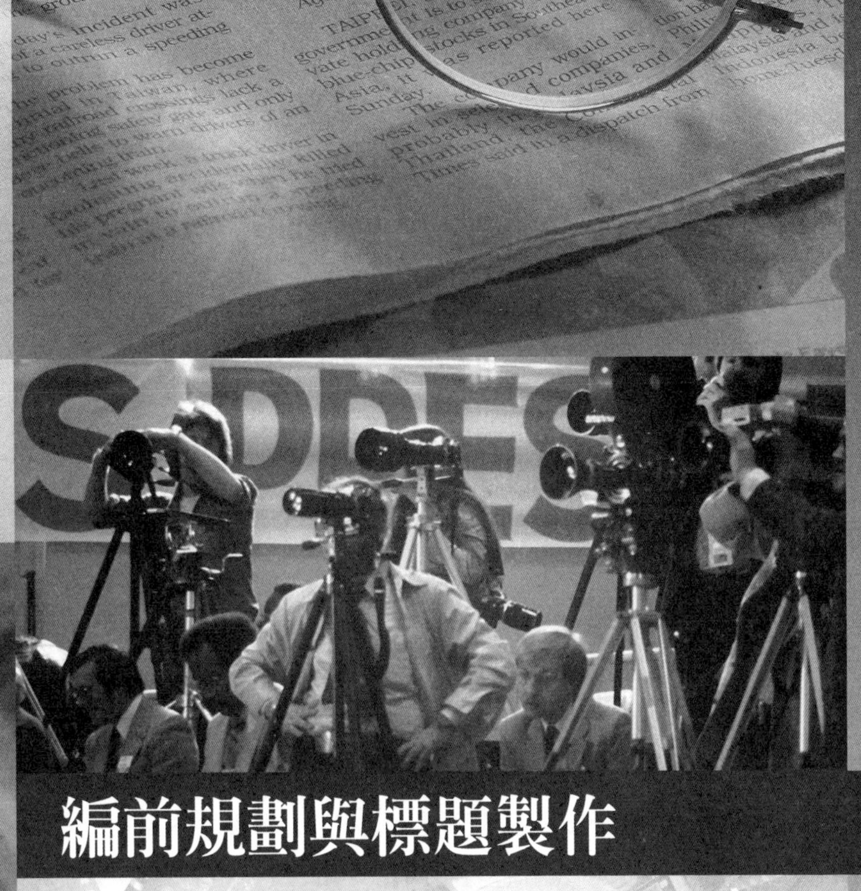

14 編前規劃與標題製作

第一節　編前實務規劃與流程

很多人認爲編輯的工作不但有趣而且工作時間也短，這對許多人在投入編輯工作行列時，是一個很大的誘因，我們在前面的章節也曾提到編輯在不上班的時間，應如何做好心理與實質的準備工作，在本章我們會針對編輯到班之後的所有專業動作，逐一說明。

當編輯人員正式到班之後，開始進行他當日的編輯工作之前，第一件事，就是要了解今天所發生的各項重大事件。他們可以從電視、廣播、日晚報、網路來得知，在正式編報前一段時間發生了什麼事，這與早上的比報的意義是不同的，比報最重要的意義是在檢討與改進，而在到班後，則是作戰前的熱身準備。譬如說看晚報或看新聞網站，編輯可以看看白天發生了什麼事，這些事件雖然透過電視或新聞網站，已經知道了一個大概，但是到發稿前爲止，有沒有什麼更新的變化發生，這是非常重要的；所以，了解今天在自己相關負責版面上發生了什麼事，這些事的重要性如何，我打算要如何處理，都可以在心中先有一個準備，作爲一個編輯人員這是很重要的。

其次，你要了解自己主編版面的新聞特性。換句話說，如果你是編體育版的，你一定要多了解，今天國內外舉行過或正在進行的各項賽事，棒球有什麼？籃球有什麼？保齡球有什麼？或是國外的職籃戰況如何？如果你是編政治新聞，那你應該了解今天立法院有什麼事情？國會有什麼事情？總統府、行政院有什麼事情？所以你更應該了解新聞所屬版面的則數。從這兩件事情的資料蒐集上面，你可以先知道，大概要怎麼去整理今天的稿件：何者優先？何者在後？哪一項是今天最有趣的新聞？哪一項是最具有爭議性的？從這麼多資料的選擇、整理裡面，你可以羅致出今天的頭題、二題、邊欄等等。

所以，作為一個編輯，編前的準備工作是非常重要的。如果沒有做好編前準備的工作，那就像瞎子摸象，完全不知道今天發生過什麼事情，所以，一個文字編輯在上班之前，對於之前所有發生的新聞都必須有一個透徹的了解，甚至，如果是日報的編輯，一定要注意看各家晚報對這則新聞的處理跟看法。有愈充分的準備，才會有愈好的新聞掌控與版面呈現。

如果單純就編輯本身從接到稿件開始，以下幾件事是編輯在編輯台作業時必經過程：

一、整理稿件

整理稿件是編輯上班碰到的工作，編輯千萬不要以為整理稿子能有多麼困難，在這裡所有的編輯應該注意每一件事情，這些新聞稿件絕不會依照順序一條一條來的，換言之，你的心裡要有準備，新聞工作的變數是常態，有句話說，計畫趕不上變化，新聞事件本來就是瞬息萬變的，我們怎麼知道某一棟大樓會突然發生火災？我們怎麼知道桃園機場會發生意外？因此，在整理稿件的同時，如何做到氣定神閒、大將從容，是新聞編輯所要念茲在茲的。

在收到稿件時有幾個重要的步驟，包含了：在看到稿件的同時，心中就要先充分地把握哪些稿件是一定要上版面的，哪些稿子可能只是暫時備用，而有些稿件在新聞重要性的排比上，早已失去了新聞性，這種稿子就要慘遭淘汰的命運。所有交到編輯手上的稿子，都必須詳細看過，在看稿的同時，一位編輯要注意的事項包括了：刪稿、潤稿、併稿、丟稿等，編輯平時就要訓練自己看稿的速度與對文字的掌握度，如此，才能把握看稿的時間，這也是專業能力中相當重要的一環。

(一)刪稿

編輯在看稿的時候，最基本的動作就是邊看稿邊改稿，有些稿子在文句上如果字數太多，例如在一個段落，文字太過冗長，造成讀者在閱讀的時候，會有吃力的感覺。以目前來說，普遍的要求是文稿要能輕薄短小，在過去一篇稿子常常動輒上千字，甚至一些評論稿多達兩千字也不足爲奇，而一個版面所能容納的稿量有限，對不影響全文意義的段落，編輯就會將之刪除，因此，在刪稿時有時是在文句中刪，有些是在段落中刪，而有些則是在全篇中找出多餘或無關宏旨的部分加以刪掉；另外一種情況，則是在組版過程中發生的，那就是爲了版面的需要而刪稿，這些刪稿的動作都必須非常謹慎的由編輯來處理，以示負責。

(二)改稿

記者在寫稿時通常都背負著很大的時間壓力，一位記者每日的平均稿量，約爲二、三千字，而由於新聞事件發生的時間不定，但報社的截稿時間卻是軍令如山，因此，記者常在一種壓迫感非常強烈的情況下趕稿。說是趕稿，一點也不爲過，有時必須在一、兩個小時內完成幾千字的新聞稿，在這樣匆忙的情形下，許多的小錯誤勢必難以避免。譬如現在許多記者都是用注音輸入法打稿，而注音輸入的一個最常犯的毛病就是會選錯同音的字，像是「傳眞」會變成「傳珍」，「大象」會變成「大巷」，如果編輯不察而讓稿子刊登，第二天的報紙會鬧出大笑話，因此，編輯在看稿時，記者在稿子中的錯別字、引用不當的字句，或是有些辭句不通順，語法結構有問題，主詞不清或是語意含混的句子都要加以修正。現在許多記者和編輯對於標點符號的正確使用方法，也不是很清楚，作爲一個公共傳媒的工作者，應該要自我惕厲，縱使不能做模範，也不應該做出錯誤的示範。

(三)併稿

這是新聞處理上相當重要的一環，就是相關的稿件必須做歸併，免得東一條、西一條，我們也可以稱之爲整稿，這是屬於編輯這兩字中「輯」的部分——將相同性質的稿件歸併處理，換言之，也就是幫讀者把新聞先整理妥當，這樣讀者在看報時才不會像是一頭掉進海裡，不知岸在哪裡。我們就拿核四爭議來說，編輯在處理核四的新聞時，新聞的來源必然是多方面的，譬如說，也許有經濟部對於爲何要復建核四的態度、環保署對於環境評估的反應、施工單位台電的說法、在核四預定興建地區附近民眾的態度等等。如果，在編輯的過程中，有要加以合併的話，我們可以做歸併的處理，這樣可以讓讀者有條理地閱讀這則新聞，得到一個整體的認知，而不會東一條、西一條地將這條新聞看得霧煞煞。

(四)丟稿

每一個版面所能容納的字數是有限的，如果想要把所有的稿子都放上去，那是不可能的，所以一定要有所取捨。在取捨的過程中，我們必須就新聞性等要素來裁決，要能「捨」，把最好的留下來，也就是去蕪存菁。由於編輯在執行前述看稿過程中，都已經根據新聞實務操作原則來處理，因此，除非是已經失去時效的稿件，編輯都會將所有記者所撰寫的稿子妥善處理。

二、規劃版面

當一位編輯已經把準備要見報的稿件改好、併好，不要的也都丟掉了，接下來，就要規劃版面。編輯在處理新聞的同時，在腦中就要有版面的規劃，這種規劃的概念，就如同下棋一樣，棋手必須要知道手上的棋子要放在棋盤的哪一個地方，編輯也是一樣，必須很清楚的知道，要在版面的什麼位置來處理這條新聞，是上面？下面？而對這一則新聞重視的態度，也關係著編輯處理的方式，標題是做大？還是做小？選用字體力度的輕重？這些都是在規劃版面時，就必須考量在內的（版面結構與規劃詳見第十五章）。也因爲我們已經選出來既定的稿子，所以我們就要進行下一步：標題製作。

三、標題製作

標題的製作，是編輯訓練中最初的基礎工作，所有的報紙編輯在報到上班後的第一件事，就是學習如何製作標題，在後面的章節中，我們會加以詳細敘述，此處只先就觀念上做一說明。練習下標題對任何一位新編輯而言，就如同拿筷子吃飯一般的重要，通常，報社的主管在判定一位編輯適不適任時，首先就是看他對於新聞的掌握度，而最好的印證方式，就是看他的標題下得好不好，而所謂好不好，就是從幾個方面去判定，第一就是能一針見血的標出新聞的重點，是不是繞了半天，不知道編輯到底要交代些什麼，看得讀者一頭霧水；第二就是編輯對文字運用與掌握能力的高低。中國文字的精神與精髓，就是在於中文有形體之美、有聲韻之美，在六書中所指的象形、會意、指事、形聲、假借、轉注，都可以活靈活現的運用在標題之中，運用之妙存乎一心，編輯之間

比高下，得分與否就在這裡，一位編輯不但標題要下得準，而且要下得妙，更要加上時間的把握，才能稱得上是一位適任的編輯（版型與版面的編排詳見第十六章）。

四、版面設計

談完標題製作後，就是版面設計與版面的規劃，而在有了版面規劃之後，如何去加以落實，就看編輯在組版時如何安排。在版面的呈現上，包含了四個重要的因素：標題、內文、圖像、表格。如何將這四者巧妙的結合與安排，讓版面看起來有重點，有層次，且易於閱讀，除了要看編輯的美學素養，更有賴於編輯的巧手慧心。當然，在整個版面構成元素裡面，還有刊頭、線框等等之類。這是整個版面結構的要素。製作完標題、在版面上進行組合之後，就會有所謂的「大樣」——就是整個版面最初步的樣子，就如同草圖一般，只是大樣更接近完成品，用處在於讓編輯在已經組好的完整版面上，檢查有無錯誤。譬如說，有沒有錯別字、有沒有題文不符——標題跟內文說的並不是同一件事情，還有標題與圖片擺的位置是否妥當等等。在經過核稿人員核閱、編輯再加以修正之後，最後還有美工的處理，等到將版面上的瑕疵都修訂完畢，就可以降版了。這是在編輯台上編務流程的大致狀況（圖片編輯與美術編輯詳見第十七章）。

第二節　報紙的版面結構

當我們攤開一份報紙的時候，在報紙的版面上有一些不可或缺的元素，在這一節中將分別加以介紹。

一、報頭

在報紙的第一版，我們都會看到所謂的報頭，在直式編排的報紙中，通常都會放在右上角的位置，如《中國時報》、《聯合報》等都是如此安排，但在橫式編排的報紙版面中，報頭則有可能放在報紙的正上方或是左上方，如《自由時報》、《聯合晚報》等，另也有直式編排，橫放在版面上方的報頭，如《台灣日報》。報頭是一份報紙的正式名稱，就如同一個人的名字，當我們在社會上工作時，彼此見面認識的第一個動作就是交換名片，看一份報紙也是一樣，讓讀者在看到的第一眼就能夠知道他看的是什麼報紙，也是報紙希望做到的形象目的。

在報頭中通常會放進去一些報紙的基本資料，如報紙的中英文名稱、每一份的售價、當日的出版張數、發行人或創辦人的名字、發行的總編號，爲了因應現在在超商零售點的方便，也有的報紙會在報頭內加上條碼，這些都是報頭內的基本內容。當然也會隨著各報的不同需要，做一些調整。報頭的目的就如身分證，開宗明義的把自己的基本資料介紹給讀者，同時也便於主管官署的查核（見**圖14-1**）。

圖14-1　報頭

二、報眉

報紙的頭版會放上報頭，以便讓讀者很快的認識所看的是哪一份報紙，而在每一個版上，則會有報眉的設計，報眉的用意是在讓讀者知道這個版面的內容是什麼。在各報版面的報眉上，會放置的基本材料包括發行當天的日期與星期，大部分的報紙也會加上農曆日期以服務讀者；當然，報紙的名稱也會再一次的提醒讀者，另外的一些重要資訊還有版序與版名，版序指的是這個版在全份報紙中，是在第幾頁的位置，一般來說都會用阿拉伯數字來表示，而版名則是指該版的名稱，是爲了讓讀者能夠很快的找到想看的版面。版名使讀者可以快速地搜尋與了解該版的內容，貼切標明內容特色的版名，使讀者一眼就能明白版面資訊是不是他要的，例如社會焦點、休閒消息、家長親子等等。近幾年興起的網際網路，各家媒體都有自己的網站，也都會把媒體的相關資訊內容放在網站上，因此網址也成了報眉中必然的成員（見圖14-2）。

三、新聞提要

為了使讀者在一整份報紙中很快的找到自己想看的內容，也為了快速的提供當天的重點消息，各報均會在頭版設計新聞提要，其內容就是內頁版的重點，如政治版有什麼重要新聞，社會新聞又有什麼獨家報導等等，以吸引讀者的注意進而翻閱。由於資訊爆炸的結果，每一份報紙平均每一天都會出版十一大張以上 ，我們若以十大張來算，一大張有四塊版，則十大張就有四十塊版，扣除廣告的版面，提供新聞內容的版面至少有三十塊。如何使讀者節省時間，快速地找到想看的資訊，新聞提要的功能愈來愈被重視，有些報紙為了強化資訊的服務，有時也會將一些其他資訊整合進新聞提要的區域，以便提醒讀者注意與關心，如當天

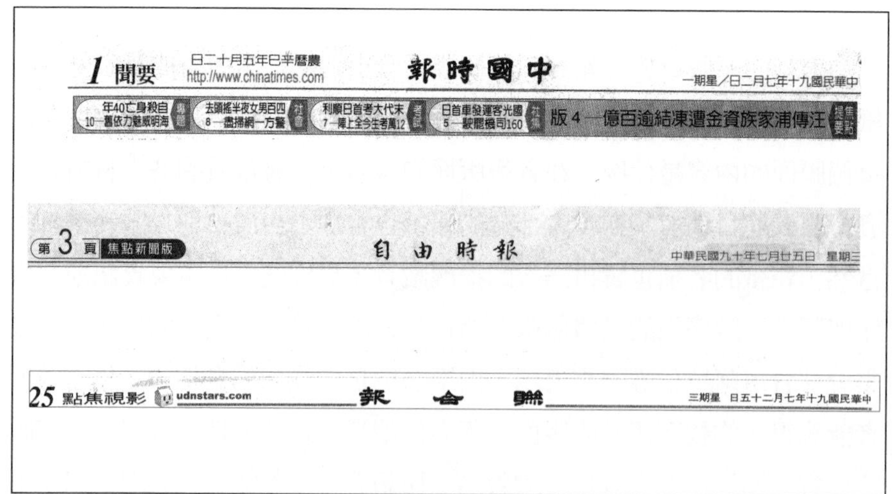
1 聞要 日二十月五年巳辛曆農 http://www.chinatimes.com 報時國中 一期星／日二月七年十九國民華中
年40亡身殺自 10—舊依力魅威明海
去頭搖半夜女男百四 8—盡掃網一方警
利順日首考大代末 7—障上全今生考萬12
日首車發運客光國 5—駛罷機司160
版4—億百逾結凍遭金資族家浦傳汪

第3頁 焦點新聞版 自由時報 中華民國九十年七月廿五日 星期三

25 點焦視影 udnstars.com 報合聯 三期星 日五十二月七年十九國民華中

圖14-2 報眉

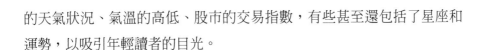

的天氣狀況、氣溫的高低、股市的交易指數，有些甚至還包括了星座和運勢，以吸引年輕讀者的目光。

四、天地線

每一個版面的上下兩端，都會各有一條線來標示版面的上下緣，在上方的線，我們稱爲天線，在下方的線，我們稱之爲地線，兩者合稱爲天地線。在編輯的設計上，有些報紙是用一條單線，有些則是使用一粗一細的文武線，不論美術編輯使用何種線條，天地線主要的用意是在版面視覺上做一些規範，其目的一則是爲了使所有版面中的文字與圖片，在讀者閱讀的時候有聚焦的作用，讓文字看起來不致有輕飄飄的感覺，好像要飛到版面外去的樣子；一則是爲了讓版面看起來較美觀、整齊，所有的文字與圖片在版面中，都有所依存與遵循，當然也有爲了在印刷上安全、準確無誤的考量在內。讀者可以試驗看看，如果一個版面沒有了天地線，會是怎樣的一個感覺。

五、走文與塊狀組版

中文報紙的文字編排，大致上分爲直排與橫排兩種。通常傳統的報紙都是採用直排的走文方式，文字由上至下由右至左排列，而爲了因應年輕族群的網路閱讀習慣與日漸增多的外來用語，文字由左至右的橫式編排，也大量的爲現代報紙所採用。在傳統的中文報紙編排上，多欄走文是最常被編輯使用的方式，但是，隨著電腦組版的普及之後，塊狀組版就漸漸取代了走文，成爲版面編輯的主流。走文的優點是比較不需要太精準的版面規劃，編輯在心中有一個版面的大致輪廓，就可以開始組

版，但是在組版的過程中，會花較多的時間在刪文上，而因應電腦作業產生的塊狀組版，是將文章組成區塊的方式，較精準的放置到預先安排的位置上去，這樣的組版方式，在設計時需要較花工夫，但是在組版的過程中則比較輕鬆，同時也讓編輯可以隨時換版，且增加讀者閱讀上的便利，最重要的效果就是塊狀組版比較省時間，這對分秒必爭的媒體來說，省下了時間就是贏得了效率。

六、欄高與字級

不論是中文直排或橫排，都有所謂的欄高或欄寬，這是爲了讓讀者閱讀而設計的，我們從編輯的實務經驗中，以視覺效果來評量，一般來說，在十八個字到二十五個字之內，都是屬於很適合閱讀的，對於人體的視覺導向、人體工學來看，都不會讓讀者閱讀產生負擔。如果一欄文字太多，造成讀者的頭部必須爲了閱讀而大幅擺動時，必然使讀者因閱讀不便而失去耐心。另外，關於新聞內文字級的大小，可以從十二級到十八級不等，字級的使用，全看版面大小的規劃，也就是說，是全開？對開？菊開？還是八開？編輯應選擇在這個版面幅度裡面，搭配最適當的字體大小爲原則，太小讓人看不清楚，太大也讓人覺得突兀，現在有些媒體爲了關懷年長者的視力問題，也會體貼地將爲老年人規劃版面的文字級數放得大一些，以方便他們閱讀。

其次就是行間距離與欄間距離的設計。行間就是行與行、欄間就是欄與欄之間的距離，通常我們行間的距離是半個字塊，也就是說，如果你用十二級的字，行間的距離就是十二級字塊一半的寬度。欄與欄之間的寬度，約爲一個字塊，換句話說，如果你是二十級的字，在欄之間，也隔一個二十級的字的寬度。而欄數自然就是視你版面的大小以及字高來規劃。如果是一個全版，可以視容納多少字，再以全高除以字數來分配欄數。

七、字體與紙張

在版面中的新聞內文字體方面，通常都以細宋或是細黑間隔搭配較爲常見。爲了顯示報紙的特色，對於標題所使用的字體，也會選定一定的字體或字族來呈現，以使版面看來比較有一致性。在標題字級數方面，一樣是依照版面的大小來加以適度的調整，例如半個版的話，在頭題字級的使用，通常不會超過一百級，而大版則可以視情況，加以適度放大以凸顯主題。

再來是紙張的選擇以及彩色的印刷，這幾點都是我們做一個平面媒體編輯，在進行編輯工作之前都應該有的了解。愈能夠掌握版面大小的特性、印刷材料的特性、彩色黑白的特性，愈能規劃出所需要的字高、欄間，以及相關的技術條件，而每一項技術都會影響讀者閱讀的方便與舒適，而這方便與舒適，是讓讀者有興趣與願意閱讀最重要的觀念，如果我們的版面規劃讓讀者閱讀起來很舒適、很方便，自然會讓他對這一份刊物產生喜好，從而產生信賴。如果在整個設計上讓讀者非常麻煩，甚至造成不便與困擾，自然就會大大減少他對閱讀這份刊物的興趣，換句話說，就吸引不到這位讀者。所以，這些技術條件，也是每一位平面媒體編輯，在接觸這個平面媒體或是進行編輯實務之前，必須先行考慮到的。

第三節　標題在版面中的功能

讀者閱覽一份報紙，最先映入眼簾的除了照片之外，應該就是標題了。而文字編輯最大的創意發揮，也是在標題上，如果說版面是舞台的話，那麼標題就好比是在戲台上的演員，演員的一顰一笑都牽動了觀衆的心，編輯的標題亦復如此。古書中常提到「拍案叫絕」，一則標題除了要能夠一針見血地將新聞重點清楚說明，更要能夠以優美的文字讓讀者易於閱讀、想去閱讀、樂於閱讀，這是作爲一個文字編輯必須時刻要求自己的。

在翻譯外文的時候，常會有個標準去鑑別好壞，那個標準就是信、雅、達，這個標準對於新聞編輯也同樣適用，因爲一則標題的內容必須是眞實可信，絕對不能虛僞造假；一則標題的用詞必須是端莊文雅，絕對不能低俗下流；一則標題的邏輯必須是通情達理，絕對不能高山滾鼓——不通不通，由此可知標題在版面中扮演著相當重要的關鍵性角色。

在1988年報禁解嚴之後，報紙印行的張數取消了限制，報社可以依據實際的發行或廣告的需要加印，同時由於目前資訊氾濫，每份報紙少則九、十大張，多則十幾大張，厚厚的一大疊，較以往三大張時代足足多了三、四倍，大量的資訊使得讀者根本沒有辦法詳加閱讀，因此，根據調查指出，讀者在翻閱報紙的時候，首先攫取讀者目光、使他產生印象的就是標題，而讀者瀏覽每個版面的時間不超過二十秒，因此，如何製作醒目而突出的標題，吸引讀者的注意力，進而使其產生閱讀的興趣，標題的戰略性地位實在不能輕忽。

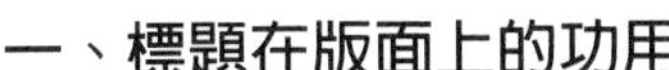

一、標題在版面上的功用

依標題在版面上所發揮的功能，我們可分爲以下四點：

(一)提供新聞導讀

在每一塊版面上所使用的新聞量，半版少則二、三千字，大版大約要五千字至六千字，在這樣茫茫的字海中，如何讓讀者能很快的在目光的掃描下，準確的找到他所想要看的新聞，新聞標題在此時就充分發揮功能了。

一則好的標題，不但能將新聞的原汁原味忠實的具體呈現給讀者，讓讀者在看到標題時，就能立刻知道新聞內容是什麼，還可以透過編輯深厚的文字修築與文學基礎，讓整個標題有閱讀的快樂，使讀者很容易的進入看新聞的情境。標題實則爲一則新聞精華的濃縮，編輯在將一篇新聞稿徹底消化之後，將新聞的精華以精簡的文字、優美的聲韻創造出易於閱讀的標題，可以使讀者在很短的時間內，了解新聞的大致內容，從而誘發進一步閱讀的興趣，這樣的過程看起來好像輕鬆，實際上如果沒有經過嚴格的訓練、實務的演練和長期的線上經驗，在緊迫的時間壓力下，如何能有水準的演出，並不是一件容易的事情。

(二)引發讀者興趣

如果你標題製作得夠精緻、夠生動、夠傳神，那自然能引發讀者的興趣，這也是標題第二個功能。我們常常看到一則標題，感到十分有意思，這個所謂的有意思，可能是跟你的生活經驗有關係，也可能是標題的文句有意思，當然也可能是花俏的標題形式讓你覺得有意思。不過，不論是何者吸引了你，只要在讀者看到新聞標題之後，引發了他去看這

則新聞的興趣，那麼編輯的目的就達到了，這和廣告中大標題的功能是一樣的，在廣告中的大標題，我們稱之爲eye-catch，顧名思義就是要抓住你的目光，透過短短一、二十個字的標題，讀者能夠了解全文到底在說些什麼，並且引發興趣想仔細看看文章內還有說些什麼其他東西。這就是引發讀者的興趣。當然，我們也常常會看到許多標題很精彩、但新聞內容卻乏善可陳的狀況，這個時候，你就會更加了解編輯的用心與功能展現了。

(三)凸顯報紙風格

在展現報紙風格上面，不管是綜合性的報紙，如《中國時報》、《聯合報》、《自由時報》等或是專業性的報紙，如財經類的《工商時報》、《經濟日報》，娛樂類的《蘋果日報》等，都會在版面的設計跟標題的製作上，形成一種慣有的風格。舉例來說，綜合性的報紙因多以言論爲其導向，其讀者層多爲高級知識分子，因此在版面的設計、標題的製作上，多以規規矩矩的形式呈現，通常不採用花俏的方式；而以軟性新聞見長的《蘋果日報》，因爲訴求的對象多爲年輕人，所以在版面的設計上、題型的設計上，甚至在色彩的運用上則會較爲大膽，以投年輕族群所好。讀者在經過一段長時間的閱讀之後，在心理上會漸漸習慣某一種風格的呈現，而這種風格也會逐漸形成這個報紙的特色，我們可以做個小試驗，當你遠遠的看一份報紙，由其標題的形式、版面的結構，就能知道是哪一家報紙的時候，這份報紙的風格就可以說已經成形。所以一個標題的呈現，除了傳達新聞內容的資訊之外，也具有展現報紙一貫風格的功效。

(四)美化版面組合

一個成功的版面，豐富的新聞內容固然是必要的條件，但在讓讀者閱讀時，醒目的設計、美觀的標題、活潑的圖像，也是版面上重要的成功因素。有關圖像部分，我們會在後面專章討論，這裡所要強調的是，當大大小小的標題，橫直錯落地散布在版面上時，基本上這已經是一種結合新聞實務與美學原理的創作了。老實說，版面上的設計，已然可以稱得上是一種藝術了，只是它不像是其他純藝術的作品，藝術家們可以窮一生之力去完成一件嘔心瀝血的傑作，可是在新聞編輯來說，他只能在有限的時間中創作，沒有辨法去等待靈感，連來稿的時間都無法掌控的情況下，新聞編輯必須盡其所能地把標題做到最生動傳神，把版面做到最精緻美觀。而新聞標題藉由字體的搭配、大小的變化、排列的次序、橫直的錯落，使標題在版面上不只是一則標題，更兼具了圖像與美術的作用，讓版面看起來更有層次，條理更加分明。

二、標題的形式

新聞標題依其標題形式來討論，大致可分爲以下八類：

(一)主題

主題是新聞的骨幹，是所有內容的最精華所在，編輯必須在完全消化了新聞之後，才有可能一針見血地直指新聞的重點，它也是一則標題成功與否的最關鍵所在，如果在主題部分不知所云，那麼再好的題型也無濟於事。

(二)副題

副題通常是用來補充主題所無法充分說明的部分，一則新聞的重點很多，有時候實在沒有辦法以短短十幾個字來說明清楚，所以副題的功能就在此了。尤其是在有些時候，主題以較抽象的形式呈現，副題更有破題立功、強化新聞效果的作用。副題可以在主標題之前，我們稱爲前副標，或是在主標題之後，我們稱爲後副標。

(三)眉題

眉題的功用常常是具有導引的效果，也就是說，在讀者尚未碰觸到新聞核心前，先讓讀者對於新聞的內容，有一個初步的了解，以便在看到新聞標題時，能夠很快的進入新聞的情境，編輯常常會在整合新聞時，運用此一手法，如「現場目擊之一」、「現場目擊之二」等等。一般而言，之所以稱爲眉題，是以其均爲橫題的方式出現，如人的眉毛一樣，故稱爲眉題（見**圖14-3**）。

(四)引題

引題的功能和眉題非常類似，通常引題都是放在主題之前，它的功能是先將新聞內容的緣起做一個簡單的陳述，使讀者很快地了解新聞的背景，而能迅速地明白新聞所要表達的內容，它與前副題較不同的地方是，引題通常可以用稍多一點的字來闡釋。

(五)疊題

編輯爲了節省標題的用字，在某些字句實在無法省略的情況下，在不違反文詞結構的條件下，可以將一組詞拆成二行，我們稱這種形式的

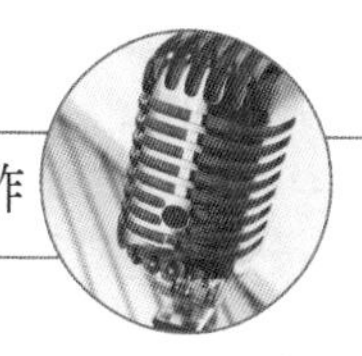

教師證書一紙難求

實習減為一學期 須檢定及格

立院初審通過師培法修正案 教部將採多項配套措施

上限20% → 50%

上市上櫃公司海外募資登陸鬆綁

恐首季經濟成長率衝擊股匯市 財部央行嚴陣以待

亞洲

北韓難民逃往大陸邊界 兩面躲藏

既避中共邊警 也要避北韓特務

屢試屢敗仍不放棄

全國少棒賽

北高爭冠

南市翻船

北縣敗戰

搶第三名

圖14-3　眉題

題爲疊題，疊題的重點在於不可以斷句，使得讀者念完第一行時摸不著頭緒。

(六)自由題

有些新聞事件由於內容太多，但是又很難省略，編輯遇到這樣的狀況，就會採取自由題的方式來做題，例如經濟部通過一個法案，其中有些條文是新聞的重點，編輯無法用很簡約的字句去處理，就可將最精華的部分提出來，要注意的是，千萬不要變成摘要，用字也不宜太多，以免浪費版面，讀者看完之後也沒興趣看新聞了。

(七)橫直題

橫直題的形式與眉題加主題的方式有些類似，有時候新聞的內容中，所要傳達的資訊很多，利用橫直題的方式可以使標題鋪陳較有彈性，版面上的結構也較有變化，但是，橫直題在版面上不宜太多，通常一個版面中出現一則就夠了，太多反而會讓版面看起來有零亂的感覺。

(八)插題

在一些大塊的專文或邊欄中，由於往往只有一個大題目，讓讀者看起來有很沉重的感覺，編輯就會在適當的地方加進一些單行的小標題，一來作爲前後文的銜接之用，二來也可以讓版面看起來不會太單調。

三、標題製作的原則性準則

在標題製作要領裡面，我們要注意的是簡明扼要和持平客觀這兩大原則。

(一)簡明扼要

簡明扼要就是說，標題用字要簡潔有力、盡量避免累贅冗長，或是詰屈聱牙的句子。說穿了，就是在文字的使用上要盡量節省，能用一行表達清楚的就不要用到兩行，能用一句話說明白的，就不要浪費篇幅。在報禁尚未解除的時代，老一代的編輯都很喜歡用四行的標題，這中間還有駢體、有對仗，當然，在那個時代這種表現方式是很流行的，但是隨著時代的進步，讀者的喜好也有所改變，我們用一個簡單的法則來說，就是新、速、實、簡這四個字。

所謂的「新」，就是標題的內容要新，如何在一則新聞當中擷取最新的資訊放在標題裡面，這是需要有新聞感的，因爲一則新聞不斷的在變化，要怎麼樣掌握到最新的消息給讀者，必須要再三過濾與選材。「速」，就是編輯做標題的時候，時間一定要能夠充分的把握，在整理稿件的時間往往非常緊湊，但一定要在截稿時間內準時完工交版，因此，如何善用時間，就是編輯們要時時刻刻自我勉勵的了。「實」的眞義就是眞實可信，做新聞人最要謹記的就是眞實，因爲新聞人的工作就是追求眞實，所以，如果標題有偏差、膨風的話，不僅喪失了新聞的眞實，更使媒體的信用遭受到質疑而造成信譽破產，那就得不償失了。而「簡」，也就是前面提到的用字要潔簡、精準。能夠把握「新、速、實、簡」原則，在編輯工作上就已經有了好的開始。

(二)持平客觀

談到「持平客觀」，這是身爲一個媒體的立場問題。編輯在處理新聞時，必須公正、平實、務實，不加上任何主觀的評論，這個原則，作爲一個編輯，我們必須要時時刻刻記住。在每天處理新聞、製作標題的時候，在標題內容的切入點上面，我們必須要保持「持平客觀」的論點與立場。舉例來說，對於一宗財務糾紛案，我們可能有了控訴的一方，當然，社會的輿論也比較同情弱者，一般的看法也多認爲強勢者通常就是加害人，但是在案情尚未明瞭的情況下，我們在處理新聞時就必須要特別的謹慎小心，否則就很容易造成了媒體審判。

因此在標題中只能夠將已知的案情做一說明，至於兩造除非有公開的說法，不然都不宜遽以論斷，失卻了媒體應有的分寸。當然在標題上也有些情況是例外的，特稿就是一例，在報紙上，我們常看到記者會寫特稿，在這一部分由於已經標示了作者的姓名，所以對於某些事件的論點，我們可以有較獨特的立場，對於整件事情，由記者的專業判斷加上主觀認定而加以評論、分析。另外對於涉及大衆權益方面的新聞，我們也可以有主觀的質疑。所謂涉及大衆權益，比方說公共政策、公共安全等等之類，譬如說，我們的市政府對於公共大樓安全檢查工作是否夠仔細？有沒有敷衍、推諉？我們的捷運系統常出狀況，這狀況是人爲的？還是機械的？是管理的？還是其他原因？我們都可以依照消費者或是市民大衆的立場，以持平客觀的態度，替消費者來檢視這些事情。

四、標題製作的入門：切題與破題

編輯在看到一篇新聞稿之後，開始下手做標題，切題是一個基本要求。換句話說，當編輯看完新聞之後，掌握新聞的實質內容，切合新聞的重點，以標題的方式將新聞標示清楚，就是切題。我們可以這樣來區分切題與破題，切題就是比較平實，就新聞內容而言，有什麼說什麼，整個思考主軸仍是很清楚的在新聞本身，通常這種標題比較好做，因爲可以從新聞內容去找標題。而什麼是破題？破題就是當我們看完一則新聞稿之後，編輯跳脫出新聞的實質敘述，也就是說，編輯跳脫出新聞稿內記者所使用的文字，以自己在咀嚼過後的新聞精髓來進行標題的製作。雖然編輯並不是使用新聞稿內的字，但是標題並不違反新聞的原意，而且創意十足，還有畫龍點睛之妙。

五、標題製作的訣竅

針對切題與破題，抓到要點之後，我們可以看看有哪些要訣可以幫助編輯很快的進入狀況。

(一)新聞抓重點

我們在新聞稿當中，如何很快的切入？最簡單的方法就是在新聞稿中抓重點。這和學生在考試前念書的狀況很相似。一則新聞稿中會有哪些重點隱藏在其中？請注意，看這則新聞稿重不重要，必須要找出在新聞中有沒有包含這四個重點，那就是：新聞點、趣味點、問題點、知識點。在這則新聞中，有沒有什麼新的議題？當然就是談什麼是news，如果都是老話重提，自然不具新聞性。再者，這則新聞有沒有提供讀者在閱讀上的愉悅感，讓讀者閱讀時覺得很有趣，如果一則索然無味的新聞，別說編輯沒興趣，讀者看了更是會打瞌睡。第三，這則新聞有沒有衝突點？有問題才會有故事，新聞一定要有故事才會好看，否則平平板板的，毫無內容與新意，恐怕編輯也做不出什麼精彩的好標題。至於知識點也是不可忽視的，近年來由於科技發達，人們對於新知的吸收，要求的程度愈來愈高，這一點由各報的科技新知版面與醫藥版面，可見一斑。另外，在一則新聞稿裡面有沒有什麼比較獨特的地方，或是比較新的說法——什麼是最新的、最後的發展？什麼是新聞裡面最特殊的地方？都是我們要強調的重點。

(二)標題成段落

在標題的製作裡面，不論怎麼做都不能違反的原則就是語氣要自成段落。所謂語氣要自成段落，就是每一句都要能夠獨立存在，不會因爲沒有看前後句，而變得看不懂。換言之，每一子句都有其單獨的意思，例如，「重視鄉土教育 內湖高中聲名遠播」，在前一句：「重視鄉土教育」，是一個完整的句子，意思非常清楚，而後一句：「內湖高中聲名遠播」，也是意思完整的句子，兩者合在一起，成爲一則清楚而正確的主標題，如果換成：內湖高中重視 台灣鄉土教育，這樣的標題就有問題，因爲這樣的標題有了連題的錯誤。所謂連題，就是句子中間有段落，在單獨存在時是不具意義的，如「內湖高中重視」，重視什麼？這樣的句子就不具意義了。

(三)兼顧法理情

我們從事新聞編輯工作的人，往往在下筆時，難免會尖酸刻薄，有時候又會含糊籠統。一個成熟的編輯，在經過了新聞的養成訓練之後，除了應該掌握新聞的準度，也應該把握新聞的深度，因此，編輯在下標的時候，應就新聞內容的取材中，兼顧到法律、道理、人情這三個層面。編輯每天在字句上面作文章，筆尖應常存一念之仁，對於很多事情，我們願意站在社會大衆的立場給予針砭，但是下筆時，也必須顧慮到其他可能產生的影響，不可以以爲自己用一支「正義之劍」、或是「正義之筆」來擅自撻伐。如同我們前面說過的，編輯應該要虛心，編輯不是萬能的，並不是所有的知識、法條都知道，所以必須要保持一點彈性。

(四)用字口語化

隨著時代的腳步，我們在文句中的口語化、通俗化是非常符合現代趨勢的，在過去常要求編輯盡量對仗或是對稱，這不是不好，但報紙本來就是記載昨天歷史的東西，如何隨著時代的移動而改變，才能稱得上是站在時代尖端的媒體。其實標題運用之妙，存乎一心，並不在乎今方還是古法，只要操作得宜，點出新聞重點，讓讀者樂於閱讀、易於閱讀，都可以稱得上是好標題。但是以現在知識量爆炸來說，讓讀者少一些負擔，節省一些時間，都是吸引讀者很好的策略，所以採用新、速、

實、簡的方式，讓編輯抓到最新的東西，以最快速的方式，以最簡明扼要、有力的句子來陳述這個新聞、製作這個標題，是很恰當的處理方式。

所以，在此同時，文字的口語化、通俗化是非常重要的，甚至編輯也可以善用時下的一些日常用語，包含一些外來字之類的，都可以用來活化你的標題，親近你的讀者。

(五)小節要注意

此外，作爲一個文字編輯，應在有限的標題字組裡面表達最多的含義，因此編輯應該對於字的使用要精準、精確。一般而言，爲了避免在報面有太多的重複字，編輯應該善用同義詞，對於有些字的簡省也應該使用得當，譬如說我們常常看到很多簡稱，像是「內政部」，我們不可以簡稱「內部」；又譬如說，美國的首府是在「華盛頓」，我們也可以叫「白宮」，或是稱華府，俄國的克林姆林宮，又可以簡稱「克宮」，但是有些地方的簡稱是不可以隨便亂加的，以免鬧出笑話。

同時在用字遣詞有關兼顧法、理、情的部分，還有兩點是值得注意的：第一個是態度不要輕佻、不粗俗，也不嘲諷，譬如男女關係方面，我們有了這方面的新聞，應該就事論事、保持持平客觀的立場，不應該去挑撥、藉機嘲諷。

在處理專業新聞方面，應該不生澀、不冷僻、不拗口，讓不懂的人都能看得懂，才是本事。換句話說，也就是用字的口語化，能夠把一件新聞很平易近人地解釋給我們的讀者，這是非常重要的。由於我們實施九年國民義務教育，所以所有的讀者層，我們基本上都認定在文字的使用上面，已具有國中程度，因此太過深奧的文學用語，都不應該被過度的使用，甚至濫用，以免你自認爲有學問，而讀者卻爲了你的艱文而查破了字典、抓破了頭。這些都是不適宜的、不恰當的，所以我們應該以文字的口語化、通俗化，來簡單明瞭地把一則新聞傳遞給我們的讀者。新聞就是發生在我們身邊的事務，本來就應該是平易近人的，一個編輯人員更應該善用這一點。

(六)標題四部曲

製作新聞標題由淺入深，由簡入繁，由易入難，我們如果要分階段的學習製作標題，可以這樣稱呼製作標題的「四部曲」：就是按部就班、循序漸進、先求題的正確、再求題的典雅。比方說，我們入門做一個編輯，對於新聞的抓題上面我們應該一步一步走，先學走、再學跑。我們應該先學從新聞的內容裡面，抓出我們要的重點，而且是找出正確無誤的重點，然後再從這些抓出的字裡面，組合成一個標題，把這則新聞的內容傳遞給我們的讀者。當你可以正確無誤、迅速地抓出新聞的重點，利用切題的技巧製作成一般的標題之後，再來才是破題：你如何將這則新聞精鍊出另外一層境界，如何將這則新聞幻化成另外一種讓讀者可以不言可喻的一種境地，這就要看編輯個人努力的程度而定。不過，我們先求正確、再求典雅周延，則是絕對正確的。

(七)標題的形式

在形式上面，我們可以分爲一般的制式標題或是花式標題。所謂的制式標題就是大都採用切題的方式處理的標題，在所謂硬新聞裡面，大都採用制式標題，也就是說標題多以一行主標、一行副標的形式出現，由於是採用切題的方式，所以是新聞有什麼就說什麼，使用單刀直入的方法，用不著拐彎抹角。而在軟性版面裡面，我們爲了增加標題的可看性，則通常會使用花式標題，花式標題除了題型較花俏之外，也多使用破題的方式來製作標題，換言之，編輯在消化了新聞之後，以另外一種方式來表達這則新聞，通常用破題的方式來製作標題，會留給讀者較多的想像空間，對於新聞的發展比較有利。

前文提到的硬性新聞，或是軟性新聞，是從新聞的性質來分。硬性的新聞，基本上是政治、財經、國防、外交、環保及教育等類新聞；而社會、體育、影視娛樂、生活消費和親子家庭等類新聞，則多被歸納爲中性新聞或是軟性新聞。

在標題的表現上，一般可分爲：程序題、實質題、疑問題、諷刺題、暗示題、假借題，或是虛題。「程序題」就是把一件事情做程序性的描述，平鋪直敘地把新聞的重點表達清楚。這類的新聞多用在一般的硬性新聞上較多，因爲新聞的重心在於過程，所以編輯也不必浪費時間在標題的氣氛營造上，只要把事情說明白就可以了。例如一些會議的召開等等（見圖14-4）。

「實質題」和「程序題」有某種程度上的類似，就是直接點出新聞最重要的部分作爲標題，這類新聞的重點在於新聞事件的結果，換句話說，我們在製作標題時，應直指核心，把癥結點直接指出就可以了，例

施實月七　制新費收葬殯

元千二「費付者用使」為改費免由葬火　降調費藏冷體遺

行施日一月一十法控金

法六融金
讀三成完

市股、市房入投望可金資億千七逾　制限資投業險保寬放　金基建重融金元億1400立成　徵免起年95稅業營融金　正修法稅業營

圖14-4　程序題

如一件法案通過了，只要很清楚的標明即可（見圖14-5）。

在「疑問題」的使用上，我們常會使用標點符號——問號，使用疑問句，是把這則新聞用反面的訴求來提出製作標題，這種新聞的處理要特別小心法律的問題，很多對新聞的爭議，並不是編輯用問號就可以解決得了的（見圖14-6）。「諷刺題」的使用也有近似的問題（見圖14-7）。

「諷刺題」的使用也與「疑問題」有相似之處，編輯也常用標點符號，來輔助整個語句的氣氛，只是在語氣尺度的掌握和拿捏上，應該要有一定的分寸，否則一旦過了頭，就會惹來不必要的麻煩。「假借題」

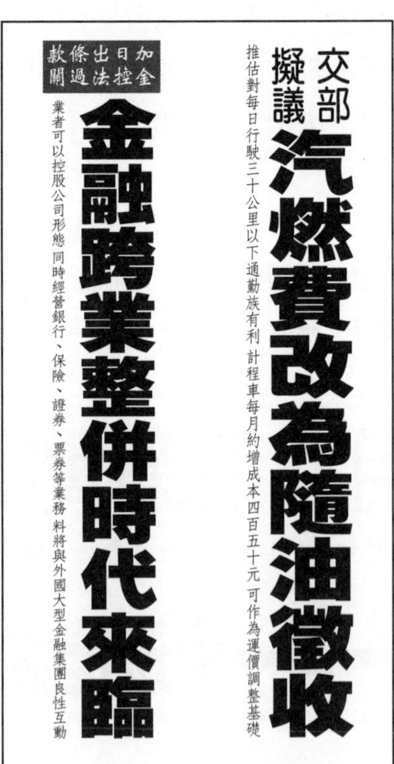
交部擬議
汽燃費改為隨油徵收
推估對每日行駛三十公里以下通勤族有利 計程車每月約增成本四百五十元 可作為運價調整基礎

加日出條款
全控法過關
金融跨業整併時代來臨
業者可以控股公司形態同時經營銀行、保險、證券、票券等業務 料將與外國大型金融集團良性互動

圖14-5　實質題

演成政治迫害？

反對北極圈探油

一名製圖員上網張貼馴鹿移居地圖 被炒魷魚 成為環保運動的焦點

好高興 好生氣 好沮喪 好難過

情緒來了怎麼辦？

任經發會召集人？蕭萬長：不知

陳總統向連戰借將 連回以「黨和黨的事 不是個人問題」 蕭也指「沒有個人意願問題」

圖14-6 疑問題

有種別去 台商登陸先結紮

老婆大人押陣 有人慷慨就義 有人不情不願 杜絕播種後患 書田門診數七年內膨脹十四倍

新聞分析

扁「倚天」既出 誰與爭鋒？

選後政黨重組與爭奪組閣主導權 箭在弦上 情勢演變耐人尋味

根留台灣 想做台商？老婆押他結紮

包二奶播種？門兒都沒有 '大老婆俱樂部'來硬的 泌尿門診個案不少 半數老公心不甘情不願 也有人心竊喜 拈花惹草沒後患

圖14-7 諷刺題

的情況也很類似，如果引用得宜，固然有畫龍點睛之妙，但如果引錯經、用錯典的話，就只怕畫虎不成反類犬了，所以，不是行家不出手，一出就知有沒有，編輯如果沒有萬全的把握，還是保守一點較好（見圖14-8）。

最後還有「虛題」，虛與實主要的區別是在主題與副題之間，如果主標題是採破題的方式，而且比較空靈的話，那麼副標題就要非常落實才行，如果前面的引題很實在，那麼後面的主題就可以玩點小花樣，這就是所謂的前虛後實，前實後虛，如此穿插互用，在版面的活潑上會有很大的貢獻。

(八)配字應勻稱

對於標題的字體與字族的選擇與搭配，各報均有各自的考量，這與各報所購買的字型有關，也與各報的風格有關，但面對不同的字族、不同的字級，我們應該把握一個原則就是大小對比、深淺互見、粗細相

圖14-8　假借題

稱，這樣對版面來說是一個最妥適的表現方式。當然，們可以借重美編的專業協助，讓版面更加勻稱美觀。

習題

閱讀完本章後，試回答下列的問題：

1.報紙的版面結構包含哪些部分？

2.依標題在版面上所發揮的功能，可分為哪四點？

3.新聞標題依其標題形式來討論，大致可分為哪八種類型？

4.請舉出幾點標題製作的原則性準則及訣竅？

第六篇

版面結構與美學

15 版面結構與規劃

一份完整的報紙，充實的內容當然是贏得讀者信賴的不二法門，這是所有在媒體工作的記者們戮力以赴的天職，我們常看到在戰場上的軍事記者，他們衝鋒陷陣的採訪精神，與在火線上作戰的軍人比起來毫不遜色，而如何將這些經過千辛萬苦得來的內容，有系統的、有規劃的、有層次的呈現給讀者，則是編輯台的編輯們責無旁貸的使命。但是由於電腦組版取代了傳統的手工組版之後，往往也會給予讀者一種文勝於質的感覺，也就是說，是不是編輯們已經把太多的注意力放在版型的美觀，而不再關注在新聞的本質上。Garcia（1987）針對這個疑問提出他的看法，爲了要完美呈現報紙的版面，現在的編輯人員在處理版面時，應注意到這幾個面向：

一、新聞處理重於美術設計

如同前面所提到的不論如何的精緻、美觀，如果內容乏善可陳，終究是不會受到讀者青睞的，而且編輯精心處理版面的目的，也不只是美觀而已，如果只是把新聞編輯的定位，聚焦在版面的化妝師，那麼對於新聞編輯的認識，的確需要再加強。如何將資訊轉化成讀者可以認知的語言，有步驟的傳遞給閱聽大衆，這是新聞編輯的主要職責，在主要目標確立之後，版面的美術設計只是遂行這個目的的手段而已。因此，不論用哪一種角度去處理版面，新聞至上的原則是絕對顚撲不破的。

二、細心的經營與組織版面

確立了新聞處理原則之後，對於版面的經營與規劃，就成爲新聞編輯接下來努力的目標了。我們可以分兩方面來談版面的經營與組織，版面與讀者之間互動關係的維繫。讀者因為天天在看報紙，所以報面的任何異動，說老實話，讀者不一定會不如編輯，而如何經營新聞與版面，讓讀者認同報社的立場，支持編輯的處理，身為媒體與讀者接觸的第一線，自當隨時惕厲自己，在新聞認知上能跟得上社會的脈動與民意的主流。

三、選擇正確的視覺導引

在版面構成上，編輯除了要組成稿件之外，如何在視覺導引及視覺效果上，求得一個最佳的結果，這是編輯要努力的。在視覺導引方面，在頭題、二題的安排，橫題與直題的鋪陳，圖片與文字的結合，這些都關係了一點：讀者在閱讀的時候，會不會吃力？或是說，在閱讀的順序上，是否達到編輯所設計的效果？如果讀者找不到編輯希望他能很快看到的新聞，那麼，這是一個失敗的版面，同樣的，如果整個版面嘈雜、充滿了噪音，讓讀者無法專心愉悅的看新聞，那麼，這也是一個失敗的編輯。

四、增強易讀性

編輯在看新聞稿的時候，就要進行改稿了，目的是要讓所有的新聞稿，都能夠在文理通順、文字流暢的情況下登上報紙。

在版面結構與規劃上共分為四個大類。本章首先討論到版面的四大構成要素，其次探討版面的結構性，第三個部分談到版面設計的細部規劃，第四部分則介紹版面的錯誤與檢查。

第一節　版面的四大要素

首先談到版面的四大要素，這四個要素可區分爲標題、文字、圖片、表格。簡而言之，就是題、文、圖、表。

一、標題

此四種基本要素如何結合呢？在標題中，標題具有提示新聞焦點的功能，能引發讀者興趣，展現報紙風格，並可美化版面組合。由此，標題在版面的構成要件中，占有相當重要的地位。

進一步來看，標題不僅是文字的敘述、新聞重點的傳達，也是版面美化相當大的要素。換句話說，若在版面設計上，完全堆以文字，而沒有標題的話，所造成的影響有：第一，版面呈現勢必雜亂無章，沒有辦法引起讀者的注意，也沒有辦法讓讀者很快地找到所需要的新聞。第二，從美觀上來看，在整片字海中，何處是重點？何處是弱點？哪裡是需要強化的地方？也無法顯現出來，且在閱讀上易帶給讀者壓力。所以，標題的重要性位居第一。

除此之外，編輯在標題的形式表現與使用上更是一門藝術。事實上，編輯的工作僅是一門粗糙的藝術，與一般精緻藝術不同。偉大的畫家Michelangelo Buonarroti、偉大的音樂家L. van Beethoven，可以窮其一生之心血，完成不朽的藝術作品。可是，對一個編輯來說，必須在每天有限的時間中，完成被交付的任務，無法如同藝術家般恣意地盡情揮灑、精雕細琢。且編輯期間所經歷的變數都相當大，因此，每一位編輯都必須在工作中與時間賽跑，務必在有限的時間內，做最完美的呈現。

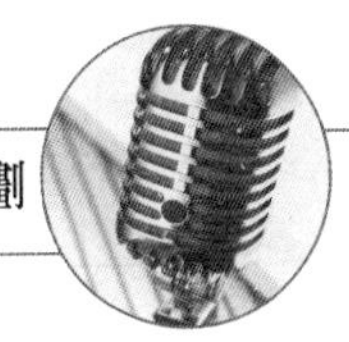

因此，對一個編輯來說，標題是一門比較粗糙而不精緻的藝術。不過，在標題的形式與文字的美化方面，不可否認的，卻仍是藝術中不可或缺的內涵。

二、文字

文字是所有新聞的本體，也是一個版面上絕對不可或缺的基本單位，但是，若一個版面上滿滿都是文字，其缺點第一是無法提綱挈領，第二是無法支持核心，第三是所組成的版面會顯得沒有層次感，也就造成讀者閱讀上很大的障礙與不便。因此，編輯在版面的處理上，應盡量避免大片文字呈現的情況發生。

不過，話說回來，文字畢竟是新聞的本體，若沒有文字，可能就變成畫報，沒有太多新聞性。

三、圖片

版面第三個組成的要件是圖片，此處所指的圖片泛指照片和插畫。圖片在版面的功能再獲肯定，應從美國的《今日美國》採圖像式編輯說起，此舉成功攫取讀者目光的焦點，也將傳統以文字爲主的編輯方式推向另一新紀元。

1982年《今日美國》以圖片爲導向的編輯方式成功獲得讀者認同，曾造成很大的轟動。根據統計，《今日美國》所呈現的彩色照片，是其他報紙的兩倍，黑白照片也是其他報紙的二到三倍，《今日美國》並採用大版面的全國氣象圖。這些都是形成讀者易於閱讀，樂於閱讀的重要因素。從實務的角度來看，一張好的圖片，勝過千言萬語，從普立茲新

聞攝影展的佳作中可以發現，許許多多的得獎作品，每一幅傳神的畫面都訴說著一則新聞，有新聞的內涵，也同時呈現新聞的畫面，栩栩如生的展現出臨場感來。

四、表格

四大要素的最後一項是表格。表格的重要性，在於能很清楚明快的讓讀者了解文內所要傳達的涵意。表格多用於財經新聞及需要有數字觀念的新聞中。這樣的新聞，若以文字來敘述，可能會洋洋灑灑，細細瑣瑣，讀者看完整則新聞，仍然不明白各數字間的差異，但若將這些數字製作成爲表格，就能輕易的比較出差別來。比如說，high top bar top，由這些表格，讀者能很快了解統籌分配款，中央所占的比例是多少，地方所占的比例是多少，也可以比較出今年的預算和去年的預算有哪些差別。這都是圖表的功能，是文字敘述所無法傳達的。換言之，具有比較效果的表格設計加上美術與色彩相調和，所形塑的影像與概念就能很清晰地印在讀者的腦海中。

因此，一個資料蒐集完整與構想用心的表格設計，對於新聞的呈現有很大的正面意義。

第二節　版面的結構性

Garcia曾於1987年提出好的編輯與設計的一些秘訣，與版面的結構性有許多的關係。Garcia指出的有：(1)建立文字與空白之間的關係，協助區隔新聞項目；(2)呈現出實用性的標題；(3)運用整合編輯的概念；(4)將長文打斷成數個短文或是區塊。

從上述的整體性概念回歸到版面的結構性，在版面結構性上所包含的版面規劃，包括字高、走文、每欄字數、字級變化等。

在版面設計的結構性上，版面的組成可說有輕有重，有層次性，在各個版面之間須形成一致性的版律，也須塑造出視覺的焦點。從另一個角度來看，在版面的結構性上，大版注重「均」，小版注重「匀」。「均」所強調的是均衡，所有題、文、圖、表的分布都要平均，特別是題、圖的分布應注重均衡，讓整個版面看起來是平衡的，不會因偏重於某一部分，而造成失衡的狀況。小版重「匀」，因爲小版只有半個版的空間，題的分布與圖的配置必須注重到匀稱，換句話說，因爲在小版上沒有較大的腹地可供標題迴旋，所以在結構性上應注重匀稱，使版面緊湊。

由版面的結構性分析，在一個版面上，題占多少位置，圖占多少位置，而文又分配多少位置，表格有多少，四者互動之間，編輯應注意如何取得一致性和結構性，使得編者的意念躍然版上，讓讀者產生跟隨的效用。換句話說，藉由視覺引導與視覺焦點凝聚來達到導讀的效果。如此，讀者可以很容易、很輕鬆地進入編輯所要強化、引領的境界。

從另一方面來講，版面就是編輯意志的遂行，在遵循新聞處理原則下，編輯應思索如何讓整個新聞搭配的圖片能有次序、有層次、有重點地凸顯在版面之上。

版面如同一位編輯的舞台，每一個編輯都應思考，如何在舞台上盡情的揮灑，讓觀衆知道所要表達的東西，這是非常重要的。換句話說，若一個版的結構性很嚴謹、很扎實，讀者必然能由版面中看出編者的企圖心。從反方向來說，如果編輯的版面鬆散，內容混雜，次序不明，層次不清，讀者很難由版面中茫茫的字海裡找到所需要的重點。所以，一個版面的結構鋪陳決定了讀者是否願意讀版裡的內容。

根據統計，一個讀者在瀏覽版面時，眼光停滯的時間不超過十五秒鐘，在此短暫的時間裡，讀者如何能找到所要的東西，這就是編輯所要遂行的意志。如何在很短的時間中抓住讀者的目光焦點，吸引其注意，從而影響到讀者閱讀的行動，這是編輯工作中相當重要的一環。由此歸納版面結構的重要性，若能妥為運用這些原理，使得版面處理得當，便能很快吸引讀者的注意。

第三節　版面的細部規劃

版面的細部規劃可分為欄高的調整，文與文間的區隔調整，運用走文、盤文的方式達到版面變化的功能，或於特定的邊欄或專論文章加框處理，增加其重要性等。

一、欄的概念

談到版面的細部規劃，就必須談到「欄」的概念。欄（或稱批）是版面組成的基本單位，每一報紙「欄」的字數不盡相同。如《中國時報》每欄為十六至二十五個字，全版有七至八欄，《聯合報》為十三至二十五個字，全版亦為七至八欄。此外，版面的直走或橫走的欄數與每欄字數亦有不同。不過，每一份報紙的每欄字數及每個版面的基本欄數是固定的，這樣的安排相當程度顯示報社的內在精神與版面變化的基調，也因為這種版律觀念，才能讓編輯在文字處理、標題擺設與圖片規劃上有所依據。

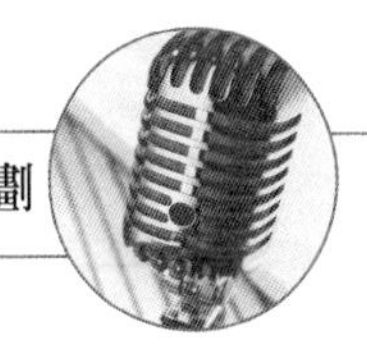

在欄的基礎下，爲求版面的活潑變化，區隔不同的文章，或爲避免傳統的禁忌（如斷版），並有利於傳統的鉛字排版撿排，現代的自動排版處理上編輯抓取文稿便利，即會針對欄再做欄位（每行字數）的變化，如此做法，另一目的也爲方便閱讀。

在欄位的變化分面，有以下幾種基本規格。例如有二分一（或稱二做一、全二）、三分一（亦稱全三）、四分一（亦稱全四）。或三分二、四分三、五分三、六分四、七分三、七分四及十二分五等。

在以八個字爲一欄基礎的版律下，所謂的二分一，即是將兩個基本的欄加以合併，所以合併兩欄字數8×2＋1（欄與欄間所空的一個字）＝17，新成欄的字數即爲十七個字。同理可證，三分一每欄爲二十六字、四分一爲三十五字，惟每欄一行中有三十五字已相當多，爲考慮閱讀便利性，在版面上最長的單欄字數僅到全四三十五個字，而沒有全五的規格。

而三分二，即是將原本基本的三欄合併後，分成兩段來處理。所呈現的新欄字數爲〔（8×3＋2）－1〕÷2＝12，減1的目的是預留欄與欄間的一個字空間。依此類推，四分三每欄爲十一個字，五分三爲十四個字，七分三爲二十個字，七分四爲十四個字，十二分五則爲每欄二十個字。

透過不同文章的每欄字數不同的變化，讀者就可以輕易的分辨文與文的區別，因此，在版面文字的處理上，可以每欄字數的變化來活潑整個版面。

二、組版的方式改變

1990年代以後，台灣的多家報社紛紛推行編輯自動化，改以全頁組版、輸出的方式幫助編輯組版。自動排版與傳統的鉛字排版最大的不同點在於，傳統的鉛字排版較常運用走文（或稱盤文）的方式處理新聞。在某一欄間編輯不完的文稿，將文字順著其下（或其後）的欄位來排列，短則走三、四欄，長則走七、八欄不等。但這種現象在自動排版推行方便閱讀與剪報，以及報社在編輯上調整爲「塊狀編輯」概念後，走文在今天的新聞版面已較不多見。不過，在藝文版的版面上仍偶爾運用。

所謂的題做中（或稱題中），是以文包圍或環繞標題或圖片的編輯處理方式。其目的一爲避免頂題，二爲增加版面的美觀，三爲可平衡版面。

至於加框，則是對於邊欄、專欄，或報紙所要特別強調或美化的文章，在其外圍以文武線（如社論）、其他線條，或花邊來圍繞處理，一則爲攫取讀者目光，凸顯重要性；一則美化版面，當作美工與背景的一部分。

第四節　版面錯誤與檢查的實務

一、版面常見的錯誤

在版面的錯誤和檢查上，實務上常把版面的錯誤歸類爲幾大部分：

1. 題與文內容不相符合，即題文不符。這種情況在編輯的拼版過程中爲經常發生之錯誤，尤其是在報社改採電腦排版後。
2. 分稿原則上的錯誤。比方說，在一個版面上重複使用兩則同樣的稿子，或在不同的版面上使用同一則稿子，這與前述的題文不符都是一體的兩面。

3.在標題處理上，即對於新聞的要素人、事、時、地、物等的標註有錯誤。比如說，把人名弄錯，把時間弄錯，把地點弄錯，這些情況都屬於重大錯誤。

4.重大的錯別字。包括文法的引用錯誤，誤用成語，或同音異字，或是同形異字等。

5.照片說明指示的錯誤。比方說，照片的右一是某人，右二是某人，而編輯在標註上產生顚倒或錯誤。

6.除了標題與照片的錯誤，還有文字的錯誤。編輯在組版的過程中進行文字的刪改，若刪改不當，在不該結束的地方結束，就沒有辦法形成完整的句型；或是在接續文稿時把文稿接錯了，而導致前言不對後語的情況。

7.報眉的錯誤。如日期、報名或版序的錯誤。

以上所述都是在報紙編輯過程中較爲重大的錯誤。另外，在檢查版面的同時，須檢視新聞的配置有沒有符合歸併的原則，有沒有符合集體處理的原則。這些都是在版面的處理上要注意的部分。

除此之外，譯名的問題也要注意，比如說，印尼總統蘇哈托，在報紙的其他版面提到這幾個字，或不同的時間中處理此一人名時，譯名的部分是否有一致性，此種問題在國際新聞版面上特別容易發現。由此，因進行翻譯的編譯人員不同，可能造成對同一人名譯音的不同，在報社中對於所有的譯名必須統一。

二、檢視大樣的技巧

當一個編輯在組版完畢，出「大樣」的時候，在檢視版面過程依次如下，第一，看大樣時，應遵循由上到下，由右到左（或由左到右）的原則。若是直排，則由右至左，若是橫排，則由左至右，依序檢查新聞內容的正確與否。

(一)由上到下

在看大樣時，首先看到的是報眉，其中的年、月、日，包括星期等數字有沒有錯誤，版名有沒有錯誤，版序有沒有錯誤。其次，從頭題開始，根據前述的版面易錯的內容來檢查，包括人名有無錯誤，數字有無錯誤，地點有無錯誤，時間有無錯誤，這些都是經常發生錯誤的內容。

(二)題文相符

因此，在「清樣」的檢查上，特別要針對上述的部分再加以檢查，仔細看清楚。若在檢查的過程中發現錯誤，必須把標題或文字勾勒出來，把正確的文字寫上去。同時，在看標題的時候，也必須同時快速的閱覽和校正內文，檢查與標題內容是否相符。換句話說，標題的人、事、時、地、物，必須與內文的人、事、時、地、物相符。如有不符，必須加以清查，何者爲眞，何者爲誤，並加以修正。如此，對於標題與內文是否發生題文不符的狀況，很快就能檢查出來。

(三)注意刪稿

在內文的部分，必須確認在每一段落的結尾，都是圈點，且語意完整。這可以避免在不當刪稿時所發生的錯誤。在圖片的校對上，必須注意照片中所呈現的人、物，在圖說的指示所標註的位置及名稱是否與該人相符。若不符合，必須立刻加以修正。此外，必須檢查圖表和相關新聞的配合是否恰當。如此，依循由上到下、由右至左的原則逐步檢查。檢查過程中，隨時針對有問題的部分加註記號，以免有遺珠之憾。

(四)清樣也別大意

當看完大樣，修正完所有的錯誤後，應該再看一遍清樣。在看清樣的時候，第一要仔細核對大樣改過的部分，於清樣上是否已修訂正確。第二，必須在清樣上檢查其他的標題與內文。由於在電腦組版過程中，隨時會有難以預料的bug（程式編碼或邏輯上的瑕疵）出現，以至於在重新輸出時發生錯誤，或在版面調整時影響到其他篇文章。因此，在清樣的檢查上，仍須遵循由上到下、由右至左的原則仔細加以檢視。

若經檢查文字並沒有重疊，圖像亦沒有重疊等清樣檢查程序後，就可以降版，並進行後續的印刷作業。

在Mario Garcia的《當代編輯》（*Comtemporary Newspaper Design*）一書中提到，在1947年時John Allen曾預測，到2000年時，報紙的編排將會形成以下四種風格：

1.每頁的欄數會較少，但欄位較寬。

2.頭版將會提供讀者快捷方便的新聞總覽，以此點出重要的新聞，或是焦點的欄目。

3.版面上會有較多也較好看的圖片。

4.版面上會呈現較多及較好的色彩。

果然，John Allen眞是個洞燭機先的人，他在半世紀之前就已經看出了這樣的趨勢，而且在今天，也被應驗成眞。同時，二十一世紀的報紙版面，由於大量使用圖片的影響，使得「文字與圖片混合」觀念的重要性與日俱增。文字（或稱資訊，information）與圖像（graphic）已成爲現代報紙編輯的兩大重要元素。

第五節　編輯對完美的定義

完美的報紙版面設計，是混合了文字與其他各種視覺的要素：字體、照片、色彩、圖表，以及留白。這些要素完美的整合，可以更吸引讀者的目光，並且更快速地傳遞資訊。

版面設計大師Garcia認爲，多年前，「設計」不是一個編報時會出現在腦海的字眼，那時，只有「化妝」（makeup）——描述文字與新聞照片的排列過程。近年來，報紙讀者受到電視以及雜誌，還有《今日美國》的影響，對於報紙應如何呈現新聞的品味與要求也被提升了。

Garcia強調，爲了要完美呈現報紙的版面，現在的編輯人員應該注意：

一、新聞仍然應在美術設計之上

讀者之所以看報，究竟還是爲了尋求資訊。圖表、色彩、照片等視覺要素，其目的應是爲了方便讀者了解新聞、快速擷取資訊。因此，一個好的版面設計人，應該妥善運用標題、文字、照片、圖表、地圖，以及精緻的「新聞速覽」或是摘要。好的設計不代表應該犧牲新聞，好的設計呈現新聞時，是實際、有條理、而且視覺上是享受的。

二、版面的結構

好的設計意味著讓讀者在每一版、每一頁都能有清爽的閱讀空間，因此在每一頁版面的空間設計，都應當細心的經營與架構。

三、選擇正確的視覺說明

可用於搭配新聞的視覺要素，不一定是新聞照片，也可以是插圖或是圖表。好的版面設計人應該知道什麼新聞、什麼時候應該用何種視覺說明，以增加資訊，或是解釋複雜的新聞事件。

四、易讀性

再好的版面設計，如果只會造成讀報時的困難，那也毫無意義。好的設計，不應在版面上留下閱報障礙，因此，設計人員應該要妥善運用標題尺寸與位置、字距、行距，甚至是新奇的字型與小插標，以增加版面的易讀性。

五、吸引「報紙掃描者」時，注意要留住忠誠讀者

報紙的讀者可以分成兩大類：一種是資訊饑渴者——他們詳細、縝密地閱讀報紙，幾近貪婪地掠奪頁面中可以獲得的每一筆資料；另外一種則是「掃描者」——他們毫無耐心，眼睛注目報紙各版新聞的速度，就像他們看電視時轉台一般。編輯人員的職責，就在於同時吸引與滿足這兩類讀者的需要。版面裡可以運用的標題、副標、摘述當事人的說法、圖表、插圖、照片、地圖等，都是「資訊饑渴者」不會放過的，但同時，「掃描者」也一樣渴望編輯人員將複雜煩瑣的新聞事件，濃縮成重點、圖表，這種讀者遇到長篇累牘的文章，經常是直接跳過不看。簡單的說，報紙唯有讀者願意看時，才是有價值的。

六、驚喜

成功的版面是可以把讀者眼光「停滯」在某一處的，並且給讀者一個驚喜——這也最具有影響力。讀報，對許多人而言，一如刷牙、喝水，可謂是日常例行之事，因此若當版面上三不五時出現個小驚喜，比方說；照片突然變大了、新穎的字型、戲劇化地使用色彩、一再出現的新聞卻使用新鮮的手法呈現……等，都可以讓讀者在閱報時，獲得樂趣。

七、規範與道德

新聞工作重視的道德與規範，一樣適用於成功的版面設計條件中，例如；資訊的正確無誤、在選擇照片與圖示說明時的判斷與調和，以及避免落入刻板印象的窠臼與低級品味。

習題

閱讀完本章後，試回答下列的問題：

1.何謂版面的四大要素？

2.版面常見的錯誤包含哪些？要如何避免錯誤發生？

3.為了完美呈現報紙的版面，編輯人員應該注意哪些事項？

16 版型與版面的編排

第一節　聚焦式與散焦式的編排

台灣的報業，從1968年《中國時報》正式啓用遠東第一台美國高斯的奧本尼式（Urbanite）高速最新式彩色輪轉機，開創了台灣報業從黑白印刷走向彩色印刷的新里程。後來《民生報》、《大成報》等專業性報紙陸續誕生，在《蘋果日報》來台發行後，對於傳統報紙的編輯風格有了全然不同的面貌。以往沉悶而呆板的編排，累贅的四行標題，標題如竹筒般的排列，乃至於黑白照片、圖表，都已被橫式化編排、大幀的照片、彩色豔麗的圖表及多樣化的編排內容所取代。

以往，傳統的版面編輯多為「聚焦式」的處理，所謂聚焦式的處理，即爲在版面上會形成一個「視覺震撼中心」（center of visual impact，以下簡稱 CVI），這樣一個聚焦式處理的好處，是很容易在第一時間抓住讀者的眼光，換句話說，每一個在版面上形成的CVI，可能是圖像的組合，也可能是標題與文字的組合，在這樣一個形式的設計下，版面自然形成一個主題區塊，主題區塊的效用不僅可聚焦，也可讓版面的設計有重點、有層次，在大小之間、輕重之間、強弱之間，有一個很好的對比，前面曾提及聚焦式編法的好處是在強化版面的重點，但若拿捏不當，亦有可能造成版面的失衡。在一般編輯版面的概念中，大版強調「均」，小版強調「勻」，所謂大版，一般而言指的是全版的新聞規劃，而所謂的小版，也可能爲半版，即在整版小版位中，可能有一半是廣告，在新聞處理的部分，只占了二分之一。

大版重「均」的意思是，題、文、圖、表在版面上的配置，首先要注意的就是「平均」，如果標題及圖片都側重在某一部分，則很有可能影響版面的結構，使其看起來傾斜，造成閱讀導向的不順暢，而小版重

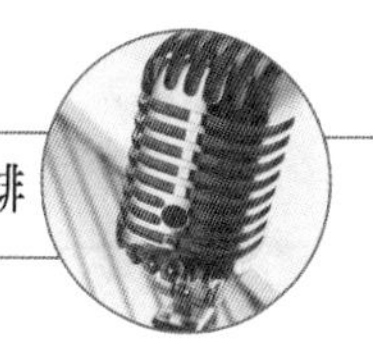

「勻」的意思，則是強調因爲小版的腹地幅員不大，對於標題與圖片的放置，必須特別注意勻稱，分布與配置要十分考究與小心，否則，讀者很容易看到設計的弱點。

相較於聚焦式的版面規劃，另一種型態的版面規劃，在近年來也頗受歡迎，尤其是年輕族群的喜愛，那就是所謂的「散焦式」編排。爲什麼稱爲「散焦式」編排？有什麼不同？

我們可以這樣來比較：相較於聚焦式的編排方式，散焦式顧名思義，是採取多焦點式的，換言之，在一個版面上，編輯摒除了單一CVI的方式，而採用在版面上呈現多處的小CVI，這種表現方式，最先應是來自於日本，在日本的少女雜誌或青少年雜誌，均是採用這種將圖像（icon）或小標誌（logo）充斥在版面的編排方式，或許有些人不能接受，但散焦式的編排方式，無疑也是一波新版面設計觀的呈現（見**圖16-1**）。

年來，報紙版面出現了更豐富的色彩、更短的新聞、相關新聞類聚呈現的方式、豐富多變的字型（見**圖16-2**）……等，這些都是爲了要因應時代的快速變遷，與讀者對報紙日新月異、不斷提升的要求。當代版面設計的編輯工作，其目的在於吸引並且保留那些有知識的、精緻的、傾向圖像思考的新世代讀者群。

第二節　用編輯專業判斷進行版面設計

「編輯學」是每一個進入新聞學領域的學子在校必修的一門課；同樣的，也是每一個進入這個領域的新聞人所必須具備的概念。不是老王賣瓜，事實上，「編輯」還眞不是個簡單學問，眞正要對新聞編輯工作有深入的體會，不到新聞線上、在時間壓力下實際的做個幾次，是無法

了解編輯工作的甘苦。

許多教科書在談到「編輯」時，總不忘從介紹編輯台的修改新聞人使用的符號開始（即便目前已經沒有人在用了），或是長篇大論的解釋「編輯台」在新聞處理流程中所扮演的角色與功能。簡單的說，報社的編輯工作是過濾、篩選出報社認爲對讀者最重要的新聞事件，並且用讀者喜歡、易懂、並且有意義的方式呈現在報紙版面上。

一、從科技角度看編輯

重新定義「編輯」的目的，在於從新科技的角度來檢視編輯工作，並且讓這份工作配合新聞報導與版面設計，從中產生影響力。在要求新聞記者有更強的分析能力、更多的好奇心時，同樣也應要求版面設計人員把龐雜、看似無關的新聞濃縮彙整，並且以令人賞心悅目的方式呈現在有限的版面上。

對編輯人員的要求，應該重視分析與演繹能力。有些編輯人員很被動，只留意與處理唾手可得、主動提供的資訊，有時還因爲主觀上不接受或是不喜歡，就逕自把新聞稿子揉掉，丟在一旁，完全不考慮該則新聞背後有沒有值得深究的資訊與事件；許多時候，新聞事件就像琥珀一樣，不磨除表面的假象、不用力擦拭，不會出現令人眼睛一亮的本質，也不會產生「電人」的感受。當然，這種編輯人員如果遇到精明幹練的管理者，就會被抓包，但是如果沒被處置呢？這種被動處理新聞的態度沒有被指責呢？絕大多數的讀者就是他／她的受害者了。

好的編輯工作，是讓百樣背景的讀者都能夠從你編的報紙上，找到令他們有興趣的新聞。

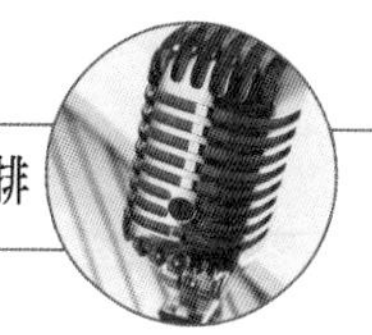

二、報紙朝向輕薄短小

報紙媒體的新聞，近年來朝向「短小輕薄」、並且增加數量等方向改進。但是許多記者可能受到自己工作習性或是學校訓練等因素的影響，還是習慣長篇大論的「跩文」。事實上，許多研究都指出，近年來，報紙讀者喜歡的是類似宴席酒會的新聞伺候——每一則新聞（菜）都精緻可口、但是新聞又必須在數量與花樣上求多、求變化，好讓讀者可以在最快的時間內，找到自己喜歡的「佳肴」——也就是版面的吸引點。因此，編輯工作應該要回應讀者群的需求。

不過，話說回來，再怎麼好的版面設計，若無有價值的新聞，則一切只是空談。因此，透過編輯工作過濾出好的、有品質的、有價值的新聞報導，更顯重要；而同時能兼顧好的新聞報導與視覺設計，則是編輯工作應該追求的完美境界。

第三節　版面要素的搭配

如何設計出一塊賞心悅目又能夠便於閱讀的版面，的確是需要一些經驗、技術與巧思的，不過，如果能在版面上注意一些重點，那麼，一個好的版面規劃起來，應該就不會那麼困難。我們還是把焦點放在版面的四大要素——題、文、圖、表來分析。有人表示，版面上面的留白也是很重要的，的確，適當的留白有助於版面的呼吸及閱讀的舒適，我們也會一併來討論。

一、撰寫順口易讀的標題

其實，標題的好壞純屬自由心證，但正確卻是絕對的標準。因此，如果是生手編輯，千萬別找自己麻煩，當然，更不必眼高手低，將新聞內容的精髓找出，製作成順口易讀而且正確無誤的標題即可，前面章節曾提過如何製作標題，當然作爲一個編輯應精益求精，好還要更好，做出具有導讀與美化作用的標題，會是編輯搶分的一大重要因素。

二、文字與版面的關係

近年來，文章的短、小、輕、薄已成趨勢，但有些專題或分析、評論的文章還是會有一、兩千字的，將長文章以標題的方式來處理，不但可以顯示文章的精華重點，也可以使版面不致單調。其次，塊狀拼版是目前中西報紙的趨勢，過去走文、甩尾的新聞已不復見，以區塊方式處理，在版面的呈現上也較乾淨利落。同時，如果將長文章以區塊的方式處理的話，讀者在閱讀上也較有重心，因此，將文字形成區塊，也是版面上討好的另一種方式。

三、圖像的地位不亞於文字

編輯在處理新聞時，如何能將標題做得活潑傳神？腦中有畫面則是不二法門。過去在處理一些警方緝捕槍擊要犯的新聞，藉由文字的描述，如果編輯能在腦中有如電影情節一般的畫面，如警方如何喬裝盯梢、如何布置制高點、如何集結警力、如何埋伏到清晨四點、霹靂小組如何攻堅、雙方如何槍戰，這一連串的畫面如果能浮現編輯腦中，一定能夠規劃出好的版面，標題必然生動精彩。以圖像思考爲重心的編輯，有計畫的引領讀者沿著版面上令人注目的照片、標題、圖表、顏色等要素，賞心悅目的進入版面中的新聞世界，使讀者有條理、有次序、有層次的透過美術設計，將新聞依重要性、依節奏，使資訊一目了然的閱讀完畢。

四、積極的入世態度

一個認眞的編輯，不僅會對新聞事件保持關注，同時應對時下流行的事情、趨勢都應該注意，並且加以分析。一個負責任的編輯，自己平時就應該去了解會看自己版面的讀者，去分析他們：這群讀者的年齡層、教育程序、喜好……等，都應是編輯該去做的功課。例如家庭版的編輯，他應當去了解這個版的讀者是家庭主婦多，還是職業婦女多，年齡在多少歲之間，家中孩子的年齡層，是幼兒還是青少年，藉由這些讀者的基本資料，使編輯在知己知彼的情形下，知道如何選擇新聞材料、如何設計議題、如何強化內容、如何規劃版面。

時代不斷的在進步，許多過去奉爲圭臬的典範，恐怕現在看來不但落伍而且可笑，時尚服裝、汽車、電腦哪一樣不是如此？就連編輯的基本工作內容，其實也一樣受了影響，題型在變化，標題用字也應有時代性，版面規劃可曾照顧到現在在標題中出現次數愈來愈多的英文字？這些都是編輯應當隨時自省，且自我用功、尋求突破的功課。

第四節　《今日美國》的影響

1982年9月，《今日美國》正式上市，不僅向舊有報業傳統規範挑戰，並且樹立了自己的風格。在傳統上，一般報紙首頁總是長篇大論，並且黑白印刷，而《今日美國》卻首次在首頁以短故事的型態，且以彩色的方式和讀者見面。

一、樹立風格旗幟鮮明

總裁Allen Neuharth的想法是，《今日美國》應不同於其他報紙將眼光只放在當地，賺得該地的廣告費，而將注視國際市場，重視讀者需求。

《今日美國》成功的原因，在於樹立自己的風格和擁有讀者。當《今日美國》成爲國際性報紙時，其報導的焦點便不能只注視著美國國內的新聞，而採取視服務一個國家像服務一個城市，因此做到新聞無邊界的地步。並且《今日美國》增加了讀者專欄的頁數，使閱衆與報社間更有互動性。

二、反向操作設計重點

最後，更在每一版增加其他特色，通常一般報紙每塊版有四個故事，且洋洋灑灑的占了整個版面，而《今日美國》卻反其道而行：將讀者注意力擴散在整個版面和使用一個因素訂爲一個焦點，在方便使用者的情況下，大量利用彩色，使讀者更易於分辨。《今日美國》另一項背道而馳的設計：在任何情況下，分散讀者注意方向，並製造刺激，使用彩色或圖片，以創造重點。

三、重要記事依然必備

《今日美國》允許在第一版擺設有用卻沒新聞價值的故事，而且

其特色是短篇文章。事實上，這些文章並非都是主題式，但有其動人之處。至少有一個關於《今日美國》的準則：是人所未及的和樂觀性。Neuharth稱它爲「新聞雜誌業的希望」，然而也沒有排斥較嚴肅的故事，並且每天報紙上都有重要的記事，因爲那是在第一頁所必遵守的。

《今日美國》的成功，已被寫成書籍供人參考，並且被奉爲"infographics"，是想要知道報紙如何經營成功的人所必看的書。想要進入編輯管理的領域中，《今日美國》不啻是一個可以參考的範本。

四、版面革新最佳代表

《今日美國》已成爲全美第二大報社，僅次《華爾街日報》。在1990 年底，《今日美國》已有超過一百三十萬份的發行量。

1980年代，最具代表性的版面革新，也屬《今日美國》：更短的評論、更世俗化但也吸引人的版面設計（像是頭版上方三欄設計、左邊垂直的新聞排列，以及層出不窮的創意巧思）。對於《今日美國》的大膽創新，褒貶不一，但是忽視《今日美國》存在及其影響的人，幾乎沒有。

《今日美國》到底做了哪些革新呢？

1.將新聞內文包裹處理，讓讀者容易找、容易跟尋。

2.避免一成不變，隨時提供讀者驚喜與創意巧思。

3.成功將報紙傳統與雜誌風格結合在一起。

4.不尋常的標題字型混合使用。

5.提供完整資訊的彩色圖表——使得新聞幾乎也沒有細讀的必要，這對前述「報紙掃描者」來說是個幫助，同時也讓更短、更容易閱讀的新聞成爲一種趨勢。

6.全版彩色——尤其是氣象版——的設計幾乎已經成爲《今日美國》的註冊商標。
7.提倡了勇於嘗試的風氣。

另外，《今日美國》不做什麼呢？

1.不鼓吹使用大尺寸的圖片，這點與普遍的趨勢是相左的。
2.頭版不太用「純新聞照片」——因爲太過靜態，相反的，《今日美國》頭版每天的變化，凸顯了他們訴求「新聞天天在變」的主題，同時，也有利於吸引報攤零售時吸引目光。

習題

閱讀完本章後，試回答下列的問題：

1.何謂聚焦式與散焦式的版面編排？你認為何者對於讀者的視覺感受較佳？為什麼？
2.如果你是一位編輯，你將會如何進行版面要素間之搭配？請舉例說明。
3.圖像文化的興起，衝擊傳統的文字閱讀方式，你認為要如何在版面編排時，兼顧兩者之角色？

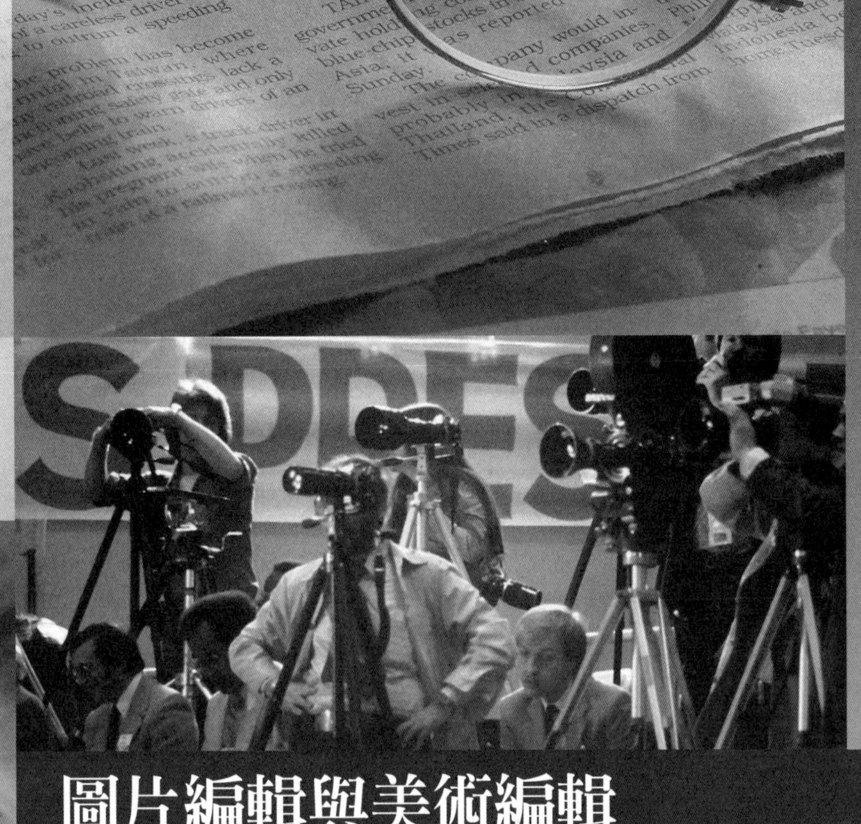

17 圖片編輯與美術編輯

第一節　美術編輯的角色與功能

美術編輯有版面的化妝師之稱，在infographic愈來愈盛行、版面美觀變成讀者選購報紙的重要前提下，美術編輯的角色也益形吃重。

美術編輯與圖片編輯均爲版面視覺上的兩大支柱，如何選擇、處理好的圖片及如何設計版面，使其美觀大方、便於閱讀，是作爲一個新聞編輯人員所必須了解的。

大致而言，美術編輯在設計意味較濃的版面，如影視、娛樂、消費、休閒等軟性版面著力之處多，而各報也均由美術編輯來掌握這些版面的規劃與設計，其工作內容如版面規劃、標題製作、插圖設計、logo設計等，均出自美術編輯之手，一位美術編輯固然以版面的美觀爲其主要負責的部分，但是也應該具有新聞感，在形成版面的同時，與文字編輯互相商量討論一個好的版面，應是新聞實質與版面美觀兩者相輔相成的，如果只有好的美術版面設計，而造成新聞配置輕重失衡、大小不分，完全抹殺了新聞性，這種只有形而無質的版面，一樣不是一個成功的版面；反之，如果單純的文字排列，洋洋灑灑一片字海，沒有美術編輯的設計與畫龍點睛，亦是一個呆板枯燥的版面。

一個優秀的文字編輯，不應當只是在標題上有好的表現，而是應在版面的美觀與結構上有其獨到的看法。因此，談到美術編輯，我們也不應該只是單純的將其視之爲美術編輯該做的事，事實上，太多的實務經驗告訴我們，一個成熟的編輯，也必須是個全才的編輯。如果，文字編輯以爲只要把新聞稿整理好，把標題做好，至於其他事情全交給美術編輯就好了，那我們可以說，他這個編輯只做了一半，爲什麼？把文稿處理妥當只能算將編輯的工作做完初步的處理，舉例來說，就好像一個廚師只有把菜洗好、切好一樣，如果沒有下鍋去炒，這盤菜能算完成，能端上桌子嗎？而與美術編輯一起參與、一起設計，也是文字編輯工作相當重要的一部分，文字編輯可以借助美術編輯的專業考量與技能，來完成自己所勾勒的藍圖，爲什麼這麼說呢？因爲文字編輯處理所有的新聞稿，只有他才最清楚當天所有新聞的重要性，而且文字編輯也是依據這個原則來設計標題、規劃版面，所以如果只是交給美術編輯來處理的話，美術編輯因爲無法掌握新聞的尺度與輕重，很有可能本末倒置，不僅新聞處理失衡，也會鬧出笑話。

在此要再三提醒，一個優秀的文字編輯必須是全能的，不僅認識新聞、了解新聞，更能替讀者解讀新聞，同時，還要兼具美學的素養，能有規劃版面的能力和運用視覺效果的才智，在本章所討論的美術編輯與圖片編輯，與其說是這兩者專業所須具備的條件，不如說是文字編輯所應自我惕厲與學習的目標。

一、美術編輯的例行工作

(一)對版面全面性的規劃

與文字編輯搭配，了解當日新聞重點，並商量討論出版面的主要圖片和主要標題，同時也了解其他相關新聞的配置，如此可使美術編輯對版面有全面性的規劃。譬如說，當天新聞的重點是什麼，該則新聞有無相關的搭配新聞或是照片，新聞的稿量有多少，這些都該是文字編輯與美術編輯在版面規劃前所應先溝通清楚的。

在報紙的編輯作業中，有些部分的版面比較需要美術編輯的參與，一般而言，軟性新聞版面，如影視、娛樂、文化、消費、休閒、旅遊和體育等版面，由於這些版面必須強調畫面與彩度，所以在版面上得經過精心的設計與製作，美術編輯在這些版面上著力較多，而讀者在閱讀這些軟性新聞時，也會比較著重看報的舒適感，因此，對於版面的雕琢工夫也特別強化。至於在政治、經濟、社會等新聞的處理上，一來新聞的時間壓迫性較高，二來讀者關心的重點在新聞本身，所以，往往編輯在版面處理上的精緻度，便比較不如軟性的新聞版面，但是這並不表示不需要重視版面的美觀，而是在時間有限的情況下，版面的雕琢就要比較少些，不過，編輯並不因此而輕鬆，反而要秉持簡約的原則，將版面處理到盡善盡美。

(二)圖片的整理與美化

在文字編輯的發稿過程中，美術編輯同時開始處理圖片的整理與美化，諸如去背、合成或進行插畫與圖像的設計，隨著文字編輯的發稿，美術編輯亦同步展開版面的畫版。美術編輯與文字編輯之間在每天例行工作的互動上，很重要的一點就是檢討版面，對於昨日的問題與不妥之處，能提出檢討與修正。我們常說一句話：做編輯是一日英雄，一日狗熊，什麼道理呢？報紙只有二十四小時的壽命，所以編得再好，也只能保存一天，而天天在火線上面作戰，難保不發生些許小差池，這些錯誤有些也許很小，但對一個負責任的編輯來說，也足以懊惱一整天了，所以，對於每天版面的檢討，是文字編輯必須要做的事，而有關於版面美觀的部分，如色彩的配置、文字字型的掌握、視覺導向的順暢、圖片處理的良窳等，都應與美術編輯討論，以便改正缺點，使版面更臻完美。

(三)與文字編輯共同協商版面的構成，並執行拼版的任務

在文字編輯截稿後，開始與文字編輯共同協商版面的構成，並執行

拼版的任務。在拼版的同時，文字編輯必須注意手中的稿量，在截稿時所發的稿量有多少，並依據新聞的重要性排列，在訂好主圖位置之後，整個組版作業就正式展開。在很多時候，文字編輯和美術編輯在心理上常常會有誰主導的問題產生，其實，依照實務運作的原則，只要兩者能充分溝通、多加協調，在工作的進行上自然能夠和諧順暢。彼此對於對方專業的尊重，其實是雙方互動最好的指標。

(四)修版

在版面完成拼版作業後，美術編輯另一項重要的工作便開始了，那就是修版，修版包括將版面上有瑕疵的地方刪除，色塊、線條顏色的標記或確認，換言之，在美術編輯完成最後的版面修改，並配合文字編輯的文字大樣無誤後，才能降版，完成一天的工作。

二、美術編輯的必要條件

(一)字型的掌握

美術編輯對字體的選擇、字族的搭配都必須有很強的概念。

(二)印刷的概念

美術編輯在平面媒體來說，其實是橫跨報紙、雜誌、書籍與廣告的， 因此，有關於紙張、裝訂與材質的專業知識，也是美術編輯的必要條件。能夠掌控版面的大小與紙張材質的特性，美術編輯才能充分發揮所長。

(三)版面設計須兼具美觀與便於閱讀

美術設計由於觀念日新月異及電腦組版軟體的升級，美術編輯不但應時時汲取新的設計觀念，也應充分了解讀者的喜好，在兼具美觀與方便閱讀的前提下設計版面，才能符合市場的需要。以現在來說，美術編輯常用的組版軟體，有QuarkXpress（含Mac、PC版本）、InDesign（含Mac、PC版本），而在影像處理方面，美術編輯最常用的軟體是Photoshop，至於繪圖方面，使用較多的是Illustrator（含Mac、PC版本）、CorelDraw（PC版本）和FreeHand（含Mac、PC版本）。

(四)善於控制實質成本與時間成本

更重要的一點，作爲一個美術編輯，在創意方面可以天馬行空，但是回歸到原點，如何能夠具體落實才是至高無上的考量，如果所有的好點子、好想法都不能實現，那所有的創意也只能束之高閣，而如何落實這些創意？成本概念是不可或缺的，這裡所提的成本包含了實質成本與時間成本，所謂實質成本指的是費用，不論是報紙或雜誌，嚴格的控制成本是使媒體得以獲利的不二法門，所以美術編輯在進行創意或設計時，都應時時以此爲念，而時間成本更是媒體生存的命脈，無法把握截稿時間，再好的創意也是枉然，善於控制成本的編輯，必然能得到公司的重視。

第二節　圖片編輯的角色與功能

一張普通的照片有無吸引力？答案是有的，而且絕對有吸引力，因爲照片的影像完全貼近人的視覺經驗，不需要像閱讀文字一樣先得「解讀」，才能進入思維系統，所以讀者閱報的瀏覽眼光通常會先落在影像之上，再往文字移動。亦即，如果這張照片拍得很精彩的話（養眼的？人情趣味的？），哪怕是在內頁，該照片絕對可以吸引80%以上的讀者注意力。這是讀者視覺心理的自然反應。

一、版面日漸重視影像

現代的讀者已經愈來愈沒有興趣或時間閱讀長篇大論的文章，一篇八百字、一千字的政論文字如果詰屈聱牙，差不多可以磨掉讀者的大半興趣。相對的，讀者對於影像的接受度則愈來愈大，對於照片品質的要求也愈來愈高，連帶的提升了生產好照片、處理好照片、處理好版面的要求，尤其是電腦的編輯軟體日新月異，觀念愈變愈快，手法愈來愈新，一些設計元素（當然包括照片）在電腦螢幕上迅速組合變換的高度方便性，已經在結構上完全刺激了原先牛步化的報紙編版概念，爲之注入源頭活水，也爲新一代的平面媒體設計帶來了新的指標。

蕭嘉慶（1999）指出，就編輯處理版面的本質而言，每一個觀看的動作，本來就是一種視覺判斷，每一次版面更動的決定，編輯都應該以「牽一髮而動全身」的整體觀點來關照版型結構的變化，因爲版面本來就是一個磁場或力場，版面上任何編輯元素（標題、字句、照片、顏色、線條、留白等）的增減或更動，都足以牽動視覺結構，鬆動平衡，甚至影響美感的自我完足，尤其在電腦的協助下，現代編輯其實可以更大膽的搬弄版面組合，一直到相對完美的版面出現爲止。

二、視覺強化新聞效果

任何編輯當然都希望他的版面吸引人，但是問題是，讀者從來都沒有看完整份報紙的時間或耐性，他們往往好惡分明、挑剔心理十足，卻又立場不一，喜歡好看刺激的故事或照片，但又充滿意識型態的質疑；不喜歡亂七八糟的版型，卻不見得想表達自己的意見。在這些背景底下，專業編輯想爭取讀者的長期認同，顯然必須守住「好看好賣、閱讀又方便」的原則，才可能照顧到報紙和讀者的長久性共生關係。

假如可以把圖片編輯的執行本質簡化成概念的話，就是在視覺考量的前提下，忠於報導的精神，以題材的性質或深度做策劃：單張照片注重新聞性、象徵性、趣味性或影像強度，多張照片注重組合效果，專題攝影則注重攝影者投入的深度和廣度，多接觸、多了解、多運用美感直覺和原則。

至於整體性的版面編輯，可以說它是個既重個人美學的發揮，也重其他專業的協調性工作，是個處理各種視覺條件的專業技藝，也是平面媒體的組合藝術。版面的規劃和組合，由於軟硬體的牽涉廣泛，分工愈來愈細，在歐美國家或者擁有專業圖片編輯體系的報紙（如香港《南華早報》、《蘋果日報》），都是由圖片編輯和美術編輯主理，但是台灣的多數報紙，則是把這個左右腦並用的雙棲工程交給文字編輯去操作，等於是文字編輯身兼視覺設計（文化中心的主編還必須身兼約稿的工作），這是多年來的習慣，固然有其結構性的優點，但因版面的視覺美學愈來愈受影像元素的刺激而變化多端，編版組版的工作已經愈來愈需要圖片編輯和美術編輯的參與協助。

三、組合藝術牽涉廣泛

版面編輯如果想要開放觀念，就必須和世界性的專業體系或編版觀念搭上線，成立專業協會是一種辦法，可以爲自己爭取權益，或舉辦講習、比賽、研討會或學術研究，把自己的編版理念拿來跟同業的或世界性的編輯觀念相互切磋印證，也可以透過辯證，爲這個專業訂定最高表現的基準。只是，台灣平面媒體的編輯理念之傳承，一直都是是關起門來自個兒摸索學習揣摩的，編輯、記者、攝影、圖編、美編這些編輯環節有關的人員，平常除非重大新聞不會兜在一起研究版面，因此，台灣的專業編輯雖說「獨立」，享有不低的地位，但就某種意義而言，其實是處於半封閉的狀態。

不過話說回來，無論是哪一種編輯制度，編輯的日常工作的確經常受限於截稿時間、素材有限、照片品質不佳、編採企劃制度尚未建立、小題太多、稿件零零落落等等問題的限制，而迫使編輯在選編文章照片時「退而求其次」，經常只能屈就普通的影像來編版，其實，這就是一個專業編輯在品管上發揮韌性、盡力奮戰、堅持視覺效果的關頭，專業編輯必須堅持在最短的時間內發揮想像力，同時取得相對較佳的材料——尤其是主照片的找尋和質量之要求，最後以當時當刻可能取得的最佳材料著手編輯，如此，就算當時沒有最好的材料，也不至於編出太差的版面。

第三節　報紙影像構成的整體要求

一、放大照片的要則

好照片本身可能兼具有獨立、完整、象徵和有機意涵——能夠引起共鳴，而且愈看愈有趣，能夠讓這張照片獲得適當（尺寸、位置、方向、獨立性）的編排，是一樁需要執著、需要不斷爭取的事。蕭嘉慶（1999）提出裁切照片、放大照片和處理照片的一些參考原則：

1.照片一定要大到某一程度，才能產生「視覺效果」或震撼力。但是相反的，當大場景或中景的照片被縮小到只剩下豆腐大、郵票大時，照片不只沒有細節（照片的細膩之處，就在於許多細節的互相對話），刊登的意義大打折扣，就連塡空的作用也顯得尷尬。豆腐大或郵票大的影像空間只適合特寫（人頭），至於中景或大場景的照片絕對不應該做成豆腐大，這是爲讀者閱讀的權益、爲攝影的功能著想，也爲報紙的格調著想。

2.當幾張照片湊在一起，在同一個版面上連同此起彼落的標題形成「多視點、多焦點」的情形時，應該是考慮剔除一兩張照片，放大一張當主照片的時候。有一個觀念就說：「三張小不如一張大」——在有限的版面裡，幾張照片互搶空間，互相抵銷，不如成就最好的一張。

3.放大照片，需要智慧，需要勇氣，但是爲了要讓照片承擔重任，也爲了強調編者或報社的觀點，照片放大就變成必要的功夫。

4.放大照片，是爲了可讀性，爲了讀者閱讀照片細節的需要，也爲了肯定攝影記者的努力。

5.放大照片，是爲了開展版面的格局，也爲了賣報紙。

6.好照片不必多，遇到好照片盡量放大，賦予主照片的地位。

7.主照片到底多大才叫主照片？在時下的台灣報紙，至少是占版面的四分之一到五分之一面積，就可能有此效用。主照片夠大，又和次大的照片具有明顯的尺寸差別，一定能產生對比的美感。

8.主標題不要跟主照片爭搶明視度，盡量壓抑次要標題的分量。

9.塊狀組織與主照片具有相輔相成的關係。塊狀組織愈完美，則主照片假如是好照片的效果愈強，假如是普通照片則益顯分量不足——也就是說，良好的塊狀組織將明顯暴露照片的優缺點。

10.有性格的臉譜非常值得放大。不要放大攝影技術不良的照片。

二、大場景、中景和特寫鏡頭的互動關係

1.在單一版面必須使用一組三張照片，而且必須編輯在一起的情況下，這三張照片最好是以「大場景」、「中景」、「特寫」的搭配關係，而且三者的比率爲：大場景最大，中景次之（大約是大場景的一半），而特寫最小（大約只及中景的一半），亦即三者呈現1：1/2：1/4的關係，如此，三張照片中的人物大小可以出現較爲相近的一致性，差別不至於太過懸殊，以免影響讀者視覺適應。

2.上述的場合，如果決定以中景或特寫的照片作爲主照片，則該中景或特寫大照片之旁極不適合再放置任何照片，因爲放大的中景照片或特寫照片強度很大（尤其是特寫的照片放大效果特強），任何別的照片都競爭不過。

3.經驗顯示，中景照片是平面媒體最實用也最具傳播效果的照片，因爲：

(1)這種照片需要的空間不必太大（大場景的照片就需要大空間才會出現細節）。

(2)能夠包含的信息不少。

(3)可以發揮「選擇性觀點」，尤其是視覺觀點的大作用。

(4)把它當主照片放大後又具有特寫的強度。

(5)中景照片很適合配合主標題做成主照片。

4.按照一般報紙的屬性，第一摞版面如果是我們所了解的「文字重於照片、政治性大於其他」，則這一摞的任何一個大版滿版，適合刊登三張照片（一大、一中、一小。大的做主照片）。而文化生活中心的版面則可以增加視覺分量約30%至40%，亦即整版滿版可以使用到五、六張照片。但是照片使用多，並不等於照片的強度跟著增強，因爲如果版面上沒有主照片取得主要的視覺主宰地位，則差不多大小的多張照片之安排，反而使得版面焦點變多，也就沒有主要的焦點。

三、獨立照片和搭配性照片的處理方式有別

所謂獨立照片，是指該照片的內容與新聞無關，身旁沒有相關的新聞或特稿，是個個體的意思，這在處理時，最好是畫上雙框，就是先畫上照片的細外框，再加上一細外框把圖說框進去，形成雙框，暗示隔絕其他不相干新聞的意思——這是一種細膩的、爲讀者考量的做法，不希望他們被誤導的意思。而搭配性的照片，顧名思義就是配合新聞的照片。顯然，搭配性的照片最好是放在該則新聞的附近，甚至緊貼著標題而構築成主要的視覺塊狀體，如果這個塊狀夠大（大約占整版的五分之一以上）則可能形成主要的焦點，大抵是主照片的分量了。搭配性的照

片在連結（緊靠）文章或標題時，只需要框住照片，不必框住圖說，以表示它不是獨立的照片。

1.兩三張照片組合在一起的塊狀影像組織，最好：

(1)彼此有大小的差距，這是爲了取得對比的美感。

(2)不要把照片做成差不多大小、又編排成一高一中一低的下樓梯（或上樓梯）的形狀。

(3)組合成倒金字塔的形狀要比正金字塔的形狀來得穩，也來得好看。

2.系列照片（sequence）的處理方式：在同一段時間拍下來的一組照片，彼此的框景相近，內容具有前後的順序關係，就叫作系列照片。通常，系列照片會有一張最有意思或最具有影像強度的高潮影像，那麼這張高潮影像應該予以放大，其大小應該比做成一樣大小的其他照片大兩倍以上，才可能產生戲劇性的效果。例如：一個蹲在屋簷上準備自殺的精神病患，在一一九警員的勸阻下，差一點沒有跳下樓去，警員把跳樓者抱住的刹那照片，當然是高潮，值得做大，這張大照片在其他系列影像的襯托下，將具有勝過電影場景的戲劇性味道。

3.彩色照片固然好看，但由於彩色照片本身的彩度大，就造成比黑白照片多了「影像的雜亂性」，使得處理彩照比較麻煩，因爲彩照的多重視覺焦點，在大標題、小標題的配襯下，將更爲擴散，當然可能抵銷照片的效果。因此攝影記者和編輯選擇彩色照片的第一原則，就是挑選視覺較爲單純的影像，如果選到的照片的影像較爲雜亂，則處理的方式是盡量讓它離標題遠一點，以處理獨立性的照片的原則來伺候它。

四、照片的動線處理

所謂動線，就是說照片裡的影像假如具有一定的方向性（vector），就必須在編排的時候順應它的方向，以便凝聚版面的力量，要不，版面可能因爲照片搞錯方向而顯得尷尬。例如：照片中的主角往左看，編版的原則有二：一是在裁切該照片時，盡量保留住較多（或足夠多）的左邊的空間，以便讓這個往左看的眼光之動線，擁有向左移動的較多空間，如此將可幫助該影像取得較穩定的結構；其二，爲了不讓照片的動線一下子就溢出版面，一張動線往左發展的照片，在版面上應該是盡可能的放在右邊，以便讓它的動線留在版面上久一點。這是視覺心理加上圖片編輯的經驗說，被有的報紙奉爲編版規定。

(一)第三效果的表現

所謂「第三效果」（the third effect），是說兩張也許原本不相干或者碰不在一起、不產生「碰撞火花」的照片，當被編輯以同樣空間大小的配置關係湊在一起時（通常是左右並置），竟然產生了兩相對照的第三種情境（有趣的對比、相對諷刺、不可言喻的影射，或甚至挖苦式的對照效果等等），這種處理方式有點像是無中生有的味道，但在先進國家的報刊，被認爲是編者或作者的敘述觀點之表現。

(二)「群化原則」的編版要領

就是說屬性相同的視覺元素（包括照片、標題），在合併處理時（比如說幾張不同色彩、不同場景的照片需要放在同一版面時），爲了維持彼此的一致性，也爲了減低視覺雜亂，而把相同色彩或相同場景的照片擺在一起（或者同樣去背），形成「群體」的態勢或面貌，如此，讀者的潛意識將被引導而認同這些照片的相近屬性。換句話說，「群化原則」也是為了讓讀者在閱讀上減少誤導、增加順暢感的意思。

(三)大量影劇宣傳照片所引起的問題

時下的影視版有個棘手的狀況，就是大量的影劇宣傳照片，已經成為這種版面的影像主軸，這個問題的嚴重性包括：

1.公關宣傳的意義濃厚，一再侵蝕「新聞」的純正性。

2.照片內容，往往是影視明星面對鏡頭擺弄姿勢的樣子，極度缺乏真實感，也一再拉低攝影的記錄價值。

3.為了宣傳而不擇手段的許多女星，以暴露身體的方式取得刊登的機會，逐漸形成一種風氣。

4.另外，藝文版也出現一個暫無解答的問題，就是藝文表演團體也不斷提供經由安排攝影的宣傳照片，這些照片固然品質絕佳，但意義上仍然是公關性質，連同上述的影視宣傳照片，形成了所謂的「公關影像結構」。

五、裁切照片的必要性

1為了再也看不出構圖或其他基本毛病。

2.為了使照片的信息變得精簡、達意或更具美感。

3.為了取得不裁切就發揮不了的視覺效果。

4.為了凸顯照片中主要人物的分量，為了引導讀者的閱讀順序。

5.為了讓照片出現筆直而狹長的「戲劇性線條」——假如這種照片作為主照片而放大時，它的效果將非常可觀。

6.照片去背、加框、加網點、加色塊、疊照片等等想法做法如何？在有格調的報紙，尤其是攝影記者的專業受到眞正肯定的國家，專業圖片編輯和美術編輯肯定不可能把照片加以「人工處理」，因爲在專業者的眼光裡，照片如同文章、如同創作，不可以隨便裁切「加料」，以免損及著作權的完整。但是在台灣，我們經驗中的影視版就氾濫著大量的「加工影像」，好像影視照片加了料就可以更花俏、更有看頭，但是從嚴肅的角度來看，任何版面只要是這種照片愈多，愈可以發現該版面的整體視覺或編版能力愈差、愈顯幼稚。所謂「照片加工」的原則，當然是：(1)作者允許；(2)加工後的視覺效果無損原內容的完整，甚至更佳。因此，良好的美感直覺，是拿捏的關鍵。

第四節　照片與標題、與圖說結合之關係

一、標題字不一定要大

標題大就是醒目？大就是好？當然不是的，這是台灣報紙的版面迷思之一。四四方方的中文字體，拼湊在一起的「視覺重量」，確實要比相同面積的英文字重，而且重出許多，尤其是粗體大標題更是重得可以，重得沒有任何視覺媒體可以跟它競爭注意力。標題處理的最主要原則是，假如主編有心編成一個主焦點清楚的版面、願意成全主照片的視覺效果，則主標題的明顯度、「重量」和大小都必須順應主照片的地位，在不影響主照片的強度或跟主照片競爭視覺強度之下，決定它的大小和位置。假如照片大而標題也不能小時，可以把標題換成灰色，減輕其重量和干擾性。

二、彩色版的標題字應盡量單純

彩色版配上彩色照片是天經地義的事，但是配有彩色照片的彩色版最好配上黑白標題，而且盡量讓標題的字體字號保持單純一致（如果考慮讓標題出現不同的字體，則上述的「群化原則」可以參考），以免上述彩色照片天生的「視覺雜亂性」經由彩色標題的渲染，而更形「驚人」，這是版面編輯必須盡可能克制的一點。

三、圖說位置應便於閱讀

圖片說明，在西式版面理應只有一個位置，就是放在照片下方即可（《中時晚報》自行發展的左右兩邊短行排列方式，應該算是「偷吃步」，閱讀起來非常不便，視覺上也不登大雅）；然而，圖說在中式版面則出現上下左右皆可的局面。假如，有個較爲人性化的參考原則的話，那就是既考慮照片動線，也考慮讀者閱讀方便，讓圖說緊貼著照片而放，橫的照片就擺在下面，直的照片就擺兩邊，將是理想的搭配方式。有些先進的（西式）報紙如《國際先鋒論壇報》（*International Herald Tribune*），已經講究到圖說的寬度就是照片的寬度，就是靠圖說撰寫人或編輯的文字能力，把圖說的長度／兩個邊緣（一行兩行都一樣）寫到跟照片的邊緣對齊，顯然已經把圖說看待成圖片的一部分來堅持編版要則。

習題

閱讀完本章後，試回答下列的問題：

1.請說明美術編輯的角色與功能為何？

2.何謂照片之「第三效果」（the third effect）與「群化原則」？

3.假設你是一位美術／圖片編輯人員，請試著編排一個包含照片、標題與圖說之版面。

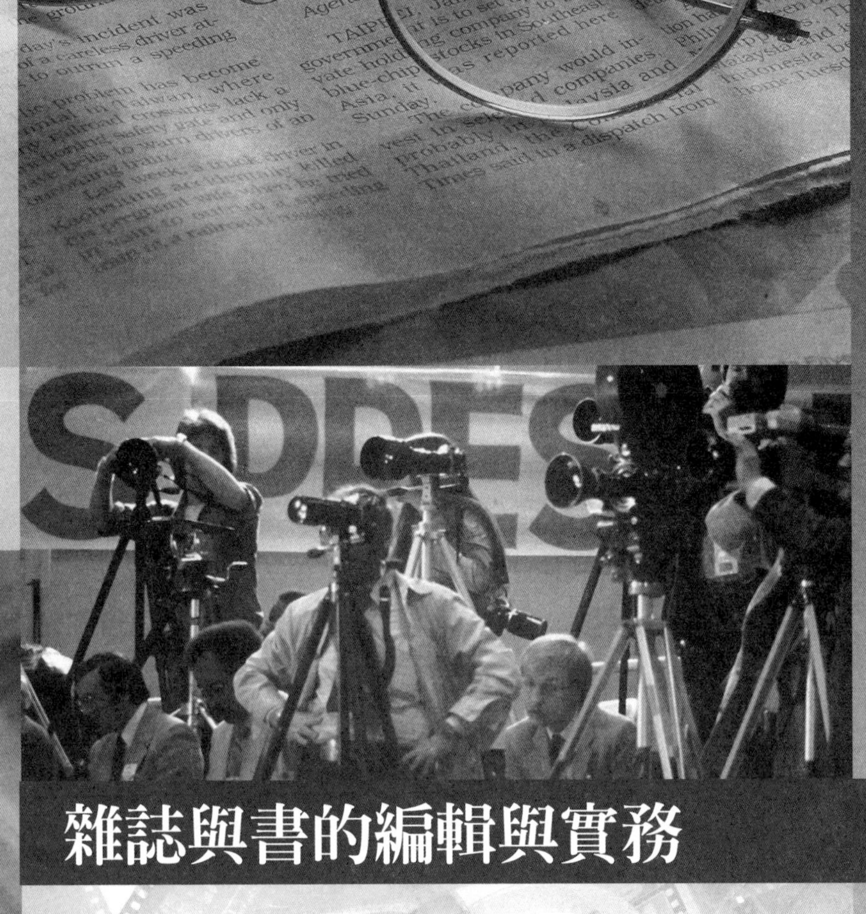

18 雜誌與書的編輯與實務

第一節　雜誌的特性

雜誌對現代人來說，是除了報紙之外，另一項重要的平面印刷媒體，在各大書店中，都可以看到洋洋灑灑的雜誌，五光十色的鋪列在書架上，吸引著讀者的目光。這其中，有些用透明膠套封住，有些則是可以讓讀者隨手翻閱；爲了爭奪市場占有率，幾乎大多數的雜誌都會採取一些促銷手段，例如降價、贈送贈品，甚至還可以抽獎送機票，其目的，都是希望讀者能在上百種的雜誌中，把它挑出來買了帶回家。

雜誌與報紙，不僅在形式上不同，在內容上也截然兩樣。雜誌業到目前，仍能繼續發展，且不斷有新面貌、新產品問世的原因，有些因素是與報紙不同的。

Willie 在 *New Media Management* 一書中便指出這三因素的重要性：

1.雜誌不比報紙需要及時的發行系統。由於雜誌的出刊有週期性，因此，雜誌不像報紙必須每天及時送到訂戶手中，使得雜誌在發行上，可以有較多的時間與空間，這也使得雜誌的編輯與印刷，要較報紙更加精緻，適以成爲雜誌與報紙在形式上的最大區別。

2.雜誌因應了社會的進步與變遷，配合著分衆市場而產生不同形式與內容的雜誌，例如保健、電影、消費、裝潢、汽車等，其內容均可以滿足特定族群的需要。

3.縱使電視已經在我們的生活中扮演了舉足輕重的角色，但是由於雜誌的印刷、用紙、編排、設計均屬精緻高級，因此，頗得到廣告客戶的喜愛，尤其是高單價產品，如化妝品、汽車等，更是需要透過雜誌的精美印刷，來襯托其商品質感（Willie, 1993）。

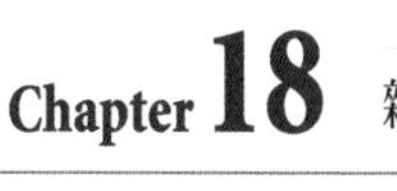

Jean-Louis Servan-Schreiber曾指出，雜誌和其他媒體比較起來，還有很多優點，例如專業化的趨勢，適足以反映出分眾讀者的需要，同時，更重要的是，如果人們在時代的演變中引發新的興趣和品味，也自然會有新的雜誌來滿足讀者的需求。這恐怕也正是雜誌可以歷久不衰的原因吧！

第二節　雜誌的分類與組織流程

一、雜誌的分類

雜誌依其出刊的時間及性質的不同而有所區分，一般而言，雜誌依性質不同，可分爲：

1.政治財經評論性雜誌：如《新新聞》周報、《商業周刊》。
2.科技財經政策型雜誌：如《天下》雜誌、《遠見》雜誌。
3.行銷管理型雜誌：《卓越》雜誌、《管理》雜誌。
4.投資理財型雜誌：《錢》雜誌。
5.娛樂型雜誌：如《時報周刊》、《獨家報導》、《壹周刊》等。
6.生活類型雜誌：《裝潢家》雜誌等有關裝潢及室內設計的雜誌、《音響》雜誌、《汽車購買指南》、《釣魚》雜誌、《攝影》雜誌、《博覽家》雜誌、《TOGO》雜誌等有關旅遊的雜誌。
7.資訊、學習型雜誌：《PCHOME》等電腦資訊雜誌、《空中英語教室》等語言教學雜誌。
8.藝文類：《皇冠》、《講義》、《讀者文摘》。
9.時尚流行類：《美麗佳人》、《費加洛》、《NONO》雜誌等。

10.醫藥保健類：《長春》、《康健》等。

11.其他。

二、依出刊時間來區分

1.周刊：每星期出刊一次。

2.雙周刊：每兩星期出刊一次。

3.月刊：每月出刊一次。

4.季刊：每三個月出刊一次。

5.半年刊：每半年出刊一次。

6.年刊：每年出刊一次。

一般而言，爲了占有市場率，加強與讀者接觸，雜誌在政論、娛樂、理財投資等方面，以周刊居多，由於這類新聞題材有其時效性，甚至是一過性的新聞，若不能及時快速出刊，會因錯過時效，而乏人問津。

另外生活、學習、資訊、行銷管理、醫藥保健、藝文類等以知識性爲主的雜誌，則以月刊爲主。

三、雜誌的組織分工

雜誌的組織分工中，居於靈魂地位的當然要屬發行人（publisher），有些則是由社長全權負責，視其雜誌本身組織生態而定，不論是由發行人或是社長掌控，他們都是雜誌社的最高指揮者，其工作職掌是要爲雜誌內容規劃出大方向，另外還要確實掌握發行策略，包括廣告、售價等，同時與總編輯設計內容。

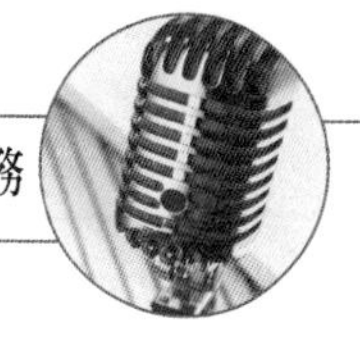

而雜誌社編輯分為文字編輯與攝影編輯、美術編輯等，在雜誌社負責採訪工作者，雖然他們所做的採訪工作與報紙或電子媒體記者相同，但並不稱之為記者，而稱為文字編輯或是採訪編輯。

文字編輯又依職權的不同，而有一般編輯與執行主編，執行主編相當於編輯直接主管，有時負責稿件的審核、標題製作的審核等。

而攝影編輯也是雜誌很重要的人物，因為雜誌較之報紙，需要更多的圖片，由於印刷及紙張較之報紙更為精良，圖片呈現的品質就更顯重要；攝影記者除了配合文字記者的需要之外，更多時候攝影記者是負責或是主動拍攝新聞對象，一般被稱之為「狗仔隊」者，主要是指攝影編輯，因為照片呈現出來的新聞眞實性，往往較之文字工作者花費許多功夫努力解說新聞更具說服力。

另外美術編輯負責版面的完成，包括圖片及文字擺放的位置，或是版面必要的構圖設計、表格設計、顏色的搭配、圖片的選擇等，美術編輯是將文字及攝影編輯採訪所得，做最後呈現的關鍵性人物，因此雜誌社的美術編輯必須要有很好的美工繪畫能力，才能符合雜誌的特性及要求。

因此文字編輯、美術編輯、攝影編輯，是雜誌內容、品質的把關人，他們一起努力，才能完成雜誌精彩的內容，因此，稱他們為內容品質的把關人，毫不為過。

雜誌社中另一重要的工作便是廣告、業務，他們必須與編輯部互相配合，使整份雜誌在編輯部、廣告部和發行部共同的努力下，產製出優異並獲得認同與肯定的產品，有時為了廣告業務的需求，編輯必須配合採訪。

四、編輯作業流程標準

1.雜誌作業流程基本要項：

(1)每期出刊所需字數（共約多少頁、彩色或黑白印刷）。

(2)每月幾日出刊。

2.稿件處理標準：對於雜誌的稿件，粗略可分爲內稿與外稿，內稿爲雜誌社內的文字編輯所撰寫，外稿則爲編輯向社外人士的約稿或邀稿。

另外在新聞處理的難易度上，雜誌的稿件又會有進一步分類，如分爲一般稿件，此一部分的稿件爲較例行一般性的稿件，採訪者可自行獨立完成，主要是固定的專欄部分。

第二部分爲稿件內容複雜度較高，可能須由其他同仁協助採訪不同面向的稿件，如核四存廢事件，此一問題涉及環保、經濟、地方反應、府院運作，甚至地方輿情，由於面向極多，因此需要跨線整合，所以此類難度較高的稿件，截稿時間會較爲耽誤一些，一般而言雜誌較之報紙編輯，會更重視報導的深度及廣度，因此編輯需要更了解事件的來龍去脈，才能充分掌握版面的處理。

最後，是部分在截稿期限前才發生的突發新聞事件，此類機動新聞必然有其特殊性，因此，往往會在截稿前最後一刻才將稿件送到編輯手中。待所有稿件均整合、彙整妥當之後，交到編輯手中，編輯再開始進行標題製作與撰寫前言，進行編輯工作的第一步（見**圖18-1**）。

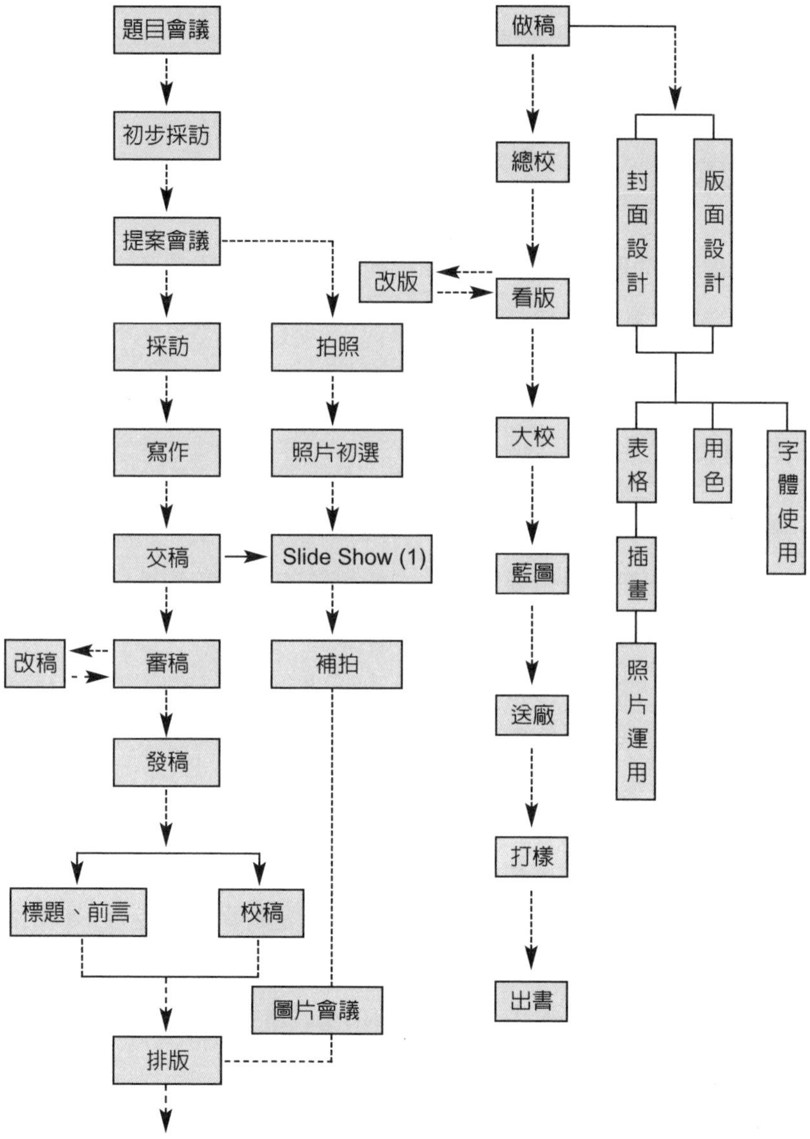

題目會議
初步採訪
提案會議
採訪
拍照
寫作
照片初選
交稿
Slide Show (1)
改稿
審稿
補拍
發稿
標題、前言
校稿
圖片會議
排版

做稿
總校
改版
看版
大校
藍圖
送廠
打樣
出書

封面設計
版面設計
表格
用色
字體使用
插畫
照片運用

圖18-1　雜誌編輯流程圖

第三節　雜誌編輯標題製作原則

一、標題製作

雜誌編輯不同於一般報紙新聞編輯，其間最大的差別在於，報紙由於是天天發行，配合上目前廣電媒體的快速發展，其新聞標題製作的面向較偏向新聞事件的發展。

(一)標題製作原則

雜誌由於屬刊物性質，在隔了一段出刊時間之後，對於所有內容都是經過充分的整理，更重要的是，由於雜誌的價格較報紙爲高，因此購買的讀者也會有較高的期待，編輯下標要有「賣點」，也就是能吸引閱聽人花錢購買，標題不但要夠聳動，也要迎合閱聽人的需要，因此，雜誌編輯在標題製作上，應與報紙編輯有所區別。根據以上所述，雜誌編輯的製作原則，應包含下列各項：

■標題製作要能凸顯文章主題

這是編輯下標最基本的要求，編輯要有提綱挈領的能力，找出該篇報導的精髓，例如一則中共與美軍軍機擦撞，兩造軍機的比較的報導，編輯下標時就要指出事件名稱，再標出出事的軍機特色。

■標題內容要能迅速引起讀者注意

雜誌能否吸引閱聽人購買，標題能否迅速引起讀者注意，是很重要的一環，例如時尚美容雜誌最常使用的標題不外乎「瘦身秘訣大公開」、「豐胸看這裡」、「美麗其實很容易」等吸引女性注意的標題，

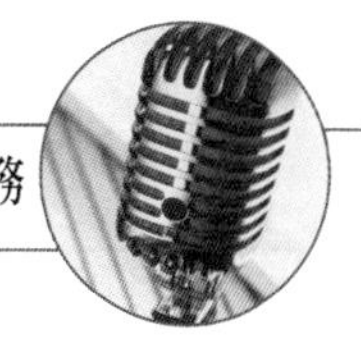

而政經新聞雜誌則常以「XXX下台實錄」、「政壇地震幕後黑手」、「XXX與XXX的恩怨情仇」等；這個下標題的要點是專攻閱聽人的心理學，包括愛美是人類天性的弱點，以及原始的偷窺慾望等，因此心理學也是編輯需要進修的重要課程。

■標題的形式應勇於創新、改進

雜誌編輯較之報紙更能活潑運用版面及標題，隨著科技的日新月異，時代隨時都在改變，標題的製作形式也應避免一成不變，走在潮流的編輯或是能帶領潮流的編輯，應該勇於創新及改變，唯有嘗試創新之後，才能有新的回饋與刺激，標題的形式也是一種創作，創作的好壞較為主觀，但重要的是，若都重複同樣的形式，就失去了創作的意義了。

■標題的用字，要符合目標讀者的經驗法則

所謂目標讀者係指雜誌特有的讀者群，例如汽車、電腦雜誌較多年輕及中壯年男性讀者、美容時尚則鎖定在女性、保健醫學類雜誌則是較多中老年人等。編輯必須要了解雜誌的目標讀者，在下標時，要能與目標讀者群接軌，盡量不要使用太過深奧難解、讓讀者看不懂的字句，會引起反感；而給老年人看的雜誌就不應使用「粉」、「機車」等青少年的用語，編輯下標若超過目標對象的生活經驗，並不算好的標題。

(二)雜誌編輯標題用字原則

為了能快速引發讀者閱讀的興趣，充分發揮標題的導讀功能，同時在雜誌精美的編排、美術設計及優良的印刷下，標題的美觀性也是一項重要的考量。

因此，雜誌編輯對於標題的用字應注意以下各項：

1.用字風格應清新、簡潔、有力，尤其應該避免傳統的、俚俗的、八股的用字遣詞，也應避免不必要的贅語。

2.為使標題快速吸引讀者閱讀，在標題的字數上應盡量簡短，簡短才能有力，才能快速抓住讀者的眼光，因此字數不要太多，標題在八至十字以內，愈短愈好。

3.單行標題語意、文法及文字結構應求完整，千萬不要只是編輯自己看得懂、看得有趣，卻讓讀者看來滿頭霧水，不知所云。

4.對於聲韻、修辭應多訓練，文字要簡潔有力，如何符合聲韻、符合閱讀導向，是編輯應思考再三的。

5.在前言部分，雖然是自由題形式，但也應盡量簡短，好的前言是把尾巴露在外面，引領讀者進去抓貓，而不是牛肉的精華放在門口，等讀者吃完牛肉，也就是看完前言之後，一看內文卻發現並無其他新意而覺得索然無味。因此，前言的撰寫重要關鍵是，先將全文經過咀嚼之後，針對目標讀者進行前言文字的創作工作。

二、雜誌編輯的圖片整理

每一本雜誌的照片在版面的構成中，占有相當重的分量，一幀照片，可以做為版面的底，也可以是全篇文章的視覺焦點，因此對於雜誌中圖片的製作是需要相當用心與費神的。

在雜誌中，編輯對於照片的處理方式，最常著墨的就是圖片的小標題。

一幀好的照片配合上恰如其分、畫龍點睛的小標題，不僅頓時讓照片的新聞感躍然紙上，更可強化整個照片的說服力。對於照片的搭配文字部分，編輯可分三方面來加工：

1.在照片的說明文字中加以修飾，必要時可予改寫，使其文字不要太多，最好能在三十字之內解決。

2.小標題的製作更應求言簡意賅，短小精悍亦能達到一針見血的功效，對於新聞的深刻了解，是絕對必要的。

3.在圖片說明與小標題製作完成之後，標上相襯的字體與字型，則是更關鍵的一步，如何凸顯文字但不會搶去照片精彩度，需要特別注意。

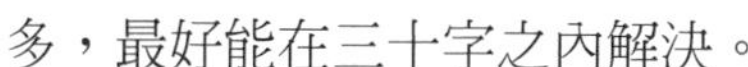

第四節　目前書市狀況與分析

一、書展具有集客效應

由於國內目前普遍受到經濟不景氣的影響，造成消費者的荷包縮水，對於購買圖書的意願因此也相對降低，依2001年度來看，整體書籍市場較2000年度，消費者在購買圖書的意願上，約減低兩成以上，影響不可謂不巨，這種圖書消費普遍降低的情況，已造成數家大型連鎖書店的財務吃緊，甚至虧損。

另外，有鑑於近年來，每於年節假日期間，常在台北市世貿展覽館舉辦大型國際書展，因爲此類展覽極具集客效果，因此，參展的出版社有愈來愈多的趨勢，不但現場攤位一位難求，甚至在展覽期間，出版商多以低價策略吸引顧客，造成北部許多消費者已習慣在大型書展時，以較低廉的價格一次購足所想要採買的書籍，這種在近年因大型書展所帶動起來的購買習慣，已顯著的導致了每年三、四、五月的書市交易情況極爲冷淡。

同時，在價格策略方面，由於相當多種類的雜誌在這些年來陸續創

刊，並且同時以低價策略發行，再加上大量的新出版社投入這個市場，及新的出版品不斷上市，更值得一提的是，由於網路的發達，許多出版的資訊內容均透過網路免費提供網友閱覽，而不去書店購買，綜合以上各種原因，使得台灣這個彈丸之地的有限書籍市場，有供過於求的趨勢，逼使書價不得不一直向下滑落。

二、書籍發行方向改變

台灣書籍市場這幾年來受經濟的波及，發行類別有相當程度的改變，改變的方向可分下列四項：

1.大陸投資類叢書銷售量頗佳。兩岸三通雖在民間喊得震天價響，而台商的腳步跨上對岸，卻已有多年的歷史，從目前港、澳往來大陸的班機班班客滿的情況，可以看出台商投資大陸的熱潮正方興未艾，教導台灣商人如何在大陸投資設廠、如何開店賺錢的書籍，莫不成為重點熱賣書籍，而少數成功台商奮鬥的故事，也成為有志投資大陸人士的必看秘笈，只要有一本書能夠提出在大陸投資點石成金的方法，便立刻成為暢銷書，因為著作與發行投資大陸的書籍，也成就了不少作者與出版社。

2.台灣股市近年表現不佳，數百萬的股票族失血慘重，斷頭殺出都來不及，住進「套房」的更是比比皆是。在往年股市大好的時候，各類股票選股秘笈、投資理財的書應運而生，股票族有獲利，自然對於能夠幫助利上加利、錢滾錢的書籍，購買起來絕不手軟。但是等到股市跌入谷底，盤面一片慘綠，投資人對於股市投資與理財的書籍自然興趣缺缺，據業界估計，當時此類股市明牌、投資理財的書籍，銷售率狂跌了五成以上。

3.由於經濟不景氣，股市跌跌不休，失業人大幅增加，受到連帶影響，有關心靈成長類的書籍依舊是書籍市場的主流，並沒有因爲景氣而滑落。

4.愛美是人的天性，有關於各式各類的瘦身、美容、豐胸、化妝、服裝搭配等，也是書籍出版的大宗。

書籍市場的發展與出版息息相關，這也是作爲一本圖書編輯所必須充分掌握的。

第五節　書的編輯

當一家出版社要出版一本書時，應該要有哪些考量？自然，除了市場的因素之外，作爲一個新書的文字編輯，該注意到哪些？才是我們應該去注意的。

編輯一本新書，首先取決於這本書的定位，這本書是一本怎麼樣的書，是小說？是傳記？是工具書還是參考書？定位清晰了之後，我們才能針對定位來擬訂策略與風格。這本書所要帶給讀者的是什麼？它是新觀念還是新素材？這些都有助於文字編輯在編輯一本書時風格形式的形成。

一、新書的企劃與成形

(一)一般的創作

所謂一般的創作，包含了文學小說類、生活智慧類、商業智庫類、休閒娛樂類、語言學習類、美容瘦身類，甚至還包括了漫畫、笑話等等都在內，這類創作由於內容包羅萬象，因此發行量也相對的相當高，在市場上，這一類的創作書籍，平均每月都有上百本新書上市。

(二)專案的企劃

目前出版公司對於書籍發行的選擇，也漸漸由作者的知名度轉向市場上的潮流與趨勢；換句話說，出版公司會依照市場調查的結果、市場潮流的趨勢、政治上的敏感度來進行專業企劃，將所要出版的內容經過詳細而縝密的評估與計算後，再去找作者或寫手來撰稿，通常這一類的書籍出版與一般創作不同的是，一般創作多由外而內，也就是說，在作者群自發的創作下，由出版公司依市場的需求與公司定位，選擇預備出版的書籍；而專業企劃的方向則恰巧與它相反，如前所述，專業企劃是先有企劃方向，依據主、客觀條件，如市場、經費的評估，擬定出詳細的企劃執行方案，再由主編依據所要出版書籍的特性，去選擇合適的作者或寫手來撰稿，例如前陣子紅極一時的「上海經驗系列」書籍，或是「心靈雞湯」系列書籍，又如目前哈日、哈韓風潮，出版公司也會大量企劃日、韓電視劇景點或明星的介紹書籍，以滿足讀者，以上均是以市場、趨勢爲依歸而所企劃製作的書籍刊物。

(三)口述的整理

這類的著作多半爲名人的傳記、回憶錄或成功的過程，由於名人不盡然有那麼多的空餘時間，也可能文筆並不很流暢，但是，市場上對於這些名人的種種又會很有興趣，因爲名人本身也正是市場上一個很好的賣點、絕佳的廣告及明星，因此近年來，無論中外均有相當多的書籍是依照此法設計編書的。

通常，出版社在談妥對象後，便會找擅長該領域的作家或寫手，開始進行訪談、錄音、整理文稿的工作。

(四)中外的譯作

有許多出版社都是以譯作爲其出版大宗，爲數最大的包括資訊類、商業類、心理方面、醫藥方面、暢銷翻譯小說等，另一類如電影故事等軟性題材，也是市場上喜歡的重點。

二、出書流程的前置作業

(一)選擇題材

選擇適合的題材，恐怕是所有出版公司、書商最傷腦筋的一件事了，什麼類型的書會受到市場的歡迎，什麼樣的題材會大賣，在在都讓出版社費盡心思。而各出版社亦有自己的風格與出版特色，例如有的出版社是以財經見長，若再細分，有些出版社是以財經人物的傳記爲其出版的最大特色，而有些則以資訊、旅遊等爲其專長，因此，選擇題材時也要以出版社的特色爲考量重點，同時在選材的時刻，除了以時機、內容型態等爲考慮外，行銷目的也是很重要的，譬如說，是否出版品是屬於前後呼應的系列叢書，往往在系列叢書的新書出版之後，也可以帶動舊書的買氣，這些因素，都是在選擇題材時會列入考慮，在企劃會議時詳細討論的。

(二)選擇作者

當一本書的題材確定了之後，出版社便要開始尋找作者，有哪些人適合寫作這個題材，如果自己的出版公司有，則從內部開始著手，如果沒有，如何在外界找到合適的人，也是另一個棘手的問題，因爲懂題材的人，不一定是寫手，而寫得好的人，也不一定懂那個領域，因此，找到合適的人寫合適的題材，的確要費點苦心。從另一方面來說，如果是需要採訪的，在企劃會議中，有什麼管道可供協助，也可一併提出討論。

(三)擬訂出書計畫

有了合適的題材與合適的作者之後，下一步就是擬定一套完整的出書計畫。出書計畫包含了出書的流程，在編輯過程中，美術編輯的支援與配合，版型、字樣是否準備妥當，有無需要攝影等，都需要在出書計畫中詳細規劃，有了這套詳細的計畫，出版社負責人只需按表操課，依時程控管進度即可（見**圖18-2**）。

三、出版書籍流程案例說明

1.編輯與一校：十萬字六個工作天完成，每多一萬六千字必須多花一天。

2.定版型發電排：電排必須逐頁修正調整，將標題與章名的特殊字體完成，並避免標題在跨頁上、每行字數不一等問題，十萬字的叢書大約編成二百五十頁，需要至少三天才能完成。

3.申請書號：三個工作天書號可以核發下來，再三個工作天預行編目可核發下來，共需六天申請書號必須準備——完整的目錄、序或是前言、書名頁、版權頁，如果被發現假造文件申請，書號中心會來電警告，影響之後申請速度。

4.封面色稿：改稿會多花一、兩天。

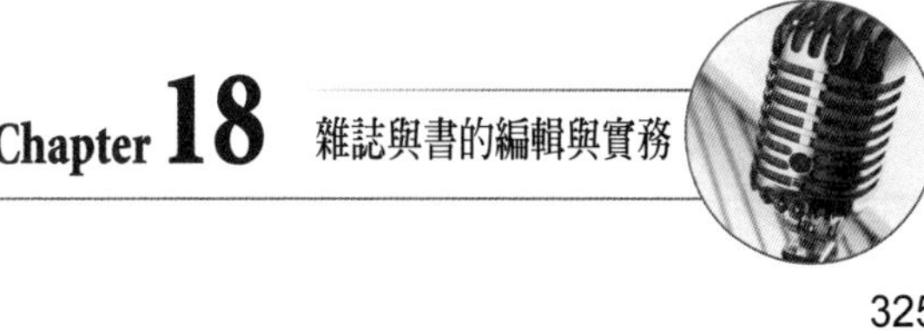

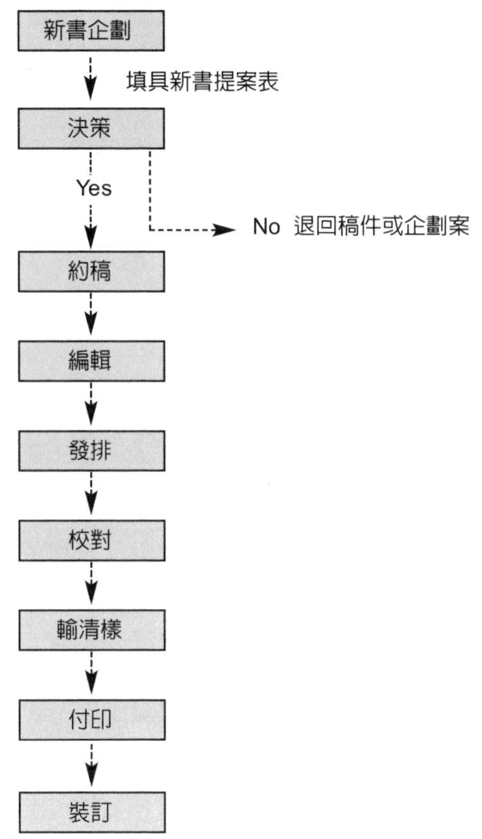

圖18-2　新書編輯流程圖

5.內文三校：此處只核對紅稿二校的修正處，如果要仔細校對，需要多用二至三天。

6.封面打樣：封面打樣如有修改之處，必須多花兩天以便重新打字、輸出網版與製版。

7.新書報樣：特案的大書，最好在出書前兩個月就和經銷商與連鎖書店採購洽談大量進書的條件。

8.公關稿與廣告設計：平面與網路媒體的連載或書摘，要等到封面打樣或色稿確定之後才能進行。

9.裝訂：膠裝要兩天、穿線膠四天、軟精裝至少七天。

總結：十萬字的書，如果沒有內文照片，在一切流程順利進行之下，從收齊稿件到開始印刷，至少需要十六個工作天，包括假日在內，至少需要二十二天。

四、編輯閱稿應注意事項

1.編輯在閱稿時，為了尊重作者，理論上是不應擅自更動次序或破壞結構，但如碰到作者在某些部分，寫作時的語氣、語法，有疏忽錯誤時，則應當予以適當的補強或修辭，重要的是，不能因此修改而影響原作者的文意或結構。

2.必須替作者注意所撰寫之人、時、地、事、物，或引用的文句是否正確。人非聖賢，作者在創作時恐怕也有部分字句或關鍵的地名等，因某些因素或錯記、或筆誤，編輯必須在閱稿時很細心的去加以考證。

3.文章內如有贅字、錯別字，編輯可予更動，但仍應維持作者原意。如前所述，編輯在作者的語氣、語法有不連貫時，可予修正，同樣的，在閱稿時如發現有漏字、錯別字或贅字，也應予以刪改。

4.文章結構如須調整時，應與作者溝通，不應擅自更動。編輯在替作者順稿時，如果發現文章的結構有邏輯上的問題，或前後閱讀的關聯時，則應與作者一起討論是否可予更動，但仍應尊重作者最後的決定，絕對不可擅自更動。

5.編輯應替作者注意段落的長短是否妥適，標點符點是否正確。作者在寫作時，可能會疏忽了對段落長短的注意，有時一段或一句太

長，會使讀者閱讀時產生不便，編輯此時也應予以修正，但如修正幅度過大，則應該與原作者討論。

6.內文之所有數字、外國文字的大小寫、計數單位都應統一寫法。例如，數字要用中文寫法，還是用阿拉伯數字，計數單位用哩還是用公里，均應有一規定，使全文不致「一國兩制」。

以上均為編輯在閱稿時經常會碰到的問題，但最重要的是，在潤稿、閱稿的同時，應時時刻刻記住，必須充分尊重原作的創作精神與風格，如果說作者是一部著作的靈魂，而編輯則可以稱得上是這部著作的守護神，他所付出的心力，讓這本著作更加增添風采，所以，編輯千萬別小看自己的責任。

習題

閱讀完本章後，試回答下列的問題：

1.請問雜誌編輯的標題製作原則有哪些？雜誌標題的用字原則有哪些？

2.請說明書籍出版的作業流程包含哪些部分？書籍的編輯閱稿應注意什麼事項？

3.請列舉出國內外幾本你最喜愛的雜誌或書籍，試著分析其編排方式，並假設你是該雜誌或書籍的編輯人員，你會如何編輯其版面？

第七篇

新資訊時代的編輯

19 網路新聞編輯與實務

網路編輯是網際網路發展後所形成的另一種工作類型，它與報紙的關係非常密切，其工作型態雖部分沿襲傳統平面編輯的工作內容，但卻也衍生出更多變化，提供給時下加入網路工作的人另一發展與思考的空間。

網路編輯，廣義可指所有從事網頁更新與維護工作的人，包括個人網頁、個人網站、公司團體網站，甚至程式撰寫人員；狹義則可縮小爲網頁的文字與圖片處理人員，或從平面編輯的概念推廣，專指在電子報內，從事文字與圖片處理的新聞工作人員。

第一節　網路新聞編輯的角色概論

從工作內容來說，網路編輯的工作類型是多樣化，沒有限制的。在個人網頁上，網路編輯可以說是版主（web master），將一個網站從無到有架設起來，填入內容，使其運作，提供資料檢索查詢功能。

在大型的網站中，網路編輯的工作大致可以區分爲三種：(1)文字與圖片處理人員；(2)程式撰寫人員；(3)網路管理人員（也稱工程師）。

隨著網站的屬性不同，所處理的內容（content）不同，工作型態也相異，如在入門網站的網路編輯，工作的內容主要在資料的整理與分類（前端），在電子報的網站中，網路編輯的工作主要在新聞的處理與呈現（後端）。

除此之外，網路編輯的發展也相當寬廣，網路編輯可以成爲總經理，獨立對外，與廠商洽談各種合作事宜，做各項決策、監督與執行。在這樣的發展下，網路編輯也可以成爲業務總監、企劃總監、行銷總監、創意總監或廣告代表，對外負責內容與合作的洽談。

網路編輯也可成為圖書館館長，負責資料的蒐集、整理、分類與上架（update），將各式各樣的資料，依不同的內容分類，設定關鍵字，以資料庫檢索軟體來套用，成為可供網友查詢的資料內容。

而在網路電子報中，網路編輯可成為新聞產製流程中的一員。凡從事實際撰寫工作的，可發揮報社中主筆的角色；將資料製作成網頁的，可扮演編輯的角色；從事新聞與資料蒐集撰寫工作的，可從事網路記者的工作；將外電翻譯成新聞稿的，是擔任編譯的工作；而從事版面設計與圖片影像處理的，則是美編的工作。

由上所述，從另一個角度來說，網路編輯專事有關美的設計與生產的，是扮演藝術總監的工作。

由此可知，網路編輯是一種全新的工作型態與類型，具有挑戰性，且有無限發揮的空間。各種不同的工作，也適合不同屬性的人來參與，扮演著上、中、下游的角色。

但是，由這些多變的角色扮演，也顯示出在公司中角色劃分的混淆，一位網路編輯的工作，須跨越多大的範圍？扮演多少種角色？一方面牽動公司的需求，一方面也攸關個人的能力。參與的角色太多，須學的專業技能太多，所學不精，耗費太多的人力與精神，可能影響產出與個人發展。且若以企劃團隊的角色來看，與各專職部門，如美編部門、業務部門的職權劃分為何？這在網路遍是新興公司，各種人事、組織與營運方式都在摸索的情況下，的確很難釐清。況且，目前的網路公司經營者，入門時間都不長，更增加協助網路編輯在定位上的困難。

網路編輯的角色說來自主性很高，但相對來說，卻也處處顯得綁手綁腳，在公司裡，需要更多的折衝與協調，以尋求與其他部門合作上的融洽，讓一個企劃案能平順的推展，否則，就必須由上到下，一手全包，事倍功半了。

對於個人而言，若個人的性向較為外放，適合挑戰與自我要求，則能在工作上尋找出路，不斷的嘗試新的工作，將所扮演的角色發揮到淋漓盡致，並挑戰不同的工作，而最終朝向經理人的角色發展。但若個人的性向較為保守，適合從事機械性、少變動的工作，則專攻一項工作，深耕鑽營，也可以開拓一片天空，做一個專業的技術人員，換句話說，是「人人有機會，投入就有把握」。

目前的網際網路發展，仍停留在技術層面，因此需要大量的網路製作技術人員，網路編輯在這個時間點可說是搶手貨。但長遠來說，在網路成為生活的一部分，網路經營的模式、生態與秩序被確定後，網路經營與管理的人才必定是主流。因為唯有經營與管理者從成本、獲利各方面加以考量，才能為公司帶來更多的利潤。因此，網路編輯發展的遠景，應由技術面逐步轉化為經營與管理面。

所以，除了具備基本的技術外，一個網路編輯應該多做市場的分析與觀察，培養對於網路市場的敏感度，適時參與網站的企劃、營運與轉型的工作，以發揮更大的功能，且藉由對於網站實際的操作，檢討出利弊得失，以作為管理的依據。

曾有美國的趨勢學者表示，未來人類的生活將多樣化，產業生命週期的循環將比現在更快，這意味著人類在其一生中將不只從事一種工作，培養第二專長是很重要的，一個人約十年就會換一種工作……，在面對網路如變形蟲的生態中，這個預言已提前來到，面對這樣的情勢，預作準備，學習各種適應技巧，是網路編輯的天職與宿命。

不過，也由於電子報不斷出現所帶來的激烈競爭，以及所肩負任務的多樣，電子報成員的工作內容也不斷面臨挑戰。其中，以電子報的新聞工作人員，一方面要堅守新聞產製流程中，篩選新聞以及管控新聞呈現的守門人工作，另一方面，更要具備傳統印刷報業中編輯工作無須具備的網

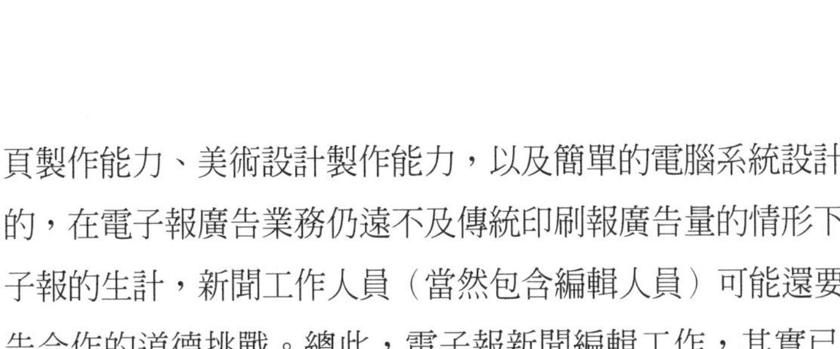

頁製作能力、美術設計製作能力，以及簡單的電腦系統設計能力。更嚴重的，在電子報廣告業務仍遠不及傳統印刷報廣告量的情形下，爲了支持電子報的生計，新聞工作人員（當然包含編輯人員）可能還要面臨新聞與廣告合作的道德挑戰。總此，電子報新聞編輯工作，其實已經由於電子報角色的逐漸被重視與其功能的逐漸被倚重，在工作的質與量上都發生了改變。「界限的模糊」一詞，原本是傳播學界用來形容數位科技對傳統媒介之間（如電視、廣播、報紙、雜誌、電影等），原本壁壘分明但卻逐漸整合的乖離現象。本文也借用這個名詞以及概念，用來描述電子報新聞編輯工作同樣如何因爲數位科技而有所改變。

第二節　電子報新聞編輯的認識

由於網際網路的全球性與普遍性，使得電子報的讀者廣被四海。雖然有研究指出，電子報的讀者比較喜歡接觸到非本地的、突發的新聞，但是由於國內網路人口的逐年快速增加，加上對新聞資訊的需求強烈，因此電子報提供的新聞內容，國內、外新聞均不能任意偏廢。報業設立的電子報在這方面就比其他公司、甚至其他媒體設立的電子報占有優勢。報紙媒體在新聞數量上、報導的完整性與深度方面，原本就不是電子媒體所能相較的，因此在國內、國際新聞方面所能涵蓋的範圍就比較大。不過，也由於報社記者作業習慣一天發一次稿，因此如何在即時性、突發性新聞的作業流程上改進，同時發揮報紙媒體原本就較爲完整的新聞控管流程特性，避免電子媒體現場直播時記者信口開河式的新聞呈現弊病，將會是提升電子報在回應網路使用人口對電子報認知圖像上的一大改進。

其次，由於頻寬限制，電子報雖然挾有數位科技整合力量的特性，應可盡量發揮多媒體呈現新聞的優勢，但卻直至目前爲止，國內報社建立的電子報（如：中時電子報、聯合新聞網）多仍以文字、輔以照片作爲主要的呈現方式。因此，未來如何繼續在系統與技術方面尋求突破，以求結合影、音、動畫、文字於一體的方式呈現新聞，將會是電子報新聞編輯人員的一大考驗。電視媒體所設立之電子報在這方面顯然就具有較大的資源。國內多家電視台近年來也已經架設新聞網站，提供網友影、音新聞服務。不過，在新聞的品質以及呈現方式上，則又囿於電視新聞作業流程的限制，不但在新聞數量上顯然少很多，在以文字呈現方面，也多直接使用播報時的口語文字，因此字數較少，新聞處理的程度較淺。而在即時性與突發性的新聞表現方面，國內由電視台成立的新聞網站顯然並未展現SNG般的網路直播特性。因此，擁有報社資源的電子報新聞編輯人員，如何善用報社資源，並努力發揮網路原生媒體的特性，呈現新聞內容，將是把電子報從網路附屬媒體型態轉變出來的關鍵之一。

第三，網路電子報的互動性應該加以運用。電子報作業流程中，其實大多數的工作已由電腦自動化完成（例如：發稿作業、改稿、審稿作業，以及將報社文字檔直接轉成電子報內容等），因此，報社成立的電子報編輯人員，已不必負擔傳統報社中編輯人員審稿、改稿以及下標等的絕大多數工作。相反的，由於電子報編輯人員常常必須面對大量網友寫來的電子郵件，以及維護開放討論區的內容，因此，相較於傳統報社編輯人員「編輯台上的黑手」角色，電子報編輯卻儼然是第一線工作人員。爲了發揮電子報在互動性的特質，編輯人員應該也要了解新聞內容、新聞記者群，以及報社政策，以便能正確回應讀者對新聞報導的要求與詢問。再者，電子報編輯也具有直接處理讀者來信的意願與親和

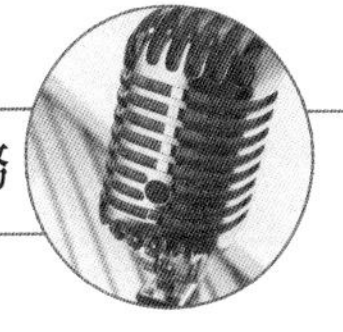

力。在規劃互動空間方面，電子報除了應該提供讓網友使用的電子郵件信箱之外，也應該盡量開設公共論壇空間，並設立與執行論壇規範。

第三節　電子報新聞人員的工作內容

電子報的運作，新聞工作人員當然不是唯一的要素，另外還應有系統人員、美術人員、廣告業務部門人員，以及行政管理人員等。新聞工作人員存在於電子報內是毋庸置疑的，不過，對電子報新聞編輯的功能，以及應該發揮的工作內容，則有許多不同的看法。

首先，在職位頭銜方面，S. E. Martin（1998）發現，報社設立的電子報新聞工作人員除了被稱爲「編輯」之外，也有被稱爲「製作人」（producer）的情況。在國內，明日報裡負責審核新聞內容、加照片、加相關報導連結，以及刊出前最後審查工作的人，除了有被稱爲「編輯」或是「助理編輯」的人外，另外也有「製作人」與「副製作人」的職務頭銜。不過在中時電子報的新聞中心，則沒有所謂製作人的稱謂，而是稱爲助理編輯、編輯、主編、執行主編、副總監、總編輯等。從職位頭銜除了可以看出一些電子報從報社衍生過程的痕跡之外，另一方面，可能也可以據此窺探該電子報在經營策略的方向：是經營「網路原生新聞媒體」，抑或經營「資訊中心」。例如，在強調網路原生媒體的電子報中，雖然仍然有新聞產製流程的控管人員，但顯然並不被認爲是產製流程後端的「編輯人員」，而是新聞內容的「製作與規劃人員」——重點在於新聞產品表現與陳述的規劃與製作。若朝向「資訊中心」的角度出發，則新聞品質的控管顯然比如何表現、包裝來得重要，因此比較可能使用傳統新聞室內的管理結構以及職位頭銜。

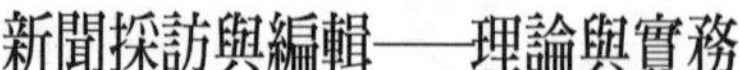

就報社設立的電子報而言，根據J. B.Singer、M. P. Tharp與A. Haruta的研究結果，電子報新聞工作人員的工作內容，其實與電子報是否是獨立於報社之外有關。而電子報是否獨立經營，又與該報社報紙的發行量有關。發行量愈高的報社，其設立的電子報獨立經營的情況就比較多。在那些非獨立經營的電子報內，新聞工作人員通常是報社人員兼任的，其中尤以報社的copy editors最多被指派兼任電子報的出版作業。另外，報社內負責視覺設計與製作的人（例如：攝影、美編等），也多會直接被指派擔任電子報出版工作。在這些非獨立經營的電子報中，編輯人員除了要負責基本的分稿工作外，也常要負責「寫作」、「娛樂新聞編輯」、「電腦操作」，甚至「接聽電話」。相反的，隨著報社發行量增加，電子報獨立經營的規模擴增，電子報新聞工作人員的數量也就增多，工作分項就比較清楚。回到前文所述關於電子報編輯人員的職位頭銜上，工作分項較細的電子報，編輯工作就可以從不同的頭銜了解一二：「新聞編輯」（news editor）、「美術編輯」（design editor）、「版面編輯」（section editor）、「首頁編輯」（FrontPage editor）、「運動新聞編輯」（sports news editor）、「系統支援編輯」（liaison, assistant managing editor for technology）、「版面編輯」（on-site managing editor）等等。

同樣的研究指出，電子報新聞編輯人員普遍來看，地位與經驗都比不上其母報內的編輯。這點一方面從其薪資差異得到驗證，另一方面可從組織架構上得知。該研究發現美國報社設立的電子報，其編輯人員有逐漸從傳統新聞室的新聞產製控管的系統中脫離的現象，轉而向較低層級的主管負責，例如：廣告製作部門、研發部門、企劃宣傳部門等等。當然在美國也仍然有電子報的編輯，保持直接對發行人或是社長負責的部屬關係，但是前者現象的出現，不禁令人感到訝異，更對報社設立的

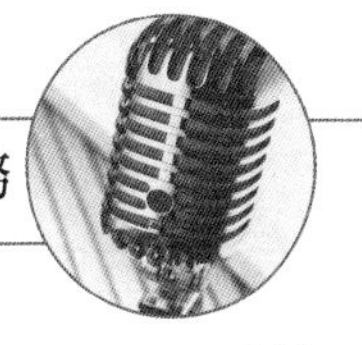

電子報其新聞媒體屬性的絕對性開始存疑。

另外，部門之間歸屬問題也常困擾電子報編輯，J. B. Singer、M. P. Tharp與A. Haruta的研究就發現，電子報編輯較報紙編輯來得更希望「覺得他們是『母船』（mother ship）的一分子」。顯然報社編輯是不用顧慮這一層。

相較於報紙編輯，電子報新聞編輯的工作內容，可能還因為電子報規模的不夠大，而要兼負業務的考量。電子報編輯會關心他們的產品賺不賺錢，並視網路為賺錢機器的現象，相反的，傳統報紙編輯人員就沒有利用報紙賺取利潤的渴望，倒是只希望有更多的錢來花用。電子報編輯人員在J. B. Singer、M. P. Tharp與A. Haruta的研究中，同時也呈現出身分與角色的混淆與困擾：在美國，許多時候電子報的新聞產品與報導，必須仰賴行銷部門的幫助才得以生存，因此編輯工作在許多時候，與廣告業務工作之間的界限逐漸模糊。

雖然目前大多數報社設立的電子報有自動轉檔的程式，將報紙上的新聞轉成電子報所需的網頁格式，但是轉完並不表示電子報就完成。進一步了解電子報編輯人員工作的內容時，則發現編輯人員也仍然會修改新聞內容。修改的部分，包括加入超連結（占84.5%）、改標題、修改照片與美術設計，以及新聞報導結構與修辭。Martin在觀察美國兩家報社（Newark Star-Ledger與Raleigh News and Observer）設立的電子報作業流程後發現，該兩家電子報新聞編輯人員的工作其實很繁重，從新聞資料的蒐集，到抓報社文字與圖片檔轉成電子報HTML檔，修改新聞內容（篇幅長短、標題圖片尺寸、檔案格式），視覺美觀的設計與製作，網頁維護，新聞專輯的企劃、製作與維護……等，都屬於編輯的工作內容。因此來看，電子報編輯工作其實並不比報社編輯工作來得輕鬆，相反的，反而因為同時處理新聞工作與電腦網路作業，電子報的編輯工作

除了保留傳統報社編輯工作之外（Martin, 1998），另外其實還要加上許多與電腦、系統、出版、動畫等相關的作業項目。當然，如果電子報的規模夠大，專業人員夠多，在各司其職、專業分工之下，電子報編輯人員的工作量是可以減少的，但是專業性與必要性仍不容忽略。

第四節　電子報新聞編輯角色、功能的討論與建議

在進一步與不同的編輯人員深入討論後，其實可以發現，在電子報的新聞中心，編輯群本身對於網路新聞編輯角色與功能的認知有很大的差異。

例如，負責新聞專輯區的主編，對於網路編輯的角色，便是認爲是放在網頁的更新與維護。因此，對他來說，即便是擔任電子報新聞中心的主編工作，但是其編輯工作是以「網頁製作內容（以新聞爲主）開發與維護」爲中心的。也因此，在他的分類中，網路編輯工作其實是分成三種的：文字與圖片處理人員、程式撰寫人員與網路管理人員（或稱工程師）。新聞網站的編輯人員與其他網站（如入口網站）的編輯人員，差異其實僅在於編輯的內容不同罷了，後者處理的內容是網站資料蒐集與分類，而前者處理的內容是新聞，但是總而言之，都是網站的「版主」（web master）。從上述主編對工作內容的描述與用字，以及工作人員的分類，很明顯的，是比較傾向「網路媒體中心」（online-media-oriented）的論述。

另外，電子報主編也面臨到類似J. B. Singer、M. P. Tharp 與A. Haruta的研究中所指出的，國外電子報人員身分與角色混淆與困擾的現象。對於網路編輯工作一方面雖然很樂觀的預測前景很被看好，但是另一方

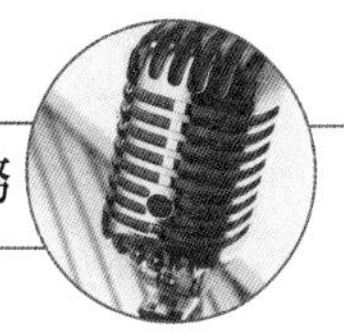

面，卻也受困於電子報中新聞編輯工作的未見釐清與尚不明確。

電子報新聞編輯工作就新聞產製過程，或是從守門人功能的角度來看，發揮空間的大小，其實有相當程度與電子報設立背景與新聞資源來源有關。以中時電子報來說，在幾乎所有新聞內容都由中時報系提供的情況下，電子報編輯人員不管是副總監、或是執行主編、或是主編、編輯人員，其實都沒有對新聞內容修改的空間（與權力），更不要說在「編採合一」制度中，編輯人員調度記者採訪新聞方向的權力。頂多只能挑選、加標（與副標）、改個字型、換個顏色等，再來，就是在最新焦點區，對新聞呈現順序的排列、決定加（或是不加）什麼照片。相對而言，當新聞資訊來源來自電子報自己的記者時，編輯工作中守門人角色才有較大的發揮空間。

中時電子報新聞中心編輯還有一個工作，是在傳統報社編輯台中比較沒有的，就是電子報討論區題目的規劃，以及討論區的維護，還有對讀者來信的回覆。這部分的工作並不包含在電子報新聞編輯工作內，因此也沒有在前文中論及。作爲網際網路媒體的一分子，電子報提供的公共論壇、聊天室，以及網路民調，是發揮網路互動特色的一個重要空間，也是在民主、資訊化社會中，凝聚（crystallize）公共意見與論述的良好管道。另一方面，電子郵件也讓電子報讀者有更方便的管道接近媒體以及媒體工作人員。因此對中時電子報新聞中心的編輯而言，討論區題目的規劃以及討論區的維護，應是非常重要的工作內容之一。

綜上所述，對於電子報的編輯工作提出以下幾點建議：

一、在使用網路人口質與量變化的方面

首先，國內網路人口在總量方面，是呈現持續成長的趨勢。也就是

說，光是國內，電子報將「可能」接觸到的讀者，是愈來愈多的，這其中有很大一部分是不習慣每天讀相同報紙的讀者們所組成的，他們傾向於不只讀當地新聞與報紙，也讀其他報紙，對於非本地的新聞也很有興趣，電子報出現以前，他們常常苦無辦法，但電子報的出現，充分滿足了他們在這方面的慾望。也因此，這群人將會是電子報的忠實讀者（只是不一定會鎖定某一個電子報）。在質的研究發現部分，電子報編輯應該可以嘗試除了賡續提供廣且深的新聞資訊外，也提供生活休閒方面的資訊，以避免因「內容貧乏」而遭到嫌棄；另一方面，在系統技術方面，也應該盡量往減少page loading的方向努力，以減輕網路塞車之苦。

二、在對電子報認知圖像方面

電子報應嘗試提供更強、使用更方便的特定新聞（與廣告）搜尋的機制，讓網路使用者一方面可以把電子報當作一份網路報紙逐頁閱讀之外，也可以把電子報當作新聞搜尋庫，閱讀起來更有效率，滿足「資訊搜尋者」的需要。另外，也應該繼續強化即時新聞與最新焦點的新聞專區，以發揮網路新聞的即時性，以及報紙媒體背景的新聞可信度。

整體而言，對於電子報的經營理念，以及中、長期發展目標方面，應該有更清楚與具體的說明與釐清，讓兼任行政管理工作的編輯人員知道何所依循，以及往何方向努力。更進一步，編輯人員在此公司快速發展之際，也才能知道如何規劃編輯作業的分工，以及建立與其他部門合作的模式。

習題

閱讀完本章後，試回答下列的問題：

1.試分析網路新聞編輯人員的功能與角色？

2.請說明電子報新聞人員的工作內容包含哪些部分？

3.請列舉出幾個國內外你最喜愛的新聞網站，並試著分析其編排方式？

4.假設你是一位網路新聞編輯，你會如何設計你的新聞網站，以吸引讀者注目？

20 新聞編輯的未來角色與展望

第一節　新聞編輯環境的轉變

第二節　編輯角色的轉變

第三節　新資訊時代的編輯

傳統新聞編輯的主要職責是對新聞剪輯、製作標題、版面規劃……這一系列的作業流程早已行之有年，所以編輯的職業生涯、工作角色相當明確，作爲一名新聞編輯，只要謹守新聞媒體所賦予的編輯本分，即算扮演好自己的角色，所以編輯看起來是一份相當單純的工作，僅是與新聞爲伍，善用編輯技巧，尤其資深的編輯更對版面編輯駕輕就熟。在傳統的報業體系中，編輯很容易成爲報社內的「新聞公務員」，在規模龐大的報系內，編輯可以看出自己在報系編輯部內五年、十年的未來發展，這彷彿是日本終身雇用制的翻版。

但是媒體市場的競爭、網路媒體的興起、廣電媒體的蓬勃發展、讀者口味的轉變，皆使傳統的編輯角色不得不因應環境的變化而有所改變。這些改變可能是工作內容的融合或分化、職業角色的演變、編輯作業流程的調整等，而促使現代的新聞編輯必須適應新環境、學習新技能、改變既有的工作價值觀、學習新科技的應用，並且可能必須將工作的觸角延伸至有別於新聞的新領域。

第一節　新聞編輯環境的轉變

較之於傳統的新聞媒體與編輯角色，新聞從業人員面臨比以前更大的挑戰。因應時代的變遷，現代的新聞編輯必須重塑編輯新角色、學習新職能、新觀念，才能在快速變遷的新聞洪流中，不但能謹守新聞專業，適應環境發展，不致在快速變化的媒體環境中遭到淘汰，並成功的扮演出色的新聞從業人員。

一、跨媒體界線的模糊

報業的發展歷史長久，所注重的編輯原理原則也成爲新聞編輯的基礎。報紙編輯的基礎訓練便成爲各種媒體編輯的人才養成庫。自1988年報禁解除以來，有線電視媒體的興起和網路媒體的發展，以及傳播新科技的變革，皆使得整個傳播媒體形成跨媒體的融合，這些融合也包括傳播人才的流動。

傳統報業的編輯和採訪人員橫向流動於各媒體之間，尤其《中時》、《聯合》、《自由》等大報訓練有素的編採人員，也多人流向新興的網路媒體、有線電視頻道，或蓬勃的雜誌媒體，這些流動也將傳統報業編採人員的工作特性傳承到新興媒體的作業流程與新聞製作中。例如報紙的新聞有新聞標題，而電視媒體也出現新聞提要式的標題，而新聞的深度和廣度也產生一些變化。

有些媒體集團基於市場競爭、資源共享或成本、戰力等因素考量，會有集團內部的整合情形，編輯可能因此必須適應不同媒體的特性與工作習慣。例如《TVBS周刊》和TVBS電視頻道之間雜誌與電視媒體的結合；中時媒體集團的成立，把中時報系的《中國時報》、《工商時報》、中時電子報、《時報周刊》等報紙與雜誌、網路的整合，再配合中國電視公司與中天電視台的整合，是現在的媒體產業趨勢；聯合報系的《聯合報》、《聯合晚報》、《經濟日報》、聯合新聞網等報紙和網路的整合。一位新聞編輯面對報紙、雜誌、網路新聞、電視新聞、廣播新聞時，必須因應不同的媒體特性而有與報紙相異的編輯專業。因此一位編輯對同一則新聞的處理，可能必須衍生出適合報紙、網路，甚至是電視新聞或雜誌使用的新聞內容、新聞標題。

因爲新聞編輯可能會在不同的媒體間調任或轉職，或者面臨職業生

涯的轉換、跨媒體之間的合作，所以編輯除了編務專業的強化之外，了解不同媒體間的特性非常重要，不同媒體間諸如工作流程、受衆對象、編輯方針可能有所不同。只有知道媒體的特性，才能編出適合媒體性質的新聞。

二、工作內容的改變

傳統的編輯僅是一位工作內容單純的編輯，接觸的範圍以新聞版面與新聞稿爲主。但是在傳播媒體的市場競爭之下，所有的媒體都必須重視閱聽人的興趣與口味，不論是相同或不同的傳播媒體，都競相追逐閱聽人的目光。且在媒體環境的日趨複雜與環境生存艱難下，編務工作更須靈活面對，培養機動彈性的戰力，未來編輯的工作範疇可能不僅限於新聞稿，編輯關注的範圍也不僅止於新聞本身，眼界必須跨出編輯台是現代編輯不得不正視的事實。因爲未來的編輯工作內容可能產生一些水平和垂直的改變：

(一)水平的改變

■編輯與企劃的結合

新聞內容僅是消息的報導，著重於告知；如果新聞內容經過編輯的規劃與整合，對新聞加值，將片斷、破碎的各種新聞資訊整合成完整的新聞內容。一般報紙也常製作新聞專題，而軟性版面如休閒旅遊更是常見的專題企劃。透過編輯與企劃的整合，報社內部必須有跨部門的合作，例如編輯部與企劃部門的結合，輔以新聞報導可帶動活動企劃的能見度，而規劃完整的系列報導與企劃的結合，能帶動宣傳效果，或結合更多資源，不但能提供給閱聽衆多元資訊，延伸編輯視野，甚至能帶來媒體的商機。例如中時報系所舉辦的黃金印象展、聯合報系的美索不達米亞展覽活動、自由時報的普普藝術大師Andy Warhol展，透過編輯部的系列報導與專題企劃，不但讓民眾獲得相關資訊，也達到社會教育的目的，而經過整體企劃的新聞內容，更使新聞版面達到加值的效果。

■編輯與行銷業務的整合

媒體環境的競爭，使編輯部未來可能無法自外於媒體的盈虧責任，如何透過媒體內部的資源整合，利用各種行銷組合，將媒體的生產內容、活動企劃轉變成營業利潤，是編輯部未來除新聞本業之外，亦必須參與或配合的部分。以媒體集團內的行銷合作爲例，《中國時報》會在《時報周刊》出刊前，以新聞內容配合報導讓雜誌內容先行曝光；TVBS頻道也會在《TVBS周刊》出刊前，以節目、廣告宣傳的方式，先透露該期周刊的部分內幕，事先引起大眾注目與討論，以在雜誌出刊時，創造銷售量。

有時媒體老闆亦會要求編輯部對媒體行銷活動或廣告業務的配合，尤其是公關新聞或人情罐頭稿充斥時，編輯的取捨標準即面臨挑戰。所以編輯必須充分了解整體報紙的版面性質，透過版面報導對行銷活動做包裝規劃，但又必須謹守新聞報導的分際，不得流於宣傳色彩，所以其間尺度的拿捏、版面的考量規劃，也考驗編輯的經驗與能力。

(二)垂直的調整

除了編輯本身會有媒體內部的橫向聯繫與整合之外，編輯工作的垂直整合也益趨成形，使編輯與美編、記者的角色工作關係產生一些調整。

■編輯與美編、拼版角色的結合

新科技的發展，使編輯的運用工具更爲多元，傳統的拼版、組版的流程亦有些許的變化。所以傳統的文字編輯、美術編輯、拼版工人已經簡化爲文編與美編兩種角色。而文編與美編之間的工作界線也漸漸模糊起來。例如在目前電腦組版的環境下，編輯可以自己做文字長度的裁修、字型大小的轉換、文字的修正、圖表大小、版面設計的調整等，反而美術編輯的角色著重在插圖的繪製、特殊標題的設計製作等，使傳統文字編輯指揮美術編輯組版的現象逐漸少見。也因此使文字編輯從傳統指揮者與搖筆桿的角色，轉變成DIY與拿滑鼠的角色了。

■編輯與記者角色的疊合

傳統的編輯台作業流程中，記者與編輯是屬於作業流程中的上下游關係，記者採訪新聞與供應稿件；編輯處理新聞與規劃版面。但是因應新聞環境的改變，記者仍然扮演採集新聞的角色，但是編輯已不純然僅有處理新聞的角色了，編輯對新聞的採集、改寫的比重比以前增加，主要的轉變因素來自於網路媒體的發達，使新聞來源的管道更多。例如《中國時報》，就曾在組織架構中增加「網路新聞供稿部」的單位，更重視網路新聞的來源。而各大新聞媒體的採訪記者、文字編輯，以及聯合新聞網、中時電子報等網路媒體的新聞編輯，也均不可避免的增加在網路上搜尋新聞的機會。原本蒐集新聞的任務已經從記者擴大到編輯，而網路媒體的新聞編輯更是記者與編輯的角色疊合的例子。

同樣的，台灣報業傳統「編採分立」的體制中，編輯與記者間上下游的工作關係，也將在未來面臨挑戰，尤其是網路新聞的搜尋、改寫、查證等作業程序，類似國外「編採合一」制度，似乎使編輯指揮記者採訪主題的工作關係隱約成形。

三、編輯工具的轉變

傳統報業的編輯桌面上只有資料、文具用品與新聞稿件，負責拼組版面的美編與拼版工的桌面則不外是尺、刀片、噴膠這些工作器具。如今，報社的編輯部舉目所見皆是一台台的電腦，因爲報業電腦化早於數年前即以展開。報業的數位革命從啓動以來即不曾停止，因爲科技的腳步從未曾暫歇。編輯除了熟悉報社內部的新聞組版系統之外，編輯部的新聞資料庫、無紙化的作業流程、各式應用軟體的運用等，身在新聞作業前線的編輯都必須知悉。

以現代的編輯爲例，利用網際網路的資料搜尋能力是最基本的技能，而熟練的操作文書軟體處理稿件、熟稔組版系統的各項功用，甚至是利用影像軟體編修圖片、製作簡單的圖表。編輯必須能善加利用資訊工具，才能在有限的新聞流程中爭取時效。而一名網路媒體的新聞編輯，對於網頁製作軟體與圖像軟體的運用更是不可或缺。

編輯除了必須廣泛涉獵科技新知，對科技工具的學習也不可偏廢，所謂「工欲善其事，必先利其器」，時時吸收新資訊與練習，才能具備新時代的編輯知能。不過，因爲媒體的新聞出版沒有假期，編輯是不太可能暫離編輯台，如要使編輯在繁忙的編務之餘，還要隨時吸收資訊科技運用的訓練，對編輯部而言實有困難，所以媒體編輯的在職訓練，也考驗管理者的智慧。

四、編輯新聞來源的改變

傳統的編輯台流程中，新聞稿件的來源主要是採訪記者所寫的新聞稿，其次是通訊社的稿件、社外投書等，而新時代的編輯將面臨更多元的新聞來源。其間最大的改變來自網路媒體的蓬勃發展，以及新聞資料庫的數位化。

(一)網路成為新聞取材來源

網際網路媒體的興起，使各種網路消息也成為記者和編輯取材的來源之一；加上新聞資料庫和各種文獻資料的數位化，更使得網路形成龐大且方便取得的資料庫，這些數位內容非常方便記者或編輯搜尋資料、輔助新聞內容深度，做新聞背景說明，或專有名詞解釋等。透過龐大的網路資料，編輯可以主動搜尋資料，不必只是等待記者來稿。透過資料搜尋、補充，編輯的工作角色將更具主動性。

(二)編輯平台的出現

中央廚房式的編輯工作供稿平台在媒體集團中可能成為一個新趨勢，此種高效能的運用人力配置與新聞器材的彙整與統合，編輯從編輯平台取稿，而不是從記者來稿，這種方式使媒體的人物力等資源發揮最大的新聞效能。例如東森媒體將所有的新聞彙整到編輯平台，使東森綜合台、幼幼台、電影台、洋片台、ET today台等五個電視頻道，加上東森寬頻影音網站、ET today東森新聞報網站的所有新聞資源都統整在一起，再透過中央廚房式的新聞供應模式，讓所有的資源為同一傳播集團的各單位共用，使同一則新聞能夠被不同的媒體充分運用，新聞本身更具有能見度，對媒體本身也更降低新聞成本。

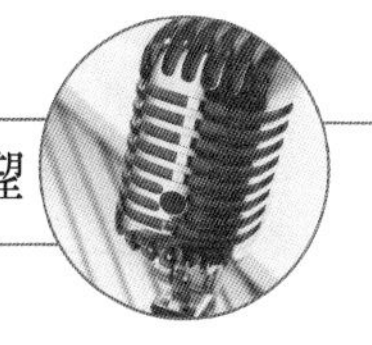

第二節　編輯角色的轉變

一、編輯角色的轉變

未來的編輯將不只是編輯而已。因爲傳播環境的改變，使媒體界線模糊化，編輯不僅止於單一媒體編輯的角色；而工作內容的改變，所產生的水平與垂直的工作調整，使編輯必須結合組織中的企劃與行銷部門，並或多或少的融合美編與記者的角色；而科技的發展，使編輯工具更爲日新月異；此外，新聞來源的轉變與編輯平台的出現，也直接挑戰編輯的傳統工作流程。

從1988年報禁開放、接著有線電視興起、報業的實施電腦化、網路媒體的快速發展，不過十幾年間，編輯的傳統角色不斷的面臨各種變化。由以上這些變化，使編輯產生「質變」，因爲編輯不再只是傳統的文字編輯角色了，除了文字編輯之外，也因爲編輯工作與其他工作的融合，使工作性質與傳統編輯有所區隔，而衍生出企劃編輯、研究編輯等角色；而視覺化的強調，也讓圖片編輯的角色更加重要。許多名詞的出現，使編輯這一項職業不再只是簡單的統稱「文字編輯」了。

(一)研究編輯的出現

現代編輯被傳播媒體賦予更多責任，編輯似乎必須十八般武藝樣樣精通，看起來編輯的分工似乎愈來愈模糊。分工的模糊通常也代表工作內容的範圍加大，廣度增加不可避免的變成深度不足，很容易使編輯的工作看起來雜亂而半吊子似的不夠專業。而在編輯工作角色的轉變中，研究編輯的角色被凸顯出來，這種因應新聞深度的需求而出現的角色，

尤其在雜誌市場中最爲明顯。由於報紙受限於篇幅與時效，無法像雜誌能做深度的專題報導；而許多的資料分析、數字統計或專題策劃，也以雜誌的媒體特性、人員編制與作業方式較爲適合。因此，雜誌的編輯部出現一支有別於文字編輯、採訪記者的研究編輯的設置。

除了雜誌媒體的研究編輯之外，傳統報業編輯部也有類似研究編輯的角色，但比較傾向於研究與發展的角色。這些研究編輯通常由資深的編輯擔任，可能負責新聞專題的規劃與統籌，也有編務的研發色彩，例如版面的設計與改版、新版面的規劃、新聞趨勢與閱聽人市場的分析研究等。編輯部借助資深編輯的經驗，作爲改善編輯部各項事務的主導或參考角色。

(二)企劃編輯的誕生

企劃編輯的誕生主要是「整合行銷」模式的興起，這種企劃編輯不只是著重於新聞本身，還把觸角向外延伸，小至加強內部戰力資源的整合，大至外部的策略聯盟，此種新聞特性的機制加上行銷運作的整合，將媒體資源轉變成利多，更能創造媒體的利潤。企劃編輯在第三產業的文化層面更能發揮，例如《中國時報》的旅遊版面內容，可以和《時報周刊》的專題報導、中時電子報的網站內容、中時旅行社的行銷、時報之友的卡友服務等各項業務相結合，讓組織的資源更能彈性運用。或者是《聯合報》的美索不達米亞展可以結合航空公司、咖啡連鎖業者、報系的基金會與報系的周邊資源。企劃編輯善於廣伸觸角，融合新聞與娛樂、廣告、發行等各項因素，創造出更多元與加値的企劃，此模式的運作，當以日本的《讀賣新聞》爲最成功者。

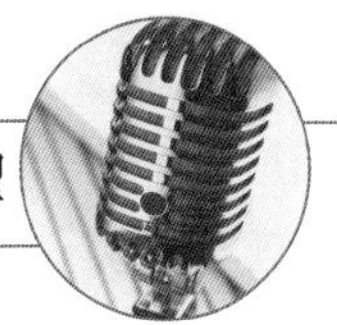

(三)圖片編輯更形重要

一張圖片或視覺取勝的畫面最能吸引人，現在的讀者喜愛視覺化的出版品，所以報紙、雜誌、書籍的彩色印刷愈來愈多，網站、電視媒體像是打翻調色盤般，色彩更豐富，影像更突出。但這些呈現的元素不僅只是攝影、美術設計、文字編輯的個別表現，而是融合三者的結果。通常涉及領域的融合，也顯示融合是有難度的。因爲攝影作品也不能忽略文字的輔助說明，圖片與文字的素材也需要美術的設計才能搶眼，而圖片編輯可以說就是結合美術、攝影與文字此三元素的新角色。所以圖片編輯必須有文字素養，對影像有敏銳的觀察力，也須具備美學的認知，才能將圖與文做最佳設計。

傳統的報社編輯部並無所謂「圖片編輯」的稱謂，《自由時報》是較早重視攝影圖片在報紙中的比重，在其異軍突起初期，即大量起用攝影記者。而如今視覺設計逐漸受到重視，不論是傳統平面媒體或廣電、網站媒體，圖片編輯的角色都日趨重要，因爲視覺化的處理最能吸引閱聽人的注意。

二、編輯面臨的挑戰

編輯的角色已漸漸脫離傳統，走向現代。雖然環境的變化如此之快，讓編輯的轉型不曾暫歇，但在此轉型的過渡中，編輯也面臨了許多挑戰，這些挑戰不但考驗編輯的專業能力，也考驗編輯的地位、工作性質，甚至是生存空間，其挑戰大致歸納如下：

(一)資訊大爆炸

自從有線電視頻道加入媒體戰場，以及網路媒體的興起之後，「資訊爆炸」已不足以形容目前的資訊氾濫程度。編輯必須在資訊洪流中揀選有用的資訊予讀者，所以篩選資訊、如何處理消息或新聞，已經成爲重要課題，查證便是重要手段。如何過濾無用的垃圾消息，去蕪存菁之後，給讀者最精華的資訊，是未來編輯的挑戰之一。

(二)消息來源多元化

傳統的編輯主要是從報社內部獲得所須處理的新聞，但是現在的多方新聞來源，已使編輯的工作較諸以往更形複雜了。在各種新聞來源中，編輯如何以其專業判斷消息的眞假，並從複雜多元的各式消息中，擷取對讀者最眞實可靠而有用的資訊更爲重要。

(三)專業地位的挑戰

自從網路媒體興起，人人可以架設網站或發表消息，通道也可以由非傳統媒體所掌握；再加上攝影機等原本爲傳播人所使用的專業工具普及化之後，「受眾」不再只是被動的接收者角色，尤其大量網路留言的發表和轉貼，也使一般大眾從被動的接收者角色轉變成主動積極的訊息傳達者角色，原本新聞來自於專業的記者與編輯，現在一般人也很容易成爲記者與編輯，也能便利的操作工具，此使傳統新聞專業人員的地位受到挑戰。

(四)閱聽眾口味的多變

閱聽人的口味在訊息發達與國際化之下，一變再變，以連續劇的流行口味而言，從「哈日」到「韓流」，因爲受衆口味的多變，媒體似乎只能不斷地創造流行的新名詞；而在閱聽人的喜好時時轉變、媒體市場漸趨羶色腥味道之際，現代編輯如何精確的嗅出閱聽人的口味，調整閱聽人資訊營養的均衡，也是新聞從業人員必須共同努力的。

(五)媒體生存市場的擠壓

報業電腦化的革命經過數波的大調整，不論是記者寫稿的電腦化、組版電腦化、編務自動化、新聞網路化等，每一次的調整，編輯部都必然釋放一些人力出來，電腦化使報社人力面臨重整，電腦化的過程使人力遞減，而媒體市場的競爭，更加速編務人力的重整。各報編輯部均曾面臨幾度的人員裁減，所以媒體的生存競爭也是編輯部人力的生存競爭。各種媒體競逐大衆的注目，激烈的媒體競爭之下，唯有勝出的媒體，編輯部才有更多的新聞空間可以發揮。

(六)編輯生存空間的縮小

愈來愈多不必具有新聞專業者進入媒體擔任編輯的相關工作，而擅長資訊工具運用的多媒體人才、視覺設計人才，這些能讓媒體的外在更爲豐富的工作條件，也令媒體老闆更爲重視，傳統的文字編輯就相形失色。而媒體本身的光鮮外表以及多元文化的特性，更讓許多不同領域的人競相投入，加以近年來教育單位及各大專院校廣設傳播相關科系的結果，又有更多的人擔任編輯的工作，所以未來編輯這項職業的競爭壓力會愈來愈大。

儘管學校教育出來的人才提升了量，而質的方面則明顯不足，使得傳播媒體在轉型的過程中，只是更爲光鮮，但是新聞業的求新求快，會幫媒體老闆賺錢的編輯地位似乎更爲穩固，此種速食式的文化工業仍然是熱鬧有餘而實質內涵比較不足。

(七)應用工具的改變

工具的改變不是暫時的現象，而是一條無止境的動線。編輯隨時都要學習了解新事物是一種常態。新聞從業人員雖仍然很難擺脫所謂的「外行中的內行，內行中的外行」，但是資訊爆炸的結果，新聞從業人員對各項領域的深度和廣度也都正呈等比級數的增加，善用工具才能增加學習速度，提升運用效率。

(八)多工的處理能力

電腦的多工處理能力使電腦的重要性與人類對其的依賴性提升許多，而編輯角色與上下游角色的融合，又必須擴展領域，並增加許多責任，如此看來，數位時代的編輯也必須具備「多工」的作業處理能力，傳統的編輯角色已然淡化許多。未來強調「多功能化」的編輯，所以傳統編輯的單一編輯技能已不足以成爲媒體的稱職員工了。

(九)工作質量的增加

編輯的工作步調雖然緊湊，但與現代編輯工作比較起來，以前的編輯在現在看起來是略嫌悠閒了，現代看似「舞文弄墨」的編輯人已不復見，在編輯技能的增加、工具的便利與媒體組織的成本考量等因素下，使現代編輯的工作量與工作時間都增加，以前的新聞編輯可能一個晚上只編一個版面，現在可能需要負責兩個版面，甚至下午還要兼編半個軟性版面；而編輯作業速度也一樣必須受到檢視，速度太慢的編輯，影響到新聞出版速度是非常嚴重的事情，所以編輯如何在有限的時間內達到愈來愈多的要求，是現代編輯的一大挑戰。

第三節　新資訊時代的編輯

現代編輯有別於傳統編輯，必須具備新職能、新價值觀，傳統編輯的觀念與做法都必須因應時代的變遷而調整，從舊有的編輯專業中提升，擷取舊有的編輯專業技能與新聞專業倫理等專業觀念之外，還必須加上現代編輯的觀念，並且將觸角向外延伸。

現代編輯的觀念並不是解構或揚棄舊有的編輯觀念，而是專業的延續與領域的提升。現代編輯必須延續既有的編輯專業知能，再加上新的現代觀念與技能，才能適應新數位時代的需求。

現代新的編輯觀念有以下幾點：

一、視覺化

閱聽人對影音視覺的消費習慣已成爲無法抵擋的潮流，傳統的文字媒體也無法自外於視覺化的潮流。資訊的視覺化（infographic, information graphic）強調整體的版面設計，具有視覺震撼中心，圖表、照片、插圖的運用比純粹文字的陳述更爲重要，而單一的內容主題不如完整的資訊呈現。例如目前平面媒體如報紙、雜誌大量運用圖表設計、電視媒體的分割畫面、子母畫面等，都爲新聞消費者提供更易理解與更多的資訊。《今日美國》就是早期強調平面媒體視覺化的例子。

二、創意化

在以往媒體中，平鋪直敘的內容足以應付需求，如今卻似嫌單調。未來編輯必須有豐富的創造性，使新聞內容與版面設計不斷地推陳出

新，以創意的版面、結構、新聞編排方式，創造出適合大眾需求的新模式，要吸引大眾的注意，獨特的新聞創意是制勝的關鍵之一。編輯必須擁有無止境的創意，才能呈現媒體活力，吸引大眾的興趣與注意。

三、新文化

一個時代時常能創造出不同的流行、語言等文化，尤其媒體也扮演創造與推動的角色。在網路化之後，產生許多新文字、新用法，例如「就醬子」等e世代的網路語言，面對這些文化衝擊，使舊文化時代的用語、版面設計不再適用，編輯必須有身處新文化的認知。

四、行銷化

生產必須與消費者的動向呼應，媒體也必須更關心社會脈動與時代演進。尤其整合行銷時代的來臨，編輯必須有行銷化的概念，因爲媒體不但傳達資訊，也能傳達媒體的企業形象，透過編務與行銷化的結合，媒體將大量而多元的資訊傳達給大眾，也讓大眾回饋給媒體生存的空間。行銷化才能把新聞資訊轉換成媒體的利潤，也唯有實質的利潤才能維持媒體的生存。

五、求變化

現代編輯必須有新的學習觀，即使傳統編輯是博學之士，但是所知仍有極限，所以必須時時進取。網際網路使天涯若比鄰，編輯應外求新知、新技術，才足以應付現代編輯的專業知能與工作所需，尤其是新科技的學習，科技新知的發展日新月異，現代編輯必須先求了解，才能傳達新資訊給閱聽眾。

六、多元化

技能與專長領域的多元化，不再只具備單一技能就可以勝任新聞編輯的工作，編輯的新聞專業與編輯技能只是最基本的技能而已，所以編輯必須在新聞專業之外，再尋求本身的第二專長，同時廣泛學習科際整合的概念，讓個人的專業領域更爲廣泛。

七、現代化

善用科技工具，科技只是工具，必須能夠熟稔與善用。許多過去的知能已經無法負荷現代編輯的需求，所以編輯必須有作爲「現代編輯」的認知，具備新的編輯概念，學習新的編輯知能、新的工作價值觀，能整合資源，與閱聽衆零距離，還能兼顧分衆、小衆到大衆等各層次的需求，培養更多的知能與訓練，有現代化編輯的認知才能敞開心胸，接納與傳統編輯不一樣的地方。

面對大環境的轉變，無論從事哪一個作業流程，所有的從業人員均必須體認環境的變遷，也唯有保持己身的彈性，抱持學習的心態，重視專業、適合現代、統整所學，固守社會責任，更貼近閱聽大衆的需求，以開放的心態接受與調整，廣泛涉獵各個領域、更關心社會脈動，快速跟上資訊化的腳步，但不必盲從於數位科技，要役使科技，而非爲科技所役使，作爲新時代的新聞人，了解自己的需求與角色才是重點。

無論媒體環境變化多麼快速，編輯的工作性質如何轉變，立志從事新聞編輯的工作者，都必須抱持用心、虛心、企圖心，以及意志與意思的「三心二意」態度，隨時做好準備，因爲「機會永遠是留給準備好的人」！

習題

閱讀完本章後，試回答下列的問題：

1.回想以前你所看過的電視新聞，試著和現在的電視新聞比較，是否有發現電視新聞的製作方式和以前不同的地方？

2.你有發現電視新聞或網路新聞的編輯有沿襲報紙編輯的製作方式嗎？舉例說明之。

3.試著比較各種媒體的特性，並分析各種媒體的編輯工作不一樣的地方。

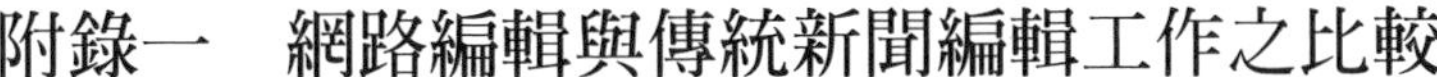

附錄一　網路編輯與傳統新聞編輯工作之比較

網路編輯與傳統新聞編輯對比之初探			
		網路新聞編輯	傳統新聞編輯
新聞內容	速度	即時，速度快，每秒截稿 生命週期短，獨家可能五分鐘	新聞生命較長，以天為單位 新聞規劃、發動時間較充裕
	縱深	新聞橫向、縱向深度並重 必須自行搜尋、生產新聞縱深	較重橫向連結 素材由採訪單位提供
	層次	由1.時序稿序、2.標題字體顏色 交互構成，標題外露，新聞隱藏	由1.版序稿序、2.標題字體字形 交互構成，標題內文合一
	編務	最重速度、創意、附加價值 立體網頁整合	高專業、高作業密度 平面圖文整合
	閱聽	三維新聞架構，球狀閱讀 須考慮每則新聞獨立性	平面新聞架構，線性閱讀 新聞配套性強，標題可較靈活
專業技術	標題	1.更口語、更明晰：因新聞隱藏 2.層次變化較少：引題、副題少但可應用實題、空題 3.字體變化受限：只用細明體但可應用粗體及顏色變化	1.較重文字優美、創意巧思 2.層次變化多：引題、主副題插題、橫直錯落、包文盤文 3.字體變化多：除圓體、仿宋廣用行書、魏碑、陰體等
	技能	1.須具備資料搜尋能力 2.基礎網頁語言能力	1.組版技術能力及術語 2.新聞專業能力
	壓力	1.處理新聞機動性高 2.判斷及作業時間短	1.作業時間集中 2.須面對降版壓力
	知識	1.新聞廣泛知識 2.熟悉網站及搜尋連結	1.新聞專業知識 2.版面專業知識
	團隊	1.分工較不明確 2.作業獨立性高：主要為圖編，供稿單位、出版人員僅為輔助	1.分工分版明確 2.作業團隊性高：分核稿、組版員、美編
	養成	1.理論典範建構中 2.較無範本可供遵循	1.實務理論、術語已建構 2.多重視線上培訓
	限制	1.不受版面框架、字數限制 2.標題字數較自由、形式較嚴格	1.版面、字數限制大 2.標題字數嚴格、形式開放

附錄二　國際更正權公約
（Convention on the International Rights of Correction）

聯合國大會1952年12月16日，第630（VII）號決議開放簽字

生效：按照第八條的規定，於1962年8月24日生效。

【序言】

締約國

切望實施其本國人民獲享充分及詳實報導之權利，

切望藉新聞及言論之自由流通，促其各國人民間之了解，

切望藉此保障人權免罹戰禍，防止侵略自任何方面復起，並對抗旨在或足以煽動或鼓勵任何威脅和平、破壞和平或侵略行為之一切宣傳，

鑒於不實消息之發表，足以危及各國人民間友好關係之維持及和平之保衛，

鑒於聯合國大會曾於其第二屆常會中建議採取措施，以對抗足以中國際友好關係之虛構或歪曲消息之發表，施以處罰，此事目前尚無由實行，

且鑒於欲防止此種消息之發表或減少其流弊，首須促進新關之廣大傳流，以及提高經常從事於新聞傳播人員之責任心，

鑒於達此目的之有效辦法為：凡某一新聞社傳播一項消息，經直接受其影響之國家認為虛構或歪曲時，其所為更正，應予以同等公布之機會。

鑒於若干國家之法律，對於可供外國政府利用之更正權，並無明文規定，故允宜於國際間創設此種權利，

並經議決為此目的訂立公約，

爰議定如下：

第一條

本公約規定之適用範圍內：

一、稱「新聞稿」者，謂以書面或電信傳遞之新聞資料，以新聞社所習用之形式於發表前傳遞至各報紙、新聞、雜誌及廣播機構者。

二、稱「新聞社」者，謂經常從事於新聞資料之蒐集與傳播之一切公營私營新聞紙、廣播、電影、電視或影印機構，其設立與組織依照其總組織所在締約國之法律與規章，而其執行業務則依照其工作所在之各締約國之法律與規章者。

三、稱「通訊員」者，謂締約國之國民或締約國新聞社之受僱人，經常從事於新聞資料之蒐集與報導，且居留於本國境外時，持有有效之護照或國際間公認之類似文件，以證明其通訊員身分者。

第二條

一、締約國承認：通訊員與新聞社本於職業責任之要求，應就事實作正當之報導而不分軒輊，俾克促進對於人權與基本自由之尊重，增進國際了解與合作，並助成國際和平與安全之維持；

並認為：通訊員與新聞社本其職業道德，遇有原由其傳遞或發表之新聞稿而經證明為虛構或歪曲時，悉應依循通常慣例經由同樣途徑將此種新聞稿之更正，予以傳遞或發表：

爰同意：一締約國如認為另一締約國或非締約國之通訊員或新聞社自一國傳自他國而發表或傳播於國外之新聞稿為虛構或歪曲足以妨害該國與其他國家間之邦交或損害其國家威信或尊嚴時，得向此種新聞稿發表或傳播所在領土之締約國提出其所知

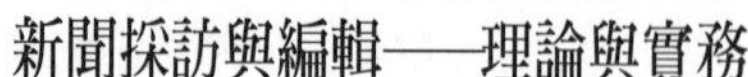

之事實（此後簡稱「公報」）。同時應將公報抄本一份送達有關通訊員或新聞社，以便該通訊員或新聞社更正該項新聞。

二、公報之發布以針對新聞稿為限，不得附具評論或意見。其文不應長於更正所稱之不確或歪曲所需之篇幅，並應檢送業經發表或傳播之新聞稿全部原文，以及關於該項新聞稿係由通訊員或新聞社自國外傳出之證據。

第三條

一、締約國於收到依照第二條規定所遞送之公報後，不問其對有關事實之意見為何，應於最短可能期間（至遲於收到後五足日）：

（甲）經由慣常發布國際新聞之途徑將公報發交在其領土內執行業務之通訊員與新聞社，予以發表；

（乙）如負責發出該項新聞稿之通訊員，其所屬新聞社之總辦事處設於該締約國領土內時，將公報遞送該辦事處。

二、如一締約國對他締約國所送公報未履行本條規定之義務時，該他締約國嗣後對此不踐約之締約國向其提送任何公報時，得據相互原則予以同樣對待。

第四條

一、如任何締約國於收到依照第二條規定所遞送之公報後，未於規定時限內履行第三條所規定之義務時，行使更正權之締約國得將其公報連同業經發表或傳流之新聞稿全文提送聯合國秘書長，同時應將此事通知其所指責之國家。該國得於收到此項通知後五足日內向秘書長提出意見，但以有關該國未履行第三條所規定義務之指責者爲限。

二、無論如何，秘書長應於收到公報十足日內，藉可資利用之報導途徑，將公報連同該項新聞稿及受指責國家所提出之意見（如有此項意見時），爲適當之公布。

第五條

兩締約國或兩個以上之締約國間關於本公約之解釋或適用問題之爭端未能以磋商方式解決時，除各該締約國同意以其他方式謀求解決外，應交由國際法院裁決。

第六條

一、本公約應聽由聯合國所有會員國，被邀參加一九四八年在日內瓦舉行之聯合國新聞自由會議之每一國家，以及大會以決議案宣告合格之其他每一國家，予以簽署。

二、本公約應由簽署國各依其憲法程序批准之。批准書送交聯合國秘書長存放。

第七條

一、本公約應聽由第六條一、所指之國家加入。

二、加入應以加入書交由聯合國秘書長存放爲之。

第八條

第六條一所指之國家如有六國已經交存其批准書或加入書，本公約應自第六份准書或加入書交存後之第三十日起對之生效。嗣後批准或加入之每一國家，本公約應自其批准書或加入書交存後之第三十日起對之生效。

第九條

本公約各項規定應推行或同樣適用於締國之本國及由該國管理或治理之一切領土，無論其爲非自治領土、託管領土或殖民地。

第十條

任何締約國得通知聯合國秘書長宣告退出本公約。退約應聯合國秘書長收到退約通知書六個月後生效。

第十一條

如因退約關係致本公約締約國少於六國時，本公約應自最後之退約通知生效之日起失效。

第十二條

一、任何締約國得隨時通知聯合國秘書長請求修改本公約。

二、對於該項請求所應採取之步驟，應由大會決定之。

第十三條

聯合國秘書長應將下列事項通知第六條一、所指之國家：

（甲）依照第六條及第七條規定所收到之簽署、批准書及加入書；

（乙）依照第八條規定本公約開始生效之日期；

（丙）依照第十條規定所收到之退約通知書；

（丁）依照第十一條規定本公約之廢止；

（戊）依照第十二條規定所收到之通知書。

第十四條

一、本公約應交存聯合國檔庫，其中、英、法及西班牙文各本同一作準。

二、聯合國秘書長應將正式副本一份送交第六條一、所指之每一國家。

三、本公約應於生效之日送由聯合國秘書處登記。

參考書目

中文部分

方怡文、周慶祥（1999）。《新聞採訪理論與實務》（2版）。台北：正中書局。

方怡文、周慶祥（2000）。《新聞採訪理論與實務》。台北：正中書局。

方怡文、周慶祥（2003）。《新聞採訪寫作》。台北：風雲論壇。

王大中（2001）。〈烏龍「少林棒球」／網友開開玩笑　媒體「以假當眞」〉。《東森新聞報》，http://www.ettoday.com/2001/12/04/752-1231697.htm。

王己由（2006）。〈禿鷹案拒絕透露新聞來源，高年億遭罰更裁，仍罰三次各三萬〉。《中國時報》（2006年8月11日）。

王天濱（2000）。《台灣地方新聞理論與實務》。台北：三民書局。

王洪鈞（1955）。《新聞採訪學》。台北：正中書局。

王毓莉（1999.08 ~2000.07）。《台灣報社記者使用INTERNET作爲消息來源之研究》。行政院國科會研究（編號 NSC 89-2412-H-034-004-SSS）。

王毓莉（2001）。〈「電腦輔助新聞報導」在台灣報社的應用——以中國時報、工商時報記者爲研究對象〉，《新聞學研究》，第68期，頁91-115。

石麗東（1991）。《當代新聞報導》。台北：正中書局。

李茂政（1988）。《當代新聞學》。台北：正中書局。

李茂政（2005）。《新聞學新論》。台北：風雲論壇。

李瞻（1992）。《政府公共關係》。台北：理論與政策雜誌社。

李鐵牛（2006）。〈新聞更正的隱憂和對策〉。「人民網」網站。

尚永海（2005）。〈我國傳媒應確立更正與答辯制度〉。中國新聞研究中心。

林如鵬（2000）。《新聞採訪學》。南投：暨南大學出版社。

徐佳士（1974）：〈我國報紙新聞「主觀錯誤」研究〉，《新聞學研究》，第13期，頁3-26。

翁秀琪（1998）。《大眾傳播理論與實證》。台北：三民書局。

張在山（1999）。《公共關係學》。台北：五南出版社。

莊勝雄（1993）。《公共關係策略與戰術》。台北：授學出版社。

陳力丹（2003）。〈更正與答辯——一個被忽視的國際公認的新聞職業規範〉。

《國際新聞界》，2003年第5期。

陳順孝（2001）。〈社會控制：記實與避禍的兩難〉。「阿孝札記」網站。

陳順孝（2004）。〈老闆威脅與報導策略〉。「阿孝札記」網站。

陳順孝（2005）。〈人咬狗才是新聞〉。「阿孝札記」網站。

陳嘉彰（2005）。〈鴻海訴請假扣押工商記者曠文琪事件研析〉。財團法人國家政策研究基金會，教文（析）094-001號。

陳鳳如（2006）。〈記者拒吐消息來源挨罰 法界認應修法補強〉。中國廣播公司（2006年4月27日）。

陸以正、皇甫河旺、張作錦（2004）。〈陷入險境的台灣新聞自由〉。財團法人國家政策研究基金會。

彭芸（2000）。〈我國電視記者的網路使用〉，「傳播研究2000：跨世紀的回顧與願景研討會」論文。台北：中華傳播學會。

彭家發（1986）。《特寫寫作》。台北：台灣商務。

彭家發（1992）。《基礎新聞學》。台北：三民書局

彭家發（2004）。〈走出新聞定義迷宮〉，《傳媒透視》，2004年10月號。

彭家發等編著（1997）。《新聞學》。台北：國立空中大學。

褚瑞婷（2005）。〈「腳尾飯」事件之研析〉。財團法人國家政策研究基金會，教文（析）094-030號。

蒯亮、黃重憲（2002）。《新聞學概論講義》。

鄭行泉（1984）。〈我國民意測驗溯源〉。《報學》，第7卷第2期，頁82-88。

鄭貞銘（2002）。《新聞採訪與編輯》。台北：三民書局。

鄭瑞城（1983）。《報紙新聞報導之正確性研究》。國科會專題研究報告。國立政治大學新聞研究所。

盧世祥（2005a）。〈新聞自由與報導責任——報紙報導生態的挑戰與責任〉。《行政院新聞局2005出版年鑑》。

盧世祥（2005b）。〈新聞更正的主動、被動與抗拒〉。「南方快報」網站。

蕭文億（2005）。《企業公共關係——創造雙贏的溝通時代》。台北：鼎茂圖書出版股份有限公司。

羅文輝（1991）。《精確新聞報導》。台北：正中書局。

羅文輝（1995）。〈新聞記者選擇消息來源的偏向〉，載於臧國仁（主編），《新聞工作者與消息來源》（頁15-25）。台北：國立政治大學新聞研究所。

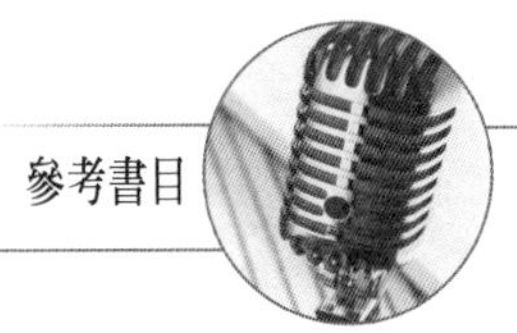

羅文輝、蘇蘅、林元輝（1998）。〈如何提升新聞的正確性：一種新查證方法的實驗設計〉。《新聞學研究》，第56期，頁269-296。

蕭慧芬（2002）。〈待查證之新聞對新聞媒體及社會造成的影響兼探現場連線可能引發之錯誤報導〉。http://www.gio.gov.tw/info/2002html/11new/3.htm。

《東森新聞報》（2006）。〈員工死在座位上五天　沒人發現？〉。http://www.ettoday.com/2006/03/15/521-1909480.htm。

英文部分

Associated Press Managing Editors Association (1975). "Watching the Polls."APME.

Berry, Jr., Fred C. (1967). A study of accuracy in local news stories of three dailies. *Journalism Quarterly,* Autumn, 44(3): 482-490.

Blankenburg, W. (1970). News accuracy: Some findings on the meaning of the term. *Journalism Quarterly,* 47: 375-386.

Brooks, Brian S., Kennedy, George, Moen, Daryl R., & Ranly, Don(1980). *News Reporting and Writing*. NewYork: St. Martin's Press.

Charnley, Mitchell (1936). Preliminary notes on a study of newspaper accuracy. *Journalism Quarterly,* December, p.394.

DeFleur, Melvin L. (1989). *The Computer-assisted investigative reporting*. Syracuse University Press.

Dennis, Everette E. (1978). *The Media Society.* Dubuque Iowa: Wm C. Brown Company Publishers.

Epstein, E. J. (1975). *Between fact and fiction: The problem of journalism.* New York: Vintage Books.

Fensch, Thomas(1988). *The Sports Writing Handbook*. London: Lawrence Erlbaum Associates.

Friend, C. (1994). Daily newspapers use of computers to analyze data. *Newspaper Research Journal,* 15 (1), 63-70.

Garcia, M. R. (1987). *Comtemporary Newspaper Design*. 2nd ed. NJ: Prentice Hall.

Garrison, Bruce (1983). Impact of computers on the total newspaper. *Newspaper Research Journal,* 4(3): 41-63.

Garrison, Bruce (1995a). *Computer-assisted Reporting*. N. J.: Lawrence Erlbaum Associates, Publishers.

Garrison, Bruce (1995b). Online services as reporting tools: Daily newspaper use of commercial databases in 1994. *Newspaper Research Journal,* 16(4): 74-86.

Garrison, Bruce (1997). Online services, internet in 1995 newsrooms. *Newspaper Research Journal,* 18(3-4): 79-93.

Jones, Steve(1997).Using the news: An examination of the value and use of news sources in CMC. *Journal of Computer-Mediated Communication,* 2 (4).

Lasica, J. D. (2004).Transparency Begets Trust in the Ever-Expanding Blogosphere. (http://www.ojr.org/ojr/technology/1092267863.php)

Lawrence, G. C. & Grey, D. L. (1969). Subjective inaccuracies in local news reporting. *Journalism Quarterly,* 46(4): 753-757.

McCombs, Maxwell E., Shaw, Donald L, & Grey, David(1976). *Handbook of Reporting Methods*. Boston: Houghton Mifflin.

Meyer, Philip (1988). A workable measure of audition accuracy in newspapers. *Newspaper Research Journal,* Fall, 10(1):39-51.

Neuzil, Mark (1994). Gambling with databases: A comparison of electronic searches and printed indices. *Newspaper Research Journal,* 15(1): 44-54.

Reddick, Randy & King, Elliot (1997). *The Online Journalist: Using the Internet and Other Electronic Resources*. Fort Worth: Harcourt Brace College Publishers.

Riemer, Cynthia De (1992, Winter). A survey of vu / text use in the newsroom. *Journalism Quarterly,* 960-970.

Schudson, Michael(1978). *Discovering the News: A Social History of American Newspapers*. New York: Basic Book.

Singletary, M. W. (1980). Accuracy in news reporter's: A review of the research. *ANPA News Research Report,* no.25.

Ward, Jean & Hansen, Kathleen A. (1991). Journalist and librarian roles, information technologies and newsmaking. *Journalism Quarterly,* 68(3): 491-498.